MON ONCLE BENJAMIN

MON

ONCLE BENJAMIN

ŒUVRES

DE

CLAUDE TILLIER

GENÈVE

IMPRIMERIE PFEFFER & PUKY, RUE KLÉBERG, 16

1862

1

CE QU'ÉTAIT MON ONCLE

Je ne sais pas, en vérité, pourquoi l'homme tient tant à la vie ; que trouve-t-il donc de si agréable dans cette insipide succession des nuits et des jours, de l'hiver et du printemps?. . Toujours le même ciel, le même soleil ; toujours les mêmes prés verts et les mêmes champs jaunes ; toujours les mêmes discours de la couronne, les mêmes fripons et les mêmes dupes. Si Dieu n'a pu faire mieux, c'est un triste ouvrier, et le machiniste de l'Opéra en sait plus que lui.

Encore des personnalités! dites-vous ; voilà maintenant que vous faites des personnalités contre Dieu. Que voulez-vous! Dieu est, à la vérité, un fonctionnaire, et un haut fonctionnaire encore, bien que ses fonctions ne soient pas une sinécure ; mais je n'ai pas peur qu'il aille réclamer contre moi à la jurisprudence Bourdeau des dommages-intérêts de quoi faire bâtir une église, pour le préjudice que j'aurai porté à son honneur.

Je sais bien que messieurs du parquet sont plus chatouilleux à l'égard de sa réputation qu'il ne l'est lui-même ; mais voilà précisément ce que je trouve mauvais. En vertu de quel titre ces hommes noirs s'arrogent-ils le droit de venger des injures qui lui sont toutes personnelles ? Ont-ils une procuration signée Jehovah qui les y autorise ?

1

Croyez-vous qu'il soit bien content quand la police correctionnelle lui prend dans la main son tonnerre et en foudroie brutalement des malheureux, pour un délit de quelques syllabes? Qu'est-ce
qui prouve, d'ailleurs, à ces messieurs que Dieu ait été offensé? Il
est là présent, attaché à sa croix, tandis qu'ils sont, eux, dans leur
fauteuil. Qu'ils l'interrogent; s'il répond affirmativement, je consens à avoir tort. Savez-vous pourquoi il a fait choir du trône la
dynastie des Capets, cette vieille et auguste salade de rois qu'avait
imprégnée tant d'huile sainte? Je le sais, moi, et je vais vous le
dire. C'est parce qu'elle a fait la loi sur le sacrilége.

Mais ce n'est pas là la question.

Qu'est-ce que vivre? Se lever, se coucher, déjeuner, dîner, et
recommencer le lendemain. Quand il y a quarante ans qu'on fait
cette besogne, cela finit par devenir bien insipide.

Les hommes ressemblent à des spectateurs, les uns assis sur le
velours, les autres sur la planche nue, la plupart debout, qui assis-
tent tous les soirs au même drame, et bâillent tous à se détraquer
la mâchoire; tous conviennent que cela est mortellement ennuyeux,
qu'ils seraient beaucoup mieux dans leur lit, et cependant aucun
ne veut quitter sa place.

Vivre, cela vaut-il la peine d'ouvrir les yeux? Toutes nos entreprises n'ont qu'un commencement; la maison que nous édifions est
pour nos héritiers ; la robe de chambre que nous faisons ouater
avec amour, pour envelopper notre vieillesse, servira à faire des
langes à nos petits enfants. Nous nous disons : Voilà la journée
finie ; nous allumons notre lampe, nous attisons notre feu ; nous
nous apprêtons à passer une douce et paisible soirée au coin de
notre âtre : Pan! pan! quelqu'un frappe à la porte; qui est là?
C'est la mort : il faut partir. Quand nous avons tous les appétits
de la jeunesse, que notre sang est plein de fer et d'alcool, nous
n'avons pas un écu; quand nous n'avons plus ni dents ni estomac,
nous sommes millionnaires. Nous avons à peine le temps de dire à
une femme : « Je t'aime! » à notre second baiser c'est une vieille
décrépite. Les empires sont à peine consolidés qu'ils s'écroulent :

ils ressemblent à ces fourmilières qu'élèvent, avec de grands efforts, de pauvres insectes ; quand il ne faut plus qu'un fétu pour les achever, un bœuf les effondre sous son large pied, ou une charrette sous sa roue. Ce que vous appelez la couche végétale de ce globe, c'est mille et mille linceuls superposés l'un sur l'autre par les générations. Ces grands noms qui retentissent dans la bouche des hommes, noms de capitales, de monarques, de généraux, ce sont des tessons de vieux empires qui résonnent. Vous ne sauriez faire un pas que vous ne souleviez autour de vous la poussière de mille choses détruites avant d'être achevées.

J'ai quarante ans ; j'ai déjà passé par quatre professions : j'ai été maître d'études, soldat, maître d'école, et me voilà journaliste. J'ai été sur la terre et sur l'Océan, sous la tente et au coin de l'âtre, entre les barreaux d'une prison et au milieu des espaces libres de ce monde ; j'ai obéi et j'ai commandé ; j'ai eu des moments d'opulence et des années de misère. On m'a aimé et on m'a haï ; on m'a applaudi et on m'a tourné en dérision. J'ai été fils et père, amant et époux ; j'ai passé par la saison des fleurs et par celle des fruits, comme disent les poètes. Je n'ai trouvé, dans aucun de ces états, que j'eusse beaucoup à me féliciter d'être enfermé dans la peau d'un homme plutôt que dans celle d'un loup ou d'un renard, plutôt que dans la coquille d'une huître, dans l'écorce d'un arbre ou dans la pellicule d'une pomme de terre. Peut-être si j'étais rentier, rentier à cinquante mille francs surtout, je penserais différemment.

En attendant, mon opinion est que l'homme est une machine qui a été faite tout exprès pour la douleur ; il n'a que cinq sens pour percevoir le plaisir, et la souffrance lui arrive par toute la surface de son corps ; en quelque endroit qu'on le pique, il saigne ; en quelque endroit qu'on le brûle, il vient une vésicule. Les poumons, le foie, les entrailles ne peuvent lui donner aucune jouissance ; cependant, le poumon s'enflamme et le fait tousser ; le foie s'obstrue et lui donne la fièvre ; les entrailles se tordent et font la colique. Vous n'avez pas un nerf, un muscle, un tendon sous la peau qui ne puisse vous faire crier de douleur.

Votre organisation se détraque à chaque instant comme une mauvaise pendule. Vous levez les yeux vers le ciel pour l'invoquer, il tombe dedans une fiente d'hirondelle qui les dessèche; vous allez au bal, une entorse vous saisit au pied, et il faut vous rapporter chez vous sur un matelas; aujourd'hui, vous êtes un grand écrivain, un grand philosophe, un grand poète : un fil de votre cerveau se casse, on aura beau vous saigner, vous mettre de la glace sur la tête, demain vous ne serez qu'un pauvre fou.

La douleur se tient derrière tous vos plaisirs; vous êtes des rats gourmands qu'elle attire à elle avec un lardon d'agréable odeur. Vous êtes à l'ombre de votre jardin, et vous vous écriez: Oh! la belle rose! et la rose vous pique; oh! le beau fruit! il y a une guêpe dedans, et le fruit vous mord.

Vous dites: Dieu nous a faits pour le servir et l'aimer. Cela n'est pas vrai: il vous a faits pour souffrir. L'homme qui ne souffre pas est une machine mal faite, une créature manquée, un estropié moral, un avorton de la nature La mort n'est pas seulement la fin de la vie, elle en est le remède. On n'est nulle part aussi bien que dans un cercueil. Si vous m'en croyez, au lieu d'un paletot neuf, allez vous commander un cercueil. C'est le seul habit qui ne gêne pas.

Ce que je viens de vous dire, vous le prendrez pour une idée philosophique ou pour un paradoxe, cela m'est certes bien égal. Mais je vous prie au moins de l'agréer comme une préface; car je ne saurais vous en faire une meilleure ni qui convienne mieux à la triste et lamentable histoire que je vais avoir l'honneur de vous raconter.

Vous me permettrez de faire remonter mon histoire jusqu'à la deuxième génération, comme celle d'un prince ou d'un héros dont on fait l'oraison funèbre. Vous n'y perdrez peut-être pas. Les mœurs de ce temps-là valaient bien les nôtres: le peuple portait des fers, mais il dansait avec, et leur faisait rendre comme un bruit de castagnettes.

Car, faites-y attention, la gaîté s'accoste toujours de la servitude. C'est un bien que Dieu, le grand faiseur de compensations, a créé spécialement pour ceux qui sont sous la dépendance d'un maître ou sous la dure et lourde main de la pauvreté. Ce bien, il l'a fait pour les consoler de leurs misères, comme il a fait certaines herbes pour fleurir entre les pavés qu'on foule aux pieds, certains oiseaux pour chanter sur les vieilles tours, comme il a fait la belle verdure du lierre pour sourire sur les masures qui font la grimace.

La gaîté passe, ainsi que l'hirondelle, par-dessus les grands toits qui resplendissent. Elle s'arrête dans les cours des colléges, à la porte des casernes, sur les dalles moisies des prisons. Elle se pose, comme un beau papillon, sur la plume de l'écolier qui griffonne ses pensums. Elle trinque à la cantine avec les vieux grenadiers ; et jamais elle ne chante si haut — quand on la laisse chanter toutefois — qu'entre les noires murailles où l'on renferme des malheureux.

Du reste, la gaîté du pauvre est une espèce d'orgueil. J'ai été pauvre entre les plus pauvres ; eh bien ! je trouvais du plaisir à dire à la Fortune : Je ne me courberai pas sous ta main ; je mangerai mon pain dur aussi fièrement que le dictateur Fabricius mangeait ses raves ; je porterai ma misère comme les rois portent leur diadème ; frappe tant que tu voudras, frappe encore : je répondrai à tes flagellations par des sarcasmes ! je serai comme l'arbre qui fleurit quand on le coupe par le pied ; comme la colonne dont l'aigle de métal reluit au soleil tandis que la pioche est à sa base !

Chers lecteurs, soyez contents de ces explications, je ne saurais vous en fournir de plus raisonnables.

Quelle différence de cet âge avec le nôtre ! l'homme constitutionnel n'est pas rieur, tant s'en faut.

Il est hypocrite, avare et profondément égoïste ; à quelque question qu'il se heurte le front, son front sonne comme un tiroir plein de gros sous.

Il est prétentieux et bouffi de vanité ; l'épicier appelle le confiseur, son voisin, son honorable ami, et le confiseur prie l'épicier d'agréer l'assurance de la considération distinguée avec laquelle il a l'honneur d'être, etc., etc.

L'homme constitutionnel a la manie de vouloir se distinguer du peuple. Le peuple est en blouse de coton bleu, et le fils en manteau d'Elbeuf. Aucun sacrifice ne coûte à l'homme constitutionnel pour assouvir sa manie de paraître quelque chose. Il veut ressembler aux bâtons flottants. Il vit de pain et d'eau ; il se passe de feu en hiver, de bière en été, pour avoir un habit de drap fin, un gilet de cachemire, des gants jaunes. Quand on le regarde comme un homme comme il faut, il se regarde, lui, comme un grand homme.

Il est guindé et compassé, il ne crie point, il ne rit pas tout haut, il ne sait où cracher, il ne fait pas un geste qui dépasse l'autre. Il dit très-bien bonjour monsieur, bonjour madame. Cela c'est de la bonne tenue ; or, qu'est-ce que la bonne tenue ? Un vernis menteur qu'on étale sur un morceau de bois, afin de le faire passer pour un jonc. On se tient ainsi devant les dames, soit, mais devant Dieu, comment faudra-t-il se tenir ?

Il est pédant ; il supplée à l'esprit qu'il n'a pas par le purisme du langage, comme une bonne ménagère supplée aux meubles qui lui manquent par l'ordre et la propreté.

Il est toujours au régime. S'il assiste à un banquet, il est muet et préoccupé ; il avale un bouchon pour un morceau de pain, et se sert de la crème pour de la sauce blanche. Il attend, pour boire, que l'on porte un toast. Il a toujours un journal dans sa poche ; il ne parle que de traités de commerce et de lignes de chemins de fer, et il ne rit qu'à la Chambre.

Mais, à l'époque où je vous ramène, les mœurs des petites villes n'étaient pas encore fardées d'élégance ; elles étaient pleines d'un charmant laisser-aller et d'une simplicité tout aimable. Le caractère de cet heureux âge, c'était l'insouciance. Tous ces hommes, navires ou coquilles de noix, s'abandonnaient, les yeux fermés, au courant de la vie, sans s'inquiéter où ils aborderaient.

Les bourgeois ne sollicitaient pas d'emplois ; ils ne thésaurisaient pas ; ils vivaient chez eux dans une joyeuse abondance, et dépensaient leurs revenus jusqu'au dernier louis. Les marchands, rares alors, s'enrichissaient lentement, sans y mettre beaucoup du leur, et par la seule force des choses ; les ouvriers travaillaient, non pour amasser, mais pour mettre les deux bouts l'un à côté de l'autre ; ils n'avaient point sur leurs talons cette terrible concurrence qui nous presse, qui nous crie sans cesse : Allons donc ! Aussi, ne s'en donnaient-ils qu'à leur aise ; ils avaient nourri leurs pères, et quand ils étaient vieux, leurs enfants devaient les nourrir à leur tour.

Tel était le sans-façon de cette société en goguette, que tout le barreau et que les membres du tribunal eux-mêmes allaient au cabaret et y faisaient publiquement des orgies : de peur qu'on en ignorât, ils auraient volontiers appendu leur bonnet carré aux rameaux du bouchon. Tous ces gens, grands comme petits, semblaient n'avoir d'autres affaires que de s'amuser ; ils ne s'ingéniaient qu'à mettre une bonne farce à exécution, ou à imaginer un bon conte. Ceux qui avaient alors de l'esprit, au lieu de le dépenser en intrigues, le dépensaient en plaisanteries.

Les oisifs, et ils étaient en grand nombre, se rassemblaient sur la place publique ; le jour de marché était pour eux un jour de comédie. Les paysans qui venaient apporter leurs provisions à la ville étaient leurs martyrs ; ils leur faisaient les cruautés les plus bouffonnes et les plus spirituelles ; tous les voisins accouraient pour avoir leur part du spectacle. La police correctionnelle d'aujourd'hui prendrait les choses sur le ton du réquisitoire ; mais la justice d'alors s'amusait comme les autres de ces scènes burlesques, et bien souvent elle y prenait un rôle.

Mon grand-père, donc, était porteur de contraintes ; ma grand'mère était une petite femme à laquelle on reprochait de ne pouvoir voir, quand elle allait à l'église, si le bénitier était plein. Elle est restée dans ma mémoire comme une petite fille de soixante ans. Au bout de six ans de mariage, elle avait déjà cinq enfants, tant garçons que filles ; tout cela vivait avec le chétif bénéfice de mon grand-père, et se portait à merveille. On dînait sept avec trois harengs, mais on avait le pain et le vin à discrétion, car mon grand-père avait une petite vigne qui était une source intarissable de vin blanc. Tous ces enfants étaient utilisés par ma grand'mère selon leur âge et leurs forces. L'aîné, qui était mon père, s'appelait Gaspard ; il lavait la vaisselle et allait à la boucherie : il n'y avait pas de caniche dans la ville mieux apprivoisé que lui ; le cadet balayait la chambre ; le troisième tenait le quatrième sur ses bras, et le cinquième se roulait dans son berceau. Pendant ce temps-là, ma grand'mère était à l'église, ou causait chez la voisine. Au demeurant, tout allait bien ; on arrivait cahin-caha, sans faire de dettes, jusqu'au bout de l'année. Les garçons étaient forts, les filles n'étaient pas mal, et le père et la mère étaient heureux.

Mon oncle Benjamin était domicilié chez sa sœur ; il avait cinq pieds dix pouces, portait une grande épée au côté, avait un habit de ratine écarlate, une culotte de même couleur et de même étoffe, des bas de soie gris de perle, et des souliers à boucles d'argent ; sur son habit frétillait une grande queue noire, presque aussi longue que son épée, qui, allant et venant sans cesse, l'avait badigeonné de poudre, de sorte que l'habit de mon oncle ressemblait, avec ses teintes roses et blanches, à une brique sur champ écaillée. Mon oncle était médecin, voilà pourquoi il avait une épée. Je ne sais si les malades avaient grande confiance en lui ; mais lui, Benjamin, avait peu de confiance dans la médecine : il disait souvent qu'un médecin avait assez fait quand il n'avait pas tué son malade. Quand mon oncle Benjamin avait reçu quelque pièce de trente sous, il allait acheter une grosse carpe, et la donnait à sa sœur pour lui faire une matelotte dont se régalait toute la famille. Mon oncle Benjamin, au dire de tous ceux qui l'ont connu, était l'homme le plus gai, le plus drôle, le plus spirituel du pays, et il en eût été le plus.... Comment dirais-je pour ne pas manquer de respect à la mémoire de mon grand-oncle ?..... il en eût été le moins sobre, si le tambour de la ville, le nommé Cicéron, n'eût partagé sa gloire.

Toutefois, mon oncle Benjamin n'était pas ce que vous appelez trivialement un ivrogne, gardez-vous de le croire. C'était un épicurien qui poussait la philosophie jusqu'à l'ivresse, et voilà tout. Il avait un estomac plein d'élévation et de noblesse. Il aimait le vin, non pour lui-même, mais pour cette folie de quelques heures qu'il procure, folie qui déraisonne chez l'homme d'esprit d'une manière si naïve, si piquante, si originale, qu'on voudrait toujours raisonner ainsi. S'il eût pu s'enivrer en lisant la messe, il eût lu la messe tous les jours. Mon oncle Benjamin avait des principes : il prétendait qu'un homme à jeun était un homme encore endormi ; que l'ivresse eût été un des plus grands bienfaits du Créateur, si elle n'eût fait mal à la tête ; et que la seule chose qui donnât à l'homme la supériorité sur la brute, c'était la faculté de s'enivrer.

La raison, disait mon oncle, ce n'est rien ; c'est la puissance de sentir les maux présents, de se souvenir des maux passés, et de prévoir les maux à venir. Le privilége d'abdiquer sa raison est seul quelque chose. Vous dites que l'homme qui noie sa raison dans le vin s'abrutit : c'est un orgueil de caste qui vous fait tenir ce propos. Croyez-vous donc que la condition de la brute soit pire que la vôtre ? Quand vous êtes tourmenté par la faim, vous voudriez bien être ce bœuf qui paît dans l'herbe jusqu'au ventre ; quand vous êtes en prison, vous voudriez bien être l'oiseau qui fend d'une aile libre l'azur des cieux ; quand vous êtes sur le point d'être exproprié, vous voudriez bien être ce vilain limaçon auquel personne ne dispute sa coquille.

L'égalité que vous rêvez, la brute en est en possession. Il n'y a, dans les forêts, ni rois, ni nobles, ni tiers-état. Le problème de la vie commune que cherchent en vain vos philosophes, de pauvres insectes, les fourmis, les abeilles, l'ont résolu depuis des milliers de siècles. Les animaux n'ont point de médecins ; ils ne sont ni borgnes, ni bossus, ni boiteux, ni bancals, et ils n'ont pas peur de l'enfer.

Mon oncle Benjamin avait vingt-huit ans. Il y avait trois ans qu'il exerçait la médecine ; mais la médecine ne lui avait pas fait des rentes, bien loin de là : il devait trois habits d'écarlate à son marchand de drap, trois années d'accommodage à son perruquier, et il avait dans chacune des auberges les plus renommées de la ville un joli petit mémoire, sur lequel il n'y avait que quelques médecines de précautions à déduire.

Ma grand'mère avait trois ans de plus que Benjamin; elle l'avait bercé sur ses genoux, porté dans ses bras, et elle se regardait comme son mentor. Elle lui achetait ses cravates et ses mouchoirs de poche, lui raccommodait ses chemises et lui donnait de bons conseils qu'il écoutait fort attentivement, il faut lui rendre cette justice, mais dont il ne faisait pas le moindre usage.

Tous les soirs, régulièrement après souper, elle l'engageait à prendre femme.

— Fi! disait Benjamin, pour avoir six enfants comme Machecourt — c'est ainsi qu'il appelait mon grand-père — et dîner avec les nageoires d'un hareng!

— Mais, malheureux, tu auras au moins du pain!

— Oui, du pain qui sera trop levé aujourd'hui, demain pas assez, et qui après-demain aura la rougeole! Du pain! qu'est-ce que c'est que cela? C'est bon pour empêcher de mourir, mais ce n'est pas bon pour faire vivre. Je serai, ma foi, bien avancé quand j'aurai une femme qui trouvera que je mets trop de sucre dans mes fioles et trop de poudre dans ma queue; qui viendra me chercher à l'auberge, qui me fouillera quand je serai couché, et qui s'achètera trois mantelets pendant que moi un habit.

— Mais tes créanciers, Benjamin, comment feras-tu pour les payer?

— D'abord, tant qu'on a du crédit, c'est comme si on était riche, et quand vos créanciers sont pétris d'une bonne pâte de créanciers, qu'ils sont patients, c'est comme si on n'en avait pas. Ensuite, que me faut-il pour me mettre au courant? Une bonne maladie épidémique. Dieu est bon, ma chère sœur, et ne laissera pas dans l'embarras celui qui raccommode son plus bel ouvrage.

— Oui, disait mon grand-père, et qui le met si bien hors de service qu'il faut le porter en terre.

— Eh bien! répondait mon oncle, c'est là l'utilité des médecins; sans eux le monde serait trop peuplé.

A quoi servirait-il que Dieu se donnât la peine de nous envoyer des maladies , s'il se trouvait des hommes qui pussent les guérir?

— A ce compte, tu es un malhonnête homme ; tu voles leur argent à ceux qui t'appellent.

— Non, je ne le leur vole pas, parce que je les rassure, que je leur donne l'espoir, et que je trouve toujours moyen de les faire rire. Cela vaut bien quelque chose.

Ma grand'mère, voyant que la conversation avait changé d'objet, prenait le parti de s'endormir.

II

POURQUOI MON ONCLE SE DÉCIDA A SE MARIER

Cependant, une catastrophe terrible, que je vais avoir l'honneur de vous raconter tout de suite, ébranla les résolutions de Benjamin.

Un jour, mon cousin Page, avocat au bailliage de Clamecy, vint l'inviter avec Machecourt à faire la Saint-Yves. Le dîner devait avoir lieu à une guinguette renommée, située à deux portées de fusil du faubourg; les convives étaient d'ailleurs gens choisis. Benjamin n'aurait pas donné cette soirée pour toute une semaine de sa vie ordinaire. Aussi, après vêpres, mon grand-père, paré de son habit de noce, et mon oncle, l'épée au côté, étaient-ils au rendez-vous.

Les convives étaient presque tous réunis. Saint-Yves était magnifiquement représenté dans cette assemblée. Il y avait d'abord l'avocat Page, qui ne plaidait jamais qu'entre deux vins ; le greffier du tribunal, qui s'était habitué à écrire en dormant ; le procureur Rapin, qui, ayant reçu en présent d'un plaideur une feuillette de vin piqué, le fit assigner pour qu'il eût à lui en faire tenir une meilleure ; le notaire Arthus, qui avait mangé un saumon à son dessert ; Millot-Rataut, poète et tailleur, auteur du Grand-Noël ; un vieil architecte qui, depuis vingt ans, ne s'était pas dégrisé ; M. Minxit, médecin des environs, qui consultait les urines ; deux ou trois commerçants notables.... par leur gaîté et leur appétit, et quelques chasseurs qui avaient abondamment pourvu la table de gibier.

A la vue de Benjamin, tous les convives poussèrent une acclamation et déclarèrent qu'il fallait se mettre à table.

Pendant les deux premiers services, tout alla bien. Mon oncle était charmant d'esprit et de saillies ; mais, au dessert, les têtes s'exaltèrent : tous se mirent à crier à la fois. Bientôt la conversation ne fut plus qu'un cliquetis d'épigrammes, de gros mots, de saillies éclatant ensemble et cherchant à s'étouffer l'une l'autre, tout cela faisait un bruit semblable à une douzaine de verres qui s'entrechoquent à la fois.

— Messieurs, s'écria l'avocat Page, il faut que je vous régale de mon dernier plaidoyer. Voici l'affaire :

« Deux ânes s'étaient pris de querelle dans un pré. Le maître de l'un, mauvais garnement s'il en est, accourt et bâtonne l'autre âne. Mais ce quadrupède n'était pas endurant ; il mord notre homme au petit doigt. Le propriétaire de l'âne qui a mordu est cité par-devant M. le bailli comme responsable des faits et gestes de sa bête.

« J'étais l'avocat du défendeur. Avant d'arriver à la question de fait, dis-je au bailli, je dois vous éclairer sur la moralité de l'âne que je défends et sur celle du plaignant. Notre âne est un quadrupède tout à fait inoffensif ; il jouit de l'estime de tous ceux qui le connaissent, et le garde-champêtre a pour lui une grande considération. Or, je défie l'homme qui est notre partie adverse d'en dire autant. Notre âne est porteur d'un certificat du maire de sa commune, — et ce certificat existait en effet, — qui atteste sa moralité et sa bonne conduite. Si le plaignant peut produire un pareil certificat, nous consentons à lui payer mille écus de dommages-intérêts. »

—Que Saint-Yves te bénisse ! dit mon oncle ; il faut que le poète Millot-Rataut nous chante son Grand-Noël :

A genoux, chrétiens, à genoux !

Voilà qui est éminemment lyrique. Ce ne peut être que le Saint-Esprit qui lui ait inspiré ce beau vers.

— Fais-en donc autant, toi, s'écria le tailleur, qui avait le bourgogne très-irrascible.

— Pas si bête, répondit mon oncle.

— Silence ! interrompit l'avocat Page, frappant de toutes ses forces sur la table ; je déclare à la cour que je veux achever mon plaidoyer.

— Tout à l'heure, dit mon oncle ; tu n'es pas encore assez ivre pour plaider.

— Et moi je te dis que je plaiderai de suite. Qui es-tu, toi, cinq pieds dix pouces, pour empêcher un avocat de parler ?

— Prends garde, Page, fit le notaire Arthus, tu n'es qu'un homme de plume, et tu as affaire à un homme d'épée !

— Il t'appartient bien, à toi, homme de fourchette, mangeur de saumon, de parler des hommes d'épée ; pour que tu fisses peur à quelqu'un, toi, il faudrait qu'il fût cuit.

— Benjamin est, en effet, terrible, dit l'architecte. Il est comme le lion : d'un coup de sa queue il pourrait terrasser un homme.

— Messieurs, dit mon grand-père en se levant, je me porte garant pour mon beau-frère, il n'a jamais répandu de sang qu'avec sa lancette.

— Oserais-tu bien soutenir cela, Machecourt ?

— Et toi, Benjamin, oserais-tu bien soutenir le contraire ?

— Alors, tu vas me donner satisfaction à l'instant même de cette insulte ; et comme nous n'avons ici qu'une épée, qui est la mienne, je vais garder le fourreau et tu vas prendre la lame.

Mon grand-père, qui aimait beaucoup son beau-frère, pour ne point le contrarier accepta la proposition. Comme les deux adversaires se levaient :

— Un instant, messieurs, dit l'avocat Page, il faut régler les conditions du combat.

— Je propose que chacun des deux adversaires, de peur de choir avant le temps, tienne son témoin par le bras.

— Adopté! s'écrièrent tous les convives.

Bientôt Benjamin et Machecourt sont en présence.

— Y es-tu, Benjamin ?

— Et toi, Machecourt ?

De son premier coup d'épée, mon grand-père coupa par le milieu le fourreau de Benjamin comme si ç'eût été un salsifis, et lui fit sur le poignet une entaille qui devait le forcer, au moins pendant huit jours, à boire de la main gauche.

— Le maladroit ! s'écria Benjamin, il m'a entamé.

— Eh! pourquoi, répondit mon grand-père avec une bonhomie charmante, as-tu une épée qui coupe ?

— C'est égal, je veux ma revanche, et j'ai encore assez, pour te faire demander grâce, de la moitié de ce fourreau.

— Non, Benjamin, reprit mon grand-père, c'est à ton tour à prendre l'épée. Si tu me lardes, nous serons manche à manche, et nous ne jouerons plus.

Les convives, dégrisés par cet accident, voulaient revenir en ville.

— Non, messieurs! s'écria Benjamin de sa voix de stentor, que chacun retourne à sa place ; j'ai une proposition à vous faire. Machecourt, pour son coup d'essai s'est conduit de la manière la plus brillante ; il est en état de se mesurer avec le plus meurtrier des barbiers, pourvu que celui-ci lui cède l'épée et garde le fourreau. Je propose de le nommer prévôt d'armes ; ce n'est qu'à cette condition que je pourrai le laisser vivre ; et même, si vous vous rendez à mon avis, je me déciderai à lui tendre la main gauche, attendu qu'il m'a estropié de la droite :

— Benjamin a raison ! s'écrièrent une foule de voix ; bravo, Benjamin ! il faut recevoir Machecourt prévôt d'armes. Et chacun de courir à sa place , et Benjamin de demander un second dessert.

Cependant, la nouvelle de cet accident s'était répandue à Clamecy. En passant de bouche en bouche, elle s'était merveilleusement grossie, et quand elle arriva à ma grand'mère, elle avait pris les proportions gigantesques d'un meurtre commis par son mari sur la personne de son frère.

Ma grand'mère, dans un corps d'une aune de long, portait un caractère plein de fermeté et d'énergie. Elle n'alla point chez ses voisins pousser de grands cris et se faire jeter du vinaigre à la figure. Avec cette présence d'esprit que donne la douleur aux âmes fortes, elle vit de suite ce qu'elle avait à faire. Elle fit coucher ses enfants, prit tout l'argent qu'il y avait à la maison et le peu de bijoux qu'elle possédait, afin de fournir à son mari les moyens de sortir du pays s'il y avait lieu, fit un paquet de linge propre à faire des bandes et de la charpie pour panser le blessé en cas qu'il fût encore vivant ; tira un matelas de son lit et pria un voisin de la suivre avec ; puis, s'enveloppant dans sa cape, elle se dirigea sans chanceler vers la fatale guinguette.

A l'entrée du faubourg, elle rencontra son mari qu'on ramenait en triomphe couronné de bouchons. Il était appuyé sur le bras gauche de Benjamin, qui criait à gorge déployée :

« A tous présents faisons connaître que le sieur Machecourt, huissier à la verge de Sa Majesté, vient d'être nommé prévôt d'armes, en récompense... »

— Chien d'ivrogne ! s'écria ma grand'mère en apercevant Benjamin ; et, ne pouvant résister à l'émotion qui depuis une heure l'é-touffait, elle tomba sur le pavé. Il fallut la reporter chez elle sur le matelas qu'elle avait destiné à son frère.

Pour celui-ci, il ne se souvint de sa blessure que le lendemain matin en mettant son habit; mais sa sœur avait une grosse fièvre. Elle fut huit jours dangereusement malade, et durant ce temps, Benjamin ne quitta pas son chevet. Quand elle fut capable de l'entendre, il lui promit qu'il allait mener dorénavant une vie plus réglée, et qu'il songeait décidément à payer ses dettes et à se marier.

Ma grand'mère fut bientôt rétablie. Elle chargea son mari de se mettre en quête d'une femme pour Benjamin.

A quelque temps de là, par un soir du mois de novembre, mon grand-père arrivait crotté jusqu'à l'échine, mais rayonnant.

— J'ai trouvé au delà de ce que nous espérions, s'écriait l'excellent homme, en pressant les mains de son beau-frère; Benjamin, te voilà riche maintenant, tu pourras manger des matelottes tant que tu voudras.

— Mais, qu'as-tu donc trouvé? faisaient, chacun de leur côté, ma grand'mère et Benjamin.

— Une fille unique, une riche héritière, la fille du père Minxit, avec lequel nous avons fait la Saint Yves il y a un mois!

— De ce médecin de village qui consulte les urines?

— Précisément. Il t'accepte sans restriction; il est charmé de ton esprit: il te croit très-propre, par ton allure et ta faconde, à le seconder dans son industrie.

— Diable! faisait Benjamin en se grattant la tête, c'est que je ne me soucie pas de consulter les urines.

— Eh! grand niais! une fois que tu seras le gendre du père Minxit, tu l'enverras promener avec ses fioles et tu amèneras ta femme à Clamecy.

— Oui, mais c'est que Mlle Minxit est rousse.

— Elle n'est que blonde, Benjamin, je t'en donne ma parole d'honneur.

— On dirait, tant elle est piolée, qu'on lui a jeté une poignée de son par la figure.

— Je l'ai vue ce soir, je t'assure que ce n'est presque rien.

— Avec cela, elle a cinq pieds trois pouces; je crains véritable--

ment de gâter la race humaine : nous ferons des enfants qui seront grands comme des perches.

— Tout ce que tu dis là ce sont de mauvaises plaisanteries, faisait ma grand'mère ; j'ai rencontré hier ton marchand de drap, il veut absolument être payé, et tu sais bien que ton perruquier ne veut plus t'accommoder.

— Ainsi vous voulez, ma chère sœur, que j'épouse Mlle Minxit; mais vous ne savez pas, vous, ce que cela veut dire *Minxit.*

— Et toi Machecourt, le sais-tu ?

— Sans doute je le sais ; cela veut dire le père Minxit.

— As-tu lu Horace, Machecourt ?

— Non, Benjamin.

— Eh bien ! Horace a dit : *Num minxit patrios cineres.* C'est ce coquin de prétérit défini qui me révolte ! avec cela que ma chère sœur n'est plus malade. M. Minxit, Mme Minxit, M. Rathery Benjamin Minxit, le petit Jean Rathery Minxit, le petit Pierre Rathery Minxit, la petite Adèle Rathery Minxit, la petite Annette Rathery Minxit. Eh ! mais, dans notre famille, il y aura de quoi faire tourner un moulin. Puis, à te parler franchement, je ne me soucie guère de me marier. Il y a bien une chanson qui dit :

..... qu'on est heureux
Dans les liens du mariage !

Mais cette chanson ne sait ce qu'elle chante. Ce ne peut être qu'un célibataire qui en soit l'auteur.

...... qu'on est heureux
Dans les liens du mariage!

Cela serait bon, Machecourt, si l'homme était libre de se choisir une compagne ; mais les nécessités de la vie sociale nous forcent toujours d'épouser d'une manière ridicule et contraire à nos penchants. L'homme épouse une dot et la femme une profession. Puis, quand on a fait la noce avec tous ses beaux dimanches, qu'on est rentré dans la solitude de son ménage, on s'aperçoit qu'on ne se convient pas. L'un est avare et l'autre prodigue, la femme est coquette et le mari jaloux, l'un aime à la bise et l'autre à droit vent :

on voudrait être à mille lieues l'un de l'autre; mais il faut vivre dans le cercle de fer où on s'est enfermé, et rester ensemble *usque ad vitam æternam.*

— Est-ce qu'il est gris? dit mon grand-père à l'oreille de sa femme.

— Pourquoi ? répondit celle-ci.

— C'est qu'il parle avec bon sens.

Cependant on fit entendre raison à mon oncle, et il fut convenu qu'il irait le lendemain dimanche voir Mlle Minxit.

III

COMMENT MON ONCLE FIT LA RENCONTRE D'UN VIEUX SERGENT ET D'UN CANICHE, CE QUI L'EMPÊCHA D'ALLER CHEZ M. MINXIT.

Le lendemain, à huit heures du matin, mon oncle était frais et accommodé ; il n'attendait plus pour partir qu'une paire de souliers que devait lui apporter Cicéron, ce fameux préconiseur dont nous avons déjà parlé, et qui cumulait la profession de cordonnier avec celle de tambour.

Cicéron ne tarda pas à arriver. A cette époque de bonne flanquette, c'était la coutume, quand un ouvrier apportait de l'ouvrage dans une maison, qu'on ne le laissât pas sortir sans lui avoir fait boire quelques verres de vin. C'était d'un mauvais genre, j'en conviens; mais ces procédés bienveillants rapprochaient les conditions; le pauvre savait gré au riche des concessions qu'il lui faisait, et ne le jalousait point. Aussi a-t-on vu, pendant la révolution, d'admirables dévouements de serviteurs envers leurs maîtres, de fermiers envers leurs seigneurs, d'ouvriers envers leurs patrons, qui, à notre époque de morgue insolente et de ridicule orgueil, ne se reproduiraient certainement plus.

Benjamin pria sa sœur d'aller tirer une bouteille de vin blanc pour trinquer avec Cicéron. Sa sœur en tira une, puis deux, puis trois et jusqu'à sept.

— Ma chère sœur, je vous en prie, encore une bouteille.

— Mais tu ne sais donc pas, malheureux, que tu en es à la huitième.

— Vous savez bien, chère sœur, que nous ne comptons pas ensemble.

— Mais tu ne sais pas, toi, que tu as un voyage à faire.

— Encore cette dernière bouteille, et je pars.

— Oui, tu es dans un bel état de partir; et si on venait te chercher pour visiter un malade.

— Que vous savez peu, ma bonne sœur, apprécier les effets du vin!... On voit bien que vous ne buvez que les eaux limpides du Beuvron. Faut-il partir? mon centre de gravité est toujours à la même place. Faut-il saigner?... Mais à propos, ma sœur, il faut que je vous saigne : Machecourt me l'a recommandé en partant. Vous vous plaigniez ce matin d'un grand mal de tête, une saignée vous fera du bien. Et Benjamin de tirer sa trousse, et ma grand'mère de s'armer des pincettes.

— Diable! vous faites un malade bien récalcitrant. Eh bien ! transigeons; je ne vous saignerai point, et vous irez nous tirer une huitième bouteille de vin.

— Je n'en tirerai pas un verre.

— Ce sera donc moi qui la tirerais, dit Benjamin ; et, prenant la bouteille, il se dirigea vers la cave.

Ma grand'mère, ne voyant rien de mieux à faire pour l'arrêter, se pendit à sa queue ; mais Benjamin, sans s'occuper de cet incident, s'en alla à la cave d'un pas aussi ferme que s'il n'eût eu qu'un paquet d'oignons au bout de la queue, et revint avec sa bouteille pleine.

— Eh bien! ma chère sœur, c'était bien la peine d'aller deux à la cave pour une méchante bouteille de vin blanc; mais je dois vous prévenir que si vous persistiez dans ces mauvaises habitudes, vous me forceriez à faire couper ma queue.

Cependant Benjamin, qui, tout à l'heure, regardait comme une corvée assommante le voyage de Corvol, s'obstinait maintenant à partir. Ma grand'mère, pour lui en ôter la possibilité, avait enfermé ses souliers dans l'armoire.

— Je vous dis que je partirai!

— Je te dis que tu ne partiras pas!

— Voulez-vous que je vous porte chez M. Minxit au bout de ma queue?

Tel était le dialogue qui avait lieu entre le frère et la sœur, quand mon grand-père arriva. Il mit fin à la discussion en déclarant que le lendemain il avait besoin d'aller à la Chapelle, et qu'il emmènerait Benjamin avec lui.

Mon grand-père était sur pied avant le jour. Quand il eut griffonné son exploit et écrit au bas : « dont le coût est de six francs quatre sous six deniers, » il essuya sa plume sur la manche de sa houppelande, serra précieusement ses lunettes dans leur fourreau, et alla éveiller Benjamin. Celui-ci dormait comme le prince de Condé, — si le prince ne faisait semblant de dormir,— la veille d'une bataille.

— Allons, eh! Benjamin, debout; il fait grand jour.

— Tu te trompes, répondit Benjamin avec un grognement et se retournant du côté du mur, il fait nuit noire.

— Lève la tête, tu verras la clarté du soleil sur le plancher.

— Je te dis, moi, que c'est la clarté du reverbère.

— Ah çà! est-ce que tu ne voudrais pas partir?

— Non; j'ai rêvé toute la nuit de pain dur et de piquette, et si nous nous mettions en route, il pourrait nous arriver malheur.

— Eh bien! je te déclare, moi, que, si dans dix minutes tu n'es pas levé, je t'envoie ta chère sœur; si au contraire tu es levé, je perce ce quartaut de vin vieux que tu sais bien.

— Tu es sûr que c'est du Pouilly, n'est-ce pas ? dit Benjamin, se mettant sur son séant ; tu m'en donnes ta parole d'honneur.

— Oui, foi d'huissier.

— Alors va percer ton quartaut ; mais je te préviens que s'il nous arrive malencontre en route, c'est toi qui en répondras à ma chère sœur.

Une heure après, mon oncle et mon grand-père étaient sur le chemin de Mulot. A quelque distance de la ville, ils rencontrèrent deux petits paysans dont l'un portait un lapin sous son bras et l'autre avait deux poules dans son panier. Le premier disait à son compagnon :

— Si tu veux dire à M. Cliquet que mon lapin est un lapin de garenne et que tu me l'as vu prendre au lacet, tu seras mon camarade.

— Je le veux bien, répondit celui-ci, mais à condition que tu diras à Mme Deby que mes poules pondent deux fois par jour et qu'elles font des œufs gros comme des œufs de cane.

— Vous êtes deux petits larrons, dit mon grand-père ; je vous ferai tirer l'un de ces jours les oreilles par M. le commissaire de police.

— Et moi, mes amis, dit Benjamin, je vous prie d'accepter chacun cette pièce de douze deniers.

— Voilà de la générosité bien placée, dit mon grand-père haussant les épaules : tu donneras sans doute du plat de ton épée au premier pauvre honnête que tu rencontreras, puisque tu prostitues ta monnaie à ces deux vauriens.

— Vauriens pour toi, Machecourt, qui ne vois que la pellicule de chaque chose ; mais pour moi ce sont deux philosophes. Ils viennent d'inventer une machine qui, bien organisée, ferait la fortune de dix honnêtes gens.

— Et quelle est donc la machine, dit mon grand-père d'un air d'incrédulité, que viennent d'inventer ces deux philosophes que je rosserais d'importance, moi, si nous avions le temps de nous arrêter ?

— Cette machine est simple, dit mon oncle : la voici telle qu'elle se comporte :

Nous sommes dix amis qui, au lieu de nous réunir pour déjeuner, nous réunissons pour faire fortune.

Cela vaut au moins la peine de se réunir, interrompit mon grand-père.

— Nous sommes, tous les dix, intelligents, adroits, rusés même au besoin. Nous avons le verbe haut, la discussion prestigieuse ; nous manions la parole avec la même adresse qu'un escamoteur manie ses muscades. Pour la moralité de la chose, nous sommes tous capables dans notre profession, et les personnes de bonne volonté peuvent dire, sans trop se compromettre, que nous valons mieux que nos confrères.

Nous formons, en tout bien et tout honneur, une société pour nous préconiser les uns les autres, pour insuffler, pour faire mousser et bulliférer notre petit mérite.

— J'entends, dit mon grand-père, l'un vend de la mort-aux-rats et n'a qu'une grosse caisse, l'autre du thé suisse et n'a qu'une paire de cimbales. Vous réunissez vos moyens de faire du bruit, et....

— C'est cela même, interrompit Benjamin. Tu conçois que si la machine fonctionne convenablement, chacun des sociétaires a autour de lui neuf instruments qui font un vacarme épouvantable.

Nous sommes neuf qui disons : L'avocat Page boit trop, mais je crois que ce diable d'homme fait infuser les feuilles de la coutume du Nivernais dans son vin, qu'il a mis la logique en bouteille. Toutes les causes qu'il lui convient de gagner il les gagne ; et l'autre jour, il a fait obtenir de forts dommages-intérêts à un gentilhomme qui avait assommé un paysan.

L'huissier Parlanta est un peu retors ; mais c'est l'Annibal des huissiers ; sa contrainte par corps est inévitable ; pour lui échapper, il faudrait que son débiteur n'eût pas de corps. Il vous mettrait la main sur l'épaule d'un duc et pair.

Pour Benjamin Rathery, c'est un homme sans souci qui se moque de tout et rit au nez de la fièvre, un homme, si vous le voulez, d'assiette et de bouteille ; mais c'est précisément à cause de cela que je le préférerais à ses confrères. Il n'a pas l'air de ces médecins sinistres dont le registre est un cimetière ; il est trop gai et digère trop bien pour avoir beaucoup d'actes de décès à se reprocher.

Ainsi chacun des sociétaires se trouve multiplié par 9....

— Oui, dit mon grand-père, mais cela te donnera-t-il neuf habits rouges? neuf fois Benjamin Rathery, qu'est-ce que cela fait?

— Ça fait neuf cents fois Machecourt! répliqua vivement Benjamin Mais laisse-moi finir ma démonstration, tu plaisanteras après.

Voilà neuf réclames vivantes qui s'insinuent partout, qui vous répètent le lendemain, sous une autre forme, ce qu'elles vous ont dit la veille ; neuf affiches qui parlent, qui arrêtent les passants par le bras ; neuf enseignes qui se promènent par la ville, qui discutent, qui font des dilemmes, des enthymènes, et se moquent de vous si vous n'êtes point de leur avis.

Il résulte de là que la réputation de Page, de Rapin, de Rathery, qui se traînait péniblement dans l'enceinte de leur petite ville, comme un avocat dans un cercle vicieux, prend tout à coup un essor étourdissant. Hier elle n'avait pas de pieds, aujourd'hui elle a des ailes. Elle se dilate comme un gaz quand on a ouvert le bocal où il était enfermé. Elle s'épand par toute la province. Les clients arrivent à ces gens-là de tous les points du bailliage ; ils arrivent du sud et de l'aquilon, de l'aurore et du couchant, comme dans l'Apocalypse les élus arrivent à la ville de Jérusalem. Au bout de cinq à six ans, Benjamin Rathery est à la tête d'une belle fortune qu'il dépense, avec grand fracas de verres et de bouteilles, en déjeuners et en dîners ; toi, Machecourt, tu n'es plus porteur de contraintes : je t'achète une charge de bailli. Ta femme est couverte de soie et de dentelles comme une sainte Renne ; ton aîné, qui est déjà enfant de chœur, entre au séminaire ; ton cadet, qui est malingreux et jaune comme un serin des Canaries, étudie la médecine : je lui cède ma réputation et mes vieux clients, et je l'entretiens d'habits rouges. De ton puîné nous faisons un robin. Ta fille aînée épouse un homme de plume. Nous marions la plus jeune à un gros bourgeois, et le lendemain de la noce nous mettons la machine au grenier.

— Oui, mais ta machine a un petit défaut, elle n'est pas à l'usage des honnêtes gens.

— Pourquoi cela ?

— Parce que.

— Mais enfin ?

— Parce que l'effet en est immoral.

— Pourrais-tu me prouver cela par or et par donc ?

— Va te promener avec tes or et tes donc. Toi qui es un savant, tu raisonnes avec ton esprit ; moi qui suis un pauvre porteur de contraintes, je sens avec ma conscience. Je soutiens que tout homme qui acquiert sa fortune par d'autres moyens que par son travail et ses talents, n'en est pas légitime possesseur.

— C'est très-bien ce que tu dis là, Machecourt ! s'écria mon oncle ; tu as parfaitement raison ! La conscience, c'est la meilleure de toutes les logiques, et le charlatanisme, sous quelque forme qu'il se déguise, est toujours une escroquerie. Eh bien ! brisons notre machine, et n'en parlons plus.

Tout en devisant ainsi ils approchaient du village de Moulot ; ils aperçurent, sur le seuil d'une porte de vigne, une espèce de soldat encadré profondément entre des ronces, dont les touffes brunes et rouges, meurtries par la gelée, tombaient pêle-mêle comme une chevelure en désordre. Cet homme avait sur sa tête un morceau de chapeau à cornes, sans cocarde ; sa figure en ruine avait une teinte pierreuse, cette teinte dorée qu'ont les vieux monuments au soleil. Deux grandes moustaches blanches encadraient sa bouche, comme deux parenthèses. Il était couvert d'un vieil uniforme ; sur une des manches s'étendait transversalement un vieux galon effacé. L'autre manche, dépouillée de son insigne, n'offrait plus qu'un rectangle qui se distinguait du reste de l'étoffe par une laine plus neuve et d'une nuance plus foncée. Ses jambes nues, enflées par le froid, étaient rouges comme des betteraves. Il laissait tomber d'une gourde quelques gouttes d'eau-de-vie sur de vieux morceaux de pain noir; un caniche, de la grande espèce, était assis devant lui sur son derrière, et suivait tous ses mouvements, pareil à un muet qui écoute avec ses yeux les ordres que lui donne son maître.

Mon oncle eût plutôt passé outre devant un bouchon que devant cet homme. S'arrêtant sur le bord du chemin :

— Camarade, dit-il, voilà un mauvais déjeuner!

— J'en ai fait de plus mauvais encore, mais Fontenoy et moi nous avons bon appétit.

— Qui Fontenoy?

— Mon chien, ce caniche que vous voyez.

— Diable ! voilà un beau nom pour un chien. Au fait, la gloire est bien pour les rois, pourquoi ne serait-elle pas pour les caniches?

— C'est son nom de guerre, poursuivit le sergent; son nom de famille est Azor.

— Eh! pourquoi l'appelez-vous Fontenoy!

— Parce qu'à la bataille de Fontenoy il a fait un capitaine anglais prisonnier.

— Eh! comment donc cela ? fit mon oncle tout émerveillé.

— D'une manière fort simple, en l'arrêtant par une des basques de son habit jusqu'à ce que je pusse lui mettre la main sur l'épaule; tel qu'il est, Fontenoy a été mis à l'ordre de l'armée, et a eu l'honneur d'être présenté à Louis XV, qui a daigné me dire : « Sergent Duranton, vous avez là un beau chien ! »

— Voilà un roi bien affable pour les quadrupèdes : je m'étonne qu'il n'ait pas donné des lettres de noblesse à votre caniche. Comment se fait-il que vous ayez quitté le service d'un si bon roi ?

— Parce qu'on m'a fait un passe-droit, dit le sergent, l'œil rutilant et la narine gonflée de colère; il y a dix ans que j'ai ces guenilles d'or sur le bras; j'ai fait toutes les campagnes de Maurice de Saxe, et j'ai sur le corps plus de cicatrices qu'il n'en faudrait pour faire deux états de service; ils m'avaient promis l'épaulette; mais nommer officier le fils d'un tisserand, ç'eût été un scandale à faire horripiler toutes les ailes de pigeon du royaume de France et de Navarre. Ils m'ont fait passer sur le corps une espèce de petit chevalier tout frais éclos de sa coquille de page. Ça saura se faire tuer tout de même, car ils sont braves, on ne peut pas leur refuser cela; mais ça ne sait pas dire : Tête.... dro te !

A cette parole de la théorie fortement accentuée par le sergent, le caniche tourna militairement la tête à droite.

— Tout beau ! Fontenoy, fit son maître; tu oublies que nous sommes retirés du service; et il reprit : Je n'ai pu passer cela au roi très-chrétien; dès ce moment, je me suis brouillé avec lui, et je lui ai demandé mon congé, qu'il m'a gracieusement accordé.

— Vous avez bien fait, brave homme, s'écria Benjamin en frappant sur l'épaule du vieux soldat, geste imprudent qui faillit le faire dévorer par le caniche. Si mon approbation peut vous ê re agréable; je vous la donne sans restriction; les nobles n'ont jamais nui à mon avancement; mais cela n'empêche pas que je les haïsse de tout mon cœur.

— En ce cas, c'est une haine toute platonique, interrompit mon grand-père.

— Dis plutôt une haine toute philosophique, Machecourt. La noblesse est la plus absurde de toutes les choses; c'est une révolte flagrante du despotisme contre le Créateur. Dieu a-t-il fait plus hautes les unes que les autres les herbes de la prairie, et a-t-il gravé des écussons sur l'aile des oiseaux ou sur le pelage des bêtes fauves ? Que signifient ces hommes supérieurs que fait un roi par lettres-patentes, comme il fait un gabeleur et un regrattier ? « A dater d'aujourd'hui, vous reconnaîtrez le sieur tel pour un homme supérieur. Signé Louis XV, et plus bas Choiseul. » Oh! que voilà une supériorité bien établie !

Un vilain est fait comte par Henri IV, parce qu'il a servi une

bonne oie à cette majesté ; un chapon avec l'oie et il était fait marquis ; il n'eût fallu ni plus d'encre ni plus de parchemin pour cela.
Maintenant les descendants de ces hommes ont le privilége de nous
bâtonner, nous dont les ancêtres n'ont jamais eu l'occasion d'offrir
à un roi une aile de volaille !

Et voyez un peu à quoi tiennent les grandeurs de ce monde : si
l'oie eût été un peu plus ou un peu moins cuite, qu'on y eût mis
une pincée de sel de plus ou une pincée de poivre de moins, qu'il
fût tombé un peu de suie dans la lèchefrite ou un peu de cendre
sur les tartines, qu'on l'eût servie un peu plus tôt ou un peu plus
tard, il y avait une famille noble de moins en France ! Et le peuple courbe le front devant une pareille grandeur ! Oh ! je voudrais,
comme Caligula le voulait du peuple romain, que la France n'eût
qu'une seule paire de joues pour la souffleter.

Mais, dis-moi donc, peuple imbécile, quelle valeur trouves-tu
donc aux deux lettres que ces gens mettent devant leur nom ? ajou-
tent-elles un pouce à leur taille ? ont-ils plus de fer que toi dans
le sang ? plus de moëlle cérébrale dans la boîte osseuse de leur
tête ? pourraient-ils manier une épée plus lourde que la tienne ? ce
de merveilleux guérit-il les écrouelles ? préserve-t-il son titulaire
de la colique quand il a trop dîné, ou de l'ivresse quand il a trop
bu ? Ne vois-tu pas que ces comtes, ces barons, ces marquis, sont
des majuscules qui, malgré la place qu'elles occupent dans la ligne, n'ont toujours que la valeur des simples lettres ? Si un duc et
pair et un bûcheron étaient ensemble dans une savane de l'Amérique, ou au milieu du grand désert de Sahara, je voudrais bien savoir lequel des deux serait le plus noble ?

Leur trisaïeul maniait la rondache, et ton père faisait des bon-
nets de coton, qu'est-ce que cela prouve pour eux et contre toi ?
Viennent-ils au monde avec la rondache de leur trisaïeul au côté ?
ont-ils ses cicatrices gravées sur leur peau ? Qu'est-ce que cette
grandeur qui se transmet de père en fils, comme une bougie neuve
qu'on allume à une bougie qui s'éteint ? Les champignons qui nais-
sent sur les débris d'un chêne mort sont-ils des chênes ?

Quand j'apprends que le roi a créé une famille noble, il me semble voir un cultivateur planter dans son champ un grand niais de pavot qui infectera vingt sillons de sa graine, et ne rapportera tous les ans que quatre grandes feuilles rouges. Cependant, tant qu'il y aura des rois, il y aura des nobles. Les rois font des comtes, des marquis, des ducs, pour que l'admiration monte jusqu'à eux par degrés. Les nobles, ce sont, relativement à eux, les bagatelles de la porte, la parade qui donne aux badauds un avant-goût des magnificences du spectacle. Un roi sans noblesse, ce serait un salon sans antichambre ; mais cette friandise de leur amour-propre leur coûtera cher. Il est impossible que vingt millions d'hommes consentent toujours à n'être rien dans l'Etat, pour que quelques milliers de courtisans soient quelque chose : quiconque a semé des priviléges doit recueillir des révolutions. Le temps n'est pas loin peut-être où tous ces brillants écussons seront traînés dans le ruisseau, et où ceux qui s'en décorent maintenant auront besoin de la protection de leurs valets.

— Eh ! me dites-vous, votre oncle Benjamin a dit tout cela ?

— Pourquoi pas ?

— Tout d'une haleine ?

— Sans doute. Qu'est-ce qu'il y a d'étonnant en cela ? Mon grand-père avait un broc qui tenait une pinte et demie, et mon oncle le vidait tout d'un trait : il appelait cela faire des tirades.

— Et ses paroles, comment ont-elles été conservées ?

— Mon grand-père les a écrites.

— Il avait donc là, en plein champ, tout ce qu'il fallait pour écrire ?

— Quelle bêtise ! un huissier.

— Et le sergent a-t-il encore quelque chose à dire ?

— Certainement. Il faut bien qu'il parle pour que mon oncle lui réponde.

Or donc, le sergent dit :

— Il y a trois mois que je suis en route ; je vais de ferme en ferme, et j'y reste tant qu'on veut me supporter. Je fais faire l'exercice aux enfants ; je raconte nos campagnes aux hommes et Fontenoy amuse les femmes avec ses gambades. Je ne suis pas pressé d'arriver, car je ne sais pas trop où je vais. Ils me renvoient dans mes foyers, et je n'ai pas de foyer. Il y a longtemps que le four de mon père est défoncé, et j'ai les bras plus creux et plus rouillés que deux vieux canons de fusil. Je crois tout de même que je retournerai dans mon village. Ce n'est pas que j'espère y être mieux qu'en tout autre pays. La terre y est aussi dure qu'ailleurs, on n'y boit pas l'eau-de-vie dans les ornières. Mais qu'importe ? j'y vais toujours. C'est comme un caprice de malade. Je serai la garnison du pays. S'ils ne veulent pas nourrir le vieux soldat, il faudra bien au moins qu'ils l'enterrent, et, ajouta-t-il, ils auront bien la charité d'apporter, sur ma fosse, un peu de soupe à Fontenoy jus qu'à ce qu'il soit mort de chagrin, car Fontenoy ne me laissera pas en aller tout seul. Quand nous sommes seuls et qu'il me regarde, il me promet cela, ce bon Fontenoy.

— Eh ! voilà le sort qu'ils vous ont fait, répondit Benjamin. En vérité, les rois sont les plus égoïstes de tous les êtres. Si les serpents, dont nos poètes parlent si mal, avaient une littérature, ils feraient des rois le symbole de l'ingratitude. J'ai lu quelque part que Dieu ayant fait le cœur des rois, un chien l'emporta, et que ne voulant pas recommencer sa besogne, il mit une pierre à la place. Cela me paraît assez vraisemblable. Pour les Capets, c'est peut-être un oignon de lis qu'ils ont à la place du cœur; je défie qu'on me prouve le contraire.

Parce qu'on a fait à ces gens-là une croix sur le front avec de l'huile, leur personne est auguste. ils sont majesté, ils sont NOUS, au lieu de JE, ils ne peuvent mal faire ; si leur valet de chambre les égratignait en leur passant leur chemise, il serait sacrilége. Leurs petits sont des altesses ; eux, ces marmots, qu'une femme porte au poing, dont le berceau tiendrait sous une cage à poulet, ils sont des hauteurs très-hautes, des montagnes sérénissimes. On ferait volontiers dorer par le bout les mamelles de leur nourrice. Si tel est l'effet d'un peu d'huile, quel respect aurions-nous donc pour les anchois, qui marinent dans l'huile jusqu'à ce qu'on les mange !

Chez la caste des sires, l'orgueil va jusqu'à la démence. On les compare à Jupiter tenant la foudre, et ils ne se trouvent pas trop honorés de la comparaison. La foudre de moins, et ils se fâcheraient. Cependant Jupiter a la goutte, et il faut deux valets pour le mener à sa table ou à son lit. Le rimeur Boileau a, de son autorité privée, a ordonné aux vents de se taire, attendu qu'il allait parler de Louis XIV :

> Et vous, Vents, faites silence,
> Je vais parler de Louis !

Et Louis n'a rien vu en cela que de très-naturel ; seulement il n'a pas songé d'ordonner aux commandants de ses vaisseaux de parler de Louis pour apaiser les tempêtes.

Ils croient tous, les pauvres fous, que l'espace de terre où ils règnent est à eux ; que Dieu le donna à Eudes, fonds et tréfonds, pour en jouir, sans trouble ni obstacle, lui et ses descendants. Qu'un courtisan leur dise que Dieu a fait la Seine tout exprès pour alimenter le grand bassin des Tuileries, ils le tiendront pour homme d'esprit. Ils regardent ces millions d'hommes qui sont autour d'eux comme une propriété dont on ne saurait, sous peine de pendaison, leur contester le titre ; les uns sont venus au monde pour leur fournir de l'argent, les autres pour mourir dans leurs querelles ; quelques-uns, qui ont le sang plus limpide et plus rose, pour leur procréer des maîtresses. Tout cela résulte évidemment de la croix qu'un vieil archevêque, de sa main caduque, leur a faite sur le front.

Ils vous prennent un homme dans la force de la jeunesse, ils lui mettent un fusil entre les mains, un sac sur le dos, ils le marquent à la tête d'une cocarde, puis ils lui disent : Mon confrère de Prusse a des torts envers moi, tu vas courir sus à tous ses sujets. Je les ai fait prévenir, par mon huissier qu'on appelle un héraut, que le 1er avril prochain tu auras l'honneur de te présenter sur la frontière pour les égorger, et qu'ils eussent à se tenir prêts pour te recevoir. Entre monarques, ce sont des égards qu'on se doit. Tu croiras peut-être au premier aspect que nos ennemis sont des hommes; mais ce ne sont pas des hommes, je t'en préviens, ce sont des Prussiens; tu les distingueras de la race humaine à la couleur de leur uniforme. Tâche de bien faire ton devoir; car je serai là, assis sur mon trône, qui te regarderai. Si tu remportes la victoire, quand vous reviendrez en France, on vous amènera sous les fenêtres de mon palais, je descendrai en grand uniforme, et je vous dirai : « Soldats ! je suis content de vous ! » Si vous êtes cent mille hommes, tu auras pour ta part un cent millième de ces six paroles. Au cas où tu resterais sur le champ de bataille, ce qui pourrait fort bien arriver, j'enverrai ton extrait mortuaire à ta famille afin qu'elle puisse te pleurer, et que tes frères puissent hériter de toi. Si tu perds un bras ou une jambe, je te les paierai ce qu'ils valent ; mais si tu as le bonheur ou le malheur, comme tu voudras, d'échapper au boulet, quand tu n'auras plus la force de porter ton sac, je te donnerai ton congé, et tu iras crever où tu voudras, cela ne me regardera plus.

— Voilà bien l'affaire, dit le sergent; quand ils ont extrait de notre sang ce phosphore dont ils font leur gloire, ils nous jettent de côté, comme le vigneron jette sur le fumier le marc du raisin après en avoir pressuré la liqueur; comme l'enfant jette au ruisseau le noyau du fruit qu'il vient de manger.

— C'est très-mal à eux, fit Machecourt dont l'esprit était à Corvol, et qui eût voulu y voir son beau-frère.

— Machecourt, dit Benjamin, le regardant de travers, choisis mieux tes expressions; il n'y a pas ici matière à plaisanterie. Oui, quand je vois ces fiers soldats qui ont fait de leur sang la gloire de leur pays, obligés, comme ce pauvre vieux Cicéron, de passer le reste de leur vie dans une échoppe de savetier, tandis qu'un tas de pantins dorés accaparent tout l'argent de l'impôt, et que des prostituées ont pour s'envelopper négligemment le matin des cachemires dont un seul vaut tous les vêtements d'une pauvre ménagère, je suis exaspéré contre les rois ; si j'étais Dieu, je leur mettrais sur le corps un uniforme de plomb, et je les condamnerais à faire mille ans de service dans la lune, avec toutes leurs iniquités dans leur sac. Les empereurs seraient caporaux.

Après avoir repris haleine et s'être essuyé le front, car il suait, mon digne grand-oncle, d'émotion et de colère, il tira mon grand-père à part et lui dit :

— Si nous faisions déjeuner avec nous chez Manette ce brave homme et ce glorieux caniche?

— Heim! heim! objecta mon grand-père.

— Que diable! répliqua Benjamin, on ne rencontre pas tous les jours un caniche qui a fait un capitaine anglais prisonnier, et tous les jours on donne des fêtes politiques à des gens qui ne valent pas cet honorable quadrupède.

— Mais, as-tu de l'argent? dit mon grand-père; moi je n'ai qu'une pièce de trente sous que ta sœur m'a donnée ce matin, parce que, je crois, elle n'est pas bien marquée, et elle m'a bien recommandé de lui en rapporter au moins la moitié.

— Moi, je n'ai pas un sou; mais je suis médecin de Manette, de même qu'elle est de temps en temps ma cabaretière, et nous nous faisons mutuellement crédit.

— Seulement le médecin de Manette?

— Qu'est-ce que cela te fait?

— Rien; mais je te préviens que je ne veux pas rester plus d'une heure chez Manette.

Mon oncle déclina donc son invitation au sergent. Celui-ci accepta sans cérémonie et se plaça joyeusement entre mon oncle et mon grand-père, ce qui s'appelle, en style de soldat, emboîter le pas.

Un taureau qu'un paysan menait au pré venait à eux. Offusqué sans doute par l'habit rouge de Benjamin, il fondit brusquement sur lui. Mon oncle esquiva ses cornes, et comme il avait des articulations d'acier, il franchit d'un saut, sans faire plus d'effort que s'il eût exécuté un entrechat, un large fossé qui séparait la route des champs. Le taureau, qui tenait sans doute à faire des estafilades à l'habit rouge, voulut opérer comme mon oncle; mais il tomba au milieu du fossé. C'est bien fait, dit Benjamin, voilà ce que c'est de chercher querelle à ceux qui ne songent pas à toi! Mais le quadrupède, obstiné comme un Russe qui monte à l'assaut, ne se rebuta pas pour ce mauvais succès; enfonçant ses sabots dans la terre à moitié dégelée, il cherchait à grimper le talus. Mon oncle, voyant cela, tira son épée, et tandis qu'il lardait de son mieux le mufle de l'animal, il appelait le paysan, et s'écriait: Bonhomme, arrêtez votre bête, sinon je vous préviens que je lui passe mon épée au travers du corps! Mais, tout en parlant ainsi, il laissa tomber son épée dans le fossé. Ote ton habit et jette-le-lui bien vite! s'écria Machecourt. Sauvez-vous dans les vignes, disait le paysan. Gzzi! Gzzi! Fontenoy, fit le sergent. Le caniche se jeta sur le taureau, et comme il savait son monde, il le mordit au jarret. La colère de l'animal se tourna alors contre le chien; mais, tandis qu'il faisait rage de ses cornes, le paysan arriva, et parvint à passer un nœud coulant autour des jambes de derrière du taureau. Cette habile manœuvre eut un plein succès et mit fin aux hostilités.

Benjamin redescendit sur la route; il croyait que Machecourt allait se moquer de lui; mais celui-ci était pâle comme un linge et tremblait sur ses jambes.

— Allons, Machecourt, remets-toi, dit mon oncle, ou bien il faudra que je te saigne; et toi, mon brave Fontenoy, tu as fait aujourd'hui une plus jolie fable que celle de La Fontaine, intitulée *la Colombe et la Fourmi*. Vous voyez, messieurs, qu'un bienfait n'est jamais perdu. La plupart du temps, le bienfaiteur est dans la nécessité de faire crédit longtemps à l'obligé; mais lui, Fontenoy, m'a payé d'avance. Qui diable m'aurait dit que j'aurais jamais de l'obligation à un caniche?

Moulot est caché entre une touffe de saules et de peupliers sur la rive gauche du ruisseau du Beuvron, au pied d'une grosse colline, dans laquelle mord la route de La Chapelle. Quelques maisons du village étaient déjà remontées sur le bord du chemin, blanches et endimanchées comme des paysannes qui vont dans un lieu fréquenté par le beau monde ; de ce nombre était le cabaret de Manette. A l'aspect du bouchon qui pendait, couvert de gloire, à la lucarne du grenier, Benjamin se mit à chanter de sa voix de stentor :

> Amis, il faut faire une pause,
> J'aperçois l'ombre d'un bouchon.

A cette voix qu'elle connaissait bien, Manette accourut toute rouge sur le seuil de sa porte.

Manette était une paysanne vraiment fort jolie, potelée, maflue, toute blanche, mais peut-être un peu trop rose ; vous eussiez dit de ses joues une flaque de lait sur laquelle on eût fait tomber quelques gouttes de vin.

— Messieurs, dit Benjamin, permettez-moi avant tout d'embrasser notre jolie cabaretière comme arrhes du bon déjeuner qu'elle va nous préparer tout de suite.

— Oui-dà ! M. Rathery, fit Manette se rejetant en arrière, vous n'êtes pas fait pour les paysannes, vous ; allez donc embrasser M\u1d50\u1d49 Minxit.

— Il paraît, pensa mon oncle, que le bruit de mon mariage est déjà répandu dans le pays. Ce ne peut être que M. Minxit qui en ait parlé ; donc, il tient à m'avoir pour gendre ; donc, s'il ne reçoit pas aujourd'hui ma visite, ce ne serait pas une raison pour que la négociation fût rompue.

Manette, ajouta-t-il, il ne s'agit pas ici de M\u1d50\u1d49 Minxit ; avez-vous du poisson ?

— Du poisson ! fit Manette, il y en a dans le vivier de M. Minxit.

— Je vous le répète, Manette, dit Benjamin, avez-vous du poisson ? Faites attention à ce que vous allez me répondre.

— Eh bien ! dit Manette, mon mari est allé à la pêche, et il reviendra bientôt.

— Bientôt n'est pas notre affaire ; mettez-nous sur le gril autant de tranches de jambon qu'il y en pourra tenir , et faites-nous une omelette de tous les œufs qui sont dans votre poulailler.

Le déjeuner fut bientôt prêt ; pendant que l'omelette allait, venait et sautait dans la poêle, le jambon grillait. Or, l'omelette fut presque aussitôt expédiée que servie. Une poule met six mois pour faire douze œufs, une femme met un quart-d'heure pour les convertir en omelette, et en cinq minutes trois hommes absorbent l'omelette.

— Voyez, disait Benjamin, comme la décomposition va plus vite que la recomposition ; les contrées couvertes d'une nombreuse population s'appauvrissent tous les jours. L'homme est un enfant gourmand qui fait maigrir sa nourrice ; le bœuf ne rend pas à la prairie toute l'herbe qu'il lui a prise ; les cendres du chêne que nous brûlons ne retournent pas en chêne à la forêt ; le zéphir ne rapporte pas au rosier les feuilles du bouquet que la jeune fille disperse autour d'elle ; la bougie qui tombe devant nous ne retombe pas en rosée de cire sur la terre ; les fleuves dépouillent incessamment les continents et vont perdre au sein des mers les choses qu'ils enlèvent à leurs rivages ; la plupart des montagnes n'ont plus de verdure sur leurs grands crânes chauves ; les Alpes nous montrent à nu leurs ossements déchirés ; l'intérieur de l'Afrique n'est plus qu'un lac de sable ; l'Espagne est une vaste bruyère, et l'Italie un grand ossuaire où il ne reste qu'une couche de cendre. Partout où les grands peuples ont passé, ils ont laissé la stérilité sur leurs traces. Cette terre parée de verdure et de fleurs, c'est un phthisique dont les joues sont roses, mais dont la vie est condamnée. Un temps viendra où elle ne sera plus qu'une masse inerte, morte, glacée, une grande pierre sépulcrale sur laquelle Dieu écrira : « Ci-gît le genre humain. » En attendant, messieurs, profitons des biens que la terre nous donne, et comme elle est assez bonne mère, buvons à sa bonne existence.

On en vint au jambon ; mon grand-père mangeait par devoir, parce qu'il faut que l'homme mange pour se faire du sang, et qu'il ait du sang pour faire des commandements ; Benjamin mangeait pour s'amuser ; mais le sergent mangeait comme un homme qui ne s'est mis à table que pour cela, et il ne sonnait mot.

A table, Benjamin était un grand homme ; mais son noble estomac n'était pas exempt de jalousie, passion basse qui ternit les plus brillantes qualités.

Il regardait faire le sergent de l'air de dépit d'un homme sur-
passé, comme César eût regardé, du haut du Capitole, Bonaparte
gagnant la bataille de Marengo. Après avoir contemplé pendant
quelque temps son homme en silence, il jugea à propos de lui adresser ces paroles :

— Boire et manger sont deux êtres qui se ressemblent : au
premier aspect, vous les prendriez pour deux cousins-germains.
Mais boire est autant au-dessus de manger que l'aigle qui s'abat
sur la pointe des rochers est au-dessus du corbeau qui perche
sur la cime des arbres. Manger est un besoin de l'estomac ;
boire est un besoin de l'âme. Manger n'est qu'un vulgaire artisan,
tandis que boire est un artiste. Boire inspire de riantes idées aux
poëtes, de nobles pensées aux philosophes, des sons mélodieux
aux musiciens ; manger ne leur donne que des indigestions. Or,
je me flatte, sergent, que je boirais bien autant que vous, je crois
même que je boirais mieux ; mais pour manger, je ne suis auprès de
vous qu'une mazette. Vous tiendriez tête à Arthus en personne : je
crois même que, sur un dindon, vous seriez dans le cas de lui rendre une aile.

— C'est, répondit le sergent, que je mange pour hier, aujour-
d'hui et demain.

— Permettez-moi donc de vous servir, pour après-demain, cette
dernière tranche de jambon.

— Grand merci, dit le sergent, il y a une fin à tout.

— Eh bien ! le Créateur qui a fait les soldats pour passer subitement de l'extrême abondance à l'extrême disette, leur a donné,
comme au chameau, deux estomacs ; leur second estomac, c'est leur
sac. Mettez donc dans votre sac ce jambon dont Machecourt ni moi
ne voulons plus.

— Non, dit le soldat, je n'ai pas besoin de faire de maga-
sins, moi : les vivres viennent toujours assez ; permettez-moi
d'offrir ce jambon à Fontenoy ; nous sommes dans l'habitude
de tout partager ensemble, les jours de noce comme les jours de
jeûne.

— Vous avez là, en effet, un chien qui mérite qu'on prenne soin de lui, dit mon oncle ; voudriez-vous me le vendre ?

— Monsieur!... fit le sergent, jetant rapidement la main sur son caniche.

— Pardon, brave homme, pardon, désolé de vous avoir offensé ; ce que j'en disais, c'était seulement pour parler ; je sais bien que proposer au pauvre de vendre son chien, c'est proposer à une mère de vendre son enfant.

— Tu ne me feras pas croire, dit mon grand-père, qu'on puisse aimer un chien autant qu'un enfant; moi aussi j'ai eu un caniche, un caniche qui valait bien le vôtre, sergent, soit dit sans offenser Fontenoy, sauf qu'il n'a fait d'autres prisonniers que la perruque du collecteur. Eh bien ! un jour que j'avais l'avocat Page à dîner, il m'a emporté une tête de veau, et, le soir même, je l'ai fait passer sous la roue du moulin.

— Ce que tu dis là ne prouve rien ; toi, tu as une femme et six enfants, c'est bien assez de besogne pour toi d'aimer tout ce monde sans t'aller prendre d'une affection romanesque pour un caniche ; mais je te parle, moi, d'un pauvre diable isolé parmi les hommes et qui n'a pour toute parenté que son chien. Mets un homme avec un chien dans une île déserte; mets, dans une autre île déserte une femme avec son enfant, je te parie qu'au bout de six mois l'homme aimera le chien, si le chien est aimable toutefois, autant que la femme aimera son enfant.

— Je conçois, répondit mon grand-père, qu'un voyageur ait un chien pour lui tenir compagnie ; qu'une vieille femme qui est seule dans sa chambre ait un roquet avec lequel elle bavarde toute la journée. Mais qu'un homme aime un chien d'affection, qu'il l'aime comme un chrétien, voilà ce que je nie, voilà ce qui n'est pas possible !

— Et moi je te dis que dans telles circonstances données, tu aimerais même un serpent à sonnettes; la fibre aimante chez l'homme ne peut rester complétement inerte. L'homme a horreur du vide ; qu'on observe avec attention l'égoïste le plus endurci, on finira par trouver, comme une petite fleur entre des pierres, une affection cachée sous un pli de son âme.

Règle générale et sans exception, il faut que l'homme aime quelque chose. Le dragon qui n'a pas de maîtresse aime son cheval; la jeune fille qui n'a pas d'amant, aime son oiseau; le prisonnier, qui ne peut décemment aimer son geôlier, aime l'araignée qui file sa toile à la lucarne de son cachot, ou la mouche qui descend vers lui dans un rayon de soleil. Quand nous ne trouvons rien d'animé où puissent se prendre nos affections, nous aimons la matière brute, une bague, une tabatière, un arbre, une fleur : le Hollandais se passionne pour ses tulipes, et l'antiquaire pour ses camées.

En ce moment, le mari de Manette entra avec une grosse anguille dans son sac.

— Machecourt, dit Benjamin, il est midi, voilà l'heure de dîner, si nous dînions avec cette anguille?

— C'est l'heure de partir, dit Machecourt, et nous dînerons chez M. Minxit.

— Et vous, sergent, si nous mangions cette anguille?

— Moi, dit le sergent, je ne suis pas pressé d'arriver; comme je ne vais pas plus là qu'ailleurs, tous les soirs je suis rendu à mon gîte.

— Très-bien parlé! Et le respectable caniche, quelle est son opinion à cet égard?

Le caniche regarda Benjamin, et remua deux ou trois fois la queue.

— Bien! qui ne dit mot consent : ainsi, Machecourt, nous voilà trois contre toi, il faut que tu te rendes à l'opinion de la majorité. La majorité, vois-tu, mon ami, c'est plus fort que tout le monde cela. Mets dix philosophes d'un côté et onze imbéciles de l'autre, les imbéciles l'emporteront.

— L'anguille est en effet fort belle, dit mon grand-père, et si Manette a un peu de lard frais, elle en fera une excellente matelote. Mais, diable! et mon exploit; il faut bien que le service du roi se fasse.

— Fais bien attention à ceci, dit Benjamin, il faudra indubitablement que quelqu'un me prête son bras pour me reconduire à Clamecy; si tu t'affranchissais de ce pieux devoir, je ne te tiendrais plus pour mon beau-frère.

Or, comme Machecourt tenait beaucoup à être le beau-frère de Benjamin, il resta.

L'anguille étant prête, on se remit à table. La matelote de Manette était un chef-d'œuvre ; le sergent ne se lassait pas de l'admirer. Mais les chefs-d'œuvre de cuisinier sont œuvres éphémères; on leur donne à peine le temps de refroidir. Il n'y a qu'une chose dans les arts qu'on puisse comparer aux produits culinaires : ce sont les produits du journalisme ; et encore, un ragoût peut se réchauffer, une terrine de foies gras peut exister un mois entier, un jambon peut revoir autour de lui ses admirateurs ; mais un article de journal n'a pas de lendemain. On n'en est pas à la fin qu'on a oublié le commencement ; et, quand on l'a parcouru, on le jette sur son bureau, comme on jette sa serviette sur la table quand on a dîné. Aussi, je ne comprends pas que l'homme qui a une valeur littéraire consente à perdre son talent dans les obscurs travaux du journalisme ; comment lui, qui peut écrire sur du parchemin, se résout-il à griffonner sur le papier brouillard d'un journal! Certes, ce ne doit pas être pour lui un petit crève-cœur, quand il voit les feuillets où il a mis sa pensée, tomber sans bruit avec ces mille feuillets que l'arbre immense de la presse secoue chaque jour de ses branches.

Cependant l'aiguille du coucou allait toujours pendant que mon oncle philosophait. Benjamin ne s'aperçut qu'il faisait nuit que quand Manette vint apporter une chandelle allumée sur la table. Alors, sans attendre les observations de Machecourt, qui du reste était peu capable de faire observer quelque chose, il déclara que c'en était assez comme cela pour un jour, et qu'il fallait retourner à Clamecy.

Le sergent et mon grand-père sortirent les premiers. Manette arrêta mon oncle sur le seuil de la porte :

— M. Rathery, lui dit-elle, voilà !

— Qu'est-ce que ce griffonnage? dit mon oncle. « Le 10 août, trois bouteilles de vin et un fromage à la crême ; le 1er septembre, avec M. Page, neuf bouteilles et un plat de poisson. » Dieu me pardonne, je crois que c'est un mémoire !

— Sans doute, dit Manette ; je vois bien qu'il est temps de régler nos comptes, et j'espère que vous m'enverrez le vôtre ces jours-ci.

— Moi, Manette, je n'ai pas de compte à vous faire. Belle corvée, ma foi, que de toucher le bras blanc et potelé d'une jolie femme comme vous l'êtes !

— Vous dites cela pour vous moquer de moi, M. Rathery, fit Manette, tressaillant d'aise.

— Je le dis parce que c'est vrai, parce que je le pense, répondit mon oncle. Pour ton mémoire, ma pauvre Manette, il arrive dans un moment fatal : je suis obligé de te déclarer que je n'ai pas un petit écu à l'heure qu'il est ; mais, tiens, voilà ma montre, tu la garderas jusqu'à ce que je t'aie remboursée. Ça se trouve on ne peut mieux, elle ne va plus depuis hier.

Manette se mit à pleurer et déchira le mémoire. Mon oncle l'embrassa sur la joue, sur le front, sur les yeux, partout où il put la rencontrer.

—Benjamin, lui dit Manette se penchant vers son oreille, si vous avez besoin d'argent, dites-le-moi.

— Non! non! Manette, répondit vivement mon oncle, je n'ai pas besoin de ton argent. Diable ! ceci deviendrait grave. Te faire payer le bonheur que tu me donnes ! mais ce serait une indignité ; je serais vil comme une prostituée ; et il embrassa Manette comme la première fois.

— Ouais ! ne vous gênez pas, M. Rathery, fit Jean-Pierre qui entrait.

— Tiens ! tu étais là, toi, Jean-Pierre ? Est-ce que tu serais jaloux, par hasard ? Je te préviens que j'ai une aversion profonde pour les jaloux.

— Mais il me semble que j'en ai bien le droit d'être jaloux.

— Imbécile ! tu prends toujours les choses à l'envers. Ces messieurs m'ont chargé de témoigner à ta femme leur satisfaction pour l'excellente matelote qu'elle nous a faite, et je m'acquittais de la commission.

— Vous aviez un bon moyen, ce me semble, de témoigner votre satisfaction à Manette, c'était de la payer, entendez-vous?

— D'abord, Jean-Pierre, nous n'avons pas affaire à toi : c'est Manette qui est ici la cabaretière; quant à te payer, sois tranquille, c'est moi qui me charge de l'écot : tu sais qu'il n'y a rien à perdre avec moi; et d'ailleurs si tu as peur d'attendre trop longtemps, je vais te passer de suite mon épée au travers du corps. Cela te convient-il, Jean-Pierre? Et en disant cela il sortit.

Benjamin jusqu'alors n'avait été que surexcité, il renfermait tous les éléments de l'ivresse sans être encore ivre. Mais en sortant du cabaret de Manette, le froid le saisit au cerveau et aux jambes.

— Holà ! eh! Machecourt, où es-tu!

— Me voici, qui te tiens par le revers de ton habit.

— Tu me tiens, c'est bien, ça me fait honneur ; c'est une flatterie que tu m'adresses. Tu veux me dire que je suis en état de soutenir mon hypostase et la tienne. Dans un autre temps, oui ; mais maintenant je suis faible comme le vulgaire des hommes quand il a dîné trop longtemps. Je t'ai retenu ton bras; je te somme de venir me l'offrir.

— Dans un autre temps, oui, dit Machecourt; mais il y a une difficulté, c'est que je ne puis marcher moi-même.

— Alors, tu as forfait à l'honneur, tu as manqué au plus sacré des devoirs; je t'avais retenu ton bras, tu devais te ménager pour nous deux; mais je te pardonne ta faiblesse. *Homo sum....* c'est-à-dire, je te pardonne à une condition : c'est que tu vas m'aller chercher de suite le garde-champêtre et deux paysans portant des flambeaux pour me reconduire à Clamecy. Tu prendras un bras de l'officier rural et moi l'autre.

— Mais il est manchot, l'officier rural, dit mon grand-père.

— Alors le bras valide m'appartient; tout ce que je puis faire pour toi, c'est de te permettre de te tenir à ma queue, et tu prendras garde de défaire le ruban. Si cela t'arrange mieux, monte sur le dos du caniche.

— Messieurs, dit le sergent, pourquoi chercher si loin ce qui est tout près de vous? Moi j'ai deux bons bras que le boulet a heureusement épargnés, je les mets à votre disposition.

— Vous êtes un brave homme, sergent, dit mon oncle prenant le bras droit du vieux soldat.

— Un excellent homme, dit mon grand-père prenant le bras gauche.

— Je me charge de votre avenir, sergent.

— Et moi aussi, sergent, je m'en charge, quoique, à vrai dire, toute charge dans ce moment-ci...

— Je vous apprendrai à arracher les dents, sergent.

— Et moi, sergent, j'enseignerai à votre caniche à être garnisaire.

— Dans trois mois, vous serez dans le cas de courir les foires.

— Dans trois mois votre caniche, s'il se conduit bien, pourra gagner trente sous par jour.

— Le sergent fera sur toi son apprentissage, Machecourt; tu as de vieux chicots tout délabrés qui te tourmentent, nous t'en arracherons un tous les deux jours de peur de te fatiguer, et quand nous aurons fini pour les chicots, nous t'arracherons les gencives.

— Et moi je mettrai mon garnissaire au service de tes créanciers, mauvais payeur! je vais t'instruire d'avance des devoirs que tu auras à remplir envers lui. Tu lui dois le matin du pain et du fromage, ou, dans la saison, une botte de petites raves; à dîner, la soupe et le bouilli, et à souper, un rôti et une salade; la salade peut se remplacer par un petit verre. Tu auras soin qu'il ne dépérisse pas entre tes mains; car rien ne fait honneur à un débiteur comme un garnissaire bien gras. De son côté, il doit se conduire honnêtement envers toi; il n'a pas le droit de te troubler dans tes occupations, de jouer, par exemple, de la clarinette, ou de donner du cor de chasse.

— En attendant, j'offre un gîte au sergent à la maison. Tu ne me désapprouveras pas, n'est-ce pas, Machecourt?

— Pas précisément, mais j'ai grand'peur que ta chère sœur ne te désavoue.

— Ah çà, messieurs, dit le sergent, entendons-nous, ne m'exposez pas à recevoir un affront; car, je vous en préviens, il faudrait que l'un ou l'autre m'en fît compte.

— Soyez tranquille, sergent, dit mon oncle; et, si le cas échéait, ce serait à moi que vous vous adresseriez; car, pour Machecourt, il ne sait se battre que quand son adversaire lui cède la lame de son épée et garde le fourreau.

Tout en philosophant ainsi, ils arrivèrent à la porte de la maison. Mon grand-père ne se souciait pas d'entrer le premier, et mon oncle ne voulait entrer que le second. Pour arranger la chose, ils entrèrent tous deux ensemble, s'entrechoquant comme deux gourdes qu'on porte au bout d'un bâton. Le sergent et le caniche, dont l'intrusion fit gronder la chatte comme une tigresse royale, tenaient l'arrière-garde.

— Ma chère sœur, dit Benjamin, j'ai l'honneur de vous présenter un élève en chirurgie et un....

— Benjamin s'apprête à te dire des bêtises, interrompit mon grand-père : ne l'écoute pas ; monsieur est un soldat qu'on nous envoie en logement, et que nous avons rencontré à la porte.

Ma grand'mère était une bonne femme, mais un peu harpie; elle croyait que de crier bien fort ça la grandissait. Elle avait la meilleure envie du monde de se mettre en colère, et elle en avait d'autant plus envie qu'elle en avait le droit. Mais elle se piquait de savoir vivre, attendu qu'elle descendait d'un robin; la présence d'un étranger la contint.

Elle offrit à souper au sergent. Celui-ci ayant refusé, et pour cause, elle le fit conduire par un de ses enfants au cabaret voisin, avec recommandation de lui donner à déjeuner le lendemain avant qu'il se remît en route.

Mon grand-père pliait toujours comme un jonc, le brave homme,

l'homme paisible qu'il était, quand s'élevait une bourrasque conju-
gale. Ce qui peut, jusqu'à un certain point, excuser en lui cette faiblesse, c'est qu'il avait toujours tort.

Il avait bien vu l'orage s'amasser sur le front plissé de sa femme;
aussi le sergent était encore sur le seuil de la porte, que déjà il
avait gagné son lit où il s'introduisit de son mieux. Pour Benjamin,
il était incapable d'une telle lâcheté. Un sermon en cinq points,
comme une partie d'écarté, ne l'eût pas fait coucher une minute
avant son heure. Il voulait bien que sa sœur le grondât, mais il ne
consentait pas à la craindre. Il attendait la tempête qui allait éclater
avec l'indifférence d'un écueil, les deux mains dans ses poches, le
dos appuyé contre le manteau de la cheminée, et chantonnant entre
ses lèvres :

> Malbroug s'en va-t'en guerre
> Mironton, mironton, mirontaine !
> Malbroug s'en va-t'en guerre,
> Savoir s'il reviendra.

Ma grand'mère eut à peine éconduit le sergent, qu'impa-
tiente d'en venir aux mains, elle vint se placer en face de
Benjamin,

— Eh bien ! Benjamin, es-tu content de ta journée ? te trouves-
tu bien comme cela ? faut-il que je t'aille tirer une bouteille de vin
blanc ?

—Merci, chère sœur. Comme vous le dites très-élégamment, ma
journée est finie.

— Belle journée, en effet ; il en faudrait beaucoup comme celle-
là pour payer tes dettes. Te reste-t-il au moins assez de raison pour
me dire comment vous a reçus M. Minxit ?

— *Mironton, mironton, mirontaine*, chère sœur, fit Benjamin.

—Ah ! *mironton, mironton, mirontaine*, s'écria ma grand'-
mère, attends ! je vais t'en donner, moi, du *mironton, mirontaine*;
et elle s'empara des pincettes. Mon oncle recula de trois pas et tira
son épée.

— Chère sœur, dit-il en se mettant en garde, je vous rends responsable de tout le sang qui va être répandu ici.

Mais ma grand'mère, quoiqu'elle descendît d'un robin, n'avait pas peur d'une épée ; elle porta à son frère un coup de pincettes qui l'atteignit au pouce et lui fit lâcher sa lame. Benjamin tournait autour de la chambre, serrant son pouce blessé de sa main gauche. Pour mon grand-père, quoiqu'il fût bon entre les meilleurs, il étouffait de rire sous ses draps. Il ne put s'empêcher de dire à mon oncle :

—Eh bien! comment trouves-tu cette botte-là? Cette fois tu avais bien le fourreau et la lame : tu ne peux pas dire que les armes n'étaient pas égales.

— Hélas! non, Machecourt, elles ne l'étaient pas, il aurait fallu pour cela que j'eusse la pelle. C'est égal, ta femme, car je ne puis plus dire ma chère sœur, mérite de porter, au lieu d'une quenouille, une paire de pincettes au côté. Avec une paire de pincettes elle gagnerait des batailles. Je suis vaincu, j'en conviens, et je dois subir la loi du vainqueur. Eh bien ! non, nous ne sommes pas allés jusqu'à Corvol ; nous nous sommes arrêtés chez Manette.

— Toujours chez Manette, une femme mariée! tu n'as pas honte, Benjamin, d'une telle conduite?

— Honte! et pourquoi , chère sœur? Du moment qu'une cabaretière est mariée, est-ce qu'on ne peut plus déjeuner chez elle? Ce n'est pas là ma manière de voir, moi : pour un vrai philosophe, un bouchon n'a pas de sexe, n'est-ce pas, Machecourt?

— Que je la rencontre au marché, ta Manette, je la traiterai, la péronnelle qu'elle est, comme elle le mérite!

— Chère sœur, quand vous rencontrerez Manette au marché, achetez-lui des fromages à la crème tant que vous voudrez ; mais si vous l'insultez.....

— Eh bien ! si je l'insultais, que me ferais-tu ?

— Je vous quitterais, je passerais aux îles, et j'emmènerais Machecourt, je vous en préviens.

Ma grand'mère comprit que tous ses emportements n'aboutiraient à rien, et elle prit de suite son partï.

— Tu vas faire comme cet ivrogne qui est dans son lit, dit-elle; tu as aussi besoin que lui de te coucher. Mais demain, c'est moi qui te conduirai chez M. Minxit, et nous verrons si tu t'arrêteras en route.

— *Mironton, mironton, mirontaine*, faisait Benjamin en allant se coucher.

L'idée de la démarche qu'il devait faire le lendemain agitait le sommeil ordinairement si paisible, si compacte et si dense de mon oncle ; il rêvait tout haut, et voici ce qu'il disait :

Vous dites, sergent, que vous avez dîné comme un roi. Ce n'est pas cela le mot, c'est une lilote que vous faites. Vous avez dîné mieux qu'un empereur. Les rois et les empereurs, malgré toute leur puissance, ne peuvent faire un extra, et vous en avez fait un. Voyez-vous, sergent, tout est relatif. Cette matelote ne vaut certainement pas un perdreau truffé. Cependant elle a chatouillé plus agréablement vos houppes nerveuses qu'un perdreau truffé ne chatouillerait celles du roi : pourquoi cela ? Parce que le palais de Sa Majesté est blasé sur les truffes, tandis que le vôtre n'a pas l'habitude des matelotes.

Ma chère sœur me dit : Benjamin, fais quelque chose pour devenir riche. Benjamin, épouse Mlle Minxit pour avoir une bonne dot. A quoi cela me servira-t-il ? Le papillon, pour deux ou trois mois de beaux jours qu'il a à vivre, se donne-t-il la peine de se bâtir un nid ? Je suis convaincu, moi, que les jouissances sont relatives aux positions, et qu'au bout de l'année, le gueux et le riche ont eu la même somme de bonheur. Bonne ou mauvaise, chaque individu s'habitue à sa situation. Le boiteux ne s'aperçoit pas qu'il va sur une béquille; et le riche qu'il a un équipage. Le pauvre escargot qui porte sa maison sur son dos, jouit autant d'un jour de parfums et de soleil que l'oiseau qui gazouille au-dessus de lui sur sa branche. Ce n'est point la cause qu'il faut considérer, c'est l'effet qu'elle produit. Le manœuvre qui est assis sur son banc devant sa chaumière ne se trouve-t-il pas aussi bien que le roi sur l'édredon de son fauteuil ? Gros-Jean ne mange-t-il pas la soupe aux choux avec autant de plaisir que le riche son potage aux écrevisses ? et le mendiant ne dort-il pas aussi bien dans la paille où il s'épanouit que la grande dame sous ses rideaux de soie et entre la batiste parfumée de son lit ? Un enfant, lorsqu'il trouve un liard, est plus content que le banquier qui a trouvé un louis, et le pauvre paysan qui hérite d'un arpent de terre est aussi triomphant que le roi auquel ses armées ont conquis une province et qui fait entonner un *Te Deum* par son peuple !

Tout mal ici-bas se compense par un bien, et tout bien qui s'étale est atténué par un mal qu'on ne voit pas. Dieu a mille moyens de faire des compensations ; s'il a donné à l'un de bons dîners, à l'autre il donne un peu plus d'appétit, et cela rétablit l'équilibre. Au riche il a donné la crainte de perdre, le souci de conserver, et au gueux l'insouciance. En nous envoyant dans ce lieu d'exil, il nous a fait à tous un bagage à peu près égal de misère et de bien-être ; s'il en était autrement, il ne serait pas juste, car tous les hommes sont ses enfants.

Et pourquoi donc, en effet, le riche serait-il plus heureux que le pauvre ? Il ne travaille point ! eh bien ! il n'a pas le plaisir de se reposer.

Il a de beaux habits ; mais tout l'agrément en revient à celui qui le regarde. Quand le marguillier fait la toilette d'un saint, est-ce pour le saint lui-même ou pour ses adorateurs ? Au reste, n'est-on pas aussi bien bossu dans un habit de velours que dans un habit de tiretaine ?

Le riche a deux, trois, quatre, dix valets à son service. Eh ! mon Dieu ! que fait cette quantité de membres inutiles qu'on ajoute orgueilleusement à son corps, lorsqu'il n'en faut que quatre pour faire le service de notre personne ? L'homme habitué à se faire servir, c'est un malheureux perclus de tous ses membres qu'il faut faire manger et boire.

Ce riche a un hôtel à la ville et un château à la campagne ; mais qu'importe le château quand le maître est à l'hôtel, et l'hôtel quand il est au château ? Qu'importe que son logis se compose de vingt chambres lorsqu'il ne peut être que dans une seule à la fois ?

Attenant son château, il a pour promener ses rêveries un grand parc clos par un mur à chaux et à sable, de dix pieds de haut ; mais d'abord s'il n'a pas de rêveries ? et ensuite est-ce que la campagne qui n'est close que par l'horizon et qui appartient à tous, n'est pas aussi belle que son grand parc ?

Au milieu dudit parc, un canal entretenu par un filet d'eau traîne ses eaux verdâtres et malades sur lesquelles se collent, comme des emplâtres, les larges feuilles du nénuphar ; mais le fleuve qui se promène librement dans la pleine campagne, n'est-il pas plus clair et plus liquide que son canal ?

Des dahlias de cent cinquante espèces différentes bordent ses allées, soit ; je vous donne encore les quatre autres cents, ce qui fait cent cinquante-six espèces ; mais le chemin ombragé d'ormes qui se glisse dans l'herbe comme un serpent, ne vaut-il pas bien ses allées ? et les haies toutes festonnées de roses sauvages et toutes parsemées d'aubépines, les haies qui mêlent au vent leurs touffes de toutes couleurs et en jettent les fleurs sur le chemin, ne valent-elles pas bien ces dahlias dont l'horticulteur seul peut deviner le mérite !

Ledit parc lui appartient exclusivement, dites-vous ? Vous vous trompez ; il n'y a que l'acte d'acquisition enfermé dans son secrétaire dont il ait la propriété exclusive, et encore il faut pour cela que les tiques ne le lui mangent pas. Son parc lui appartient bien moins qu'aux oiseaux qui y font leurs nids, qu'aux lapins qui en broutent le serpolet, qu'aux insectes qui bruissent sous les feuilles. Son garde-champêtre peut-il empêcher que le serpent ne s'y roule entre les herbes ou que le crapaud ne s'y tapisse sous la mousse ?

Le riche donne des fêtes ; mais est-ce que les danses sous les vieux tilleuls de la promenade, au son de la musette, ne sont pas des fêtes ?

Le riche a un équipage. Il a un équipage, le malheureux ! mais il est donc cul-de-jatte ou paralysé. Voilà une femme qui porte un enfant sur ses bras tandis que l'autre gambade autour d'elle, court après les papillons et les fleurs. Lequel des deux marmots est dans la plus agréable situation ? Un équipage ! mais c'est une infirmité que vous avez; qu'une roue se casse à votre voiture, que votre cheval se déferre, et vous voilà boiteux. Ces grands seigneurs qui, sous Louis XIV, se faisaient mener au bal en litière : pauvres gens qui avaient des jambes pour danser et n'en avaient pas pour marcher, combien ils devaient souffrir de la fatigue de ceux qui les portaient ! Aller en voiture, vous croyez que c'est une jouissance du riche; vous vous trompez : ce n'est qu'une servitude que sa vanité lui impose. S'il en était autrement, pourquoi ce monsieur ou cette dame, qui sont maigres comme un fagot d'épines et qu'un âne porterait surabondamment, feraient-ils atteler quatre chevaux à leur carrosse ?

Pour moi, quand je suis sur la pelouse, dans la mousse jusqu'à la cheville du pied ; quand je vais, les mains dans mes poches, au gré d'un beau chemin de traverse, rêvant et jetant derrière moi, comme un damné qui passe, les bleus flocons de ma pipe culottée, ou que je suis lentement, par un beau clair de lune, le chemin blanc que festonne d'un côté l'ombre des haies, je voudrais bien voir qu'on eût l'insolence de venir m'offrir une voiture !

A ces mots, mon oncle se réveilla.

— Quoi, dites-vous, votre oncle a rêvé cela et tout haut ?

— Qu'a donc cela d'étonnant ? Mme Georges Sand a bien fait rêver tout haut un chapitre d'un de ses romans au révérend père Spiridion. M. Golbéry n'a-t-il pas rêvé tout haut à la chambre, pendant une heure, d'une proposition sur le compte-rendu des débats parlementaires ? Et nous-mêmes ne rêvons-nous pas depuis treize ans que nous avons fait une révolution ? Quand mon oncle n'avait pas eu le temps de philosopher pendant le jour, par compensation, il philosophait en rêvant. Voilà comment j'explique le phénomène dont je viens de vous rapporter le résultat.

IV

COMMENT MON ONCLE SE FIT PASSER POUR LE JUIF-ERRANT, ET CE QU'IL EN ADVINT.

Cependant ma grand'mère avait mis sa robe de soie gorge-pigeon, qu'elle ne tirait de son armoire que le jour des quatre fêtes solennelles de l'année ; elle avait attaché sur son bonnet rond, en guise de bandeau, le plus beau de ses rubans, un ruban rouge-cerise qui était large comme la main et au-delà ; elle avait apprêté son mantelet de taffetas noir brodé d'une dentelle de même couleur, et elle avait tiré de son étui son manchon neuf de poil de loup-cervier, cadeau que Benjamin lui avait fait le jour de sa fête et qu'il devait encore au fournisseur. Quand elle fut ainsi attifée, elle ordonna à un de ses enfants d'aller quérir l'âne de M. Durand, un beau bourriquet qui, à la dernière foire de Billy, avait coûté trois pistoles et se louait trente-six deniers de plus que le vulgaire des ânes.

Puis elle appela Benjamin. Quand celui-ci descendit, l'âne de M. Durand, ayant aux flancs ses deux paniers au milieu desquels s'enflait un gros oreiller bien blanc, était attaché devant la porte et mangeait sa provende de son qu'on lui avait servie dans une corbeille sur une chaise.

Benjamin s'inquiéta d'abord si Machecourt était là, pour boire un verre de vin blanc avec lui. Sa sœur lui ayant dit qu'il était sorti :

— J'espère au moins, ajouta-t-il, ma bonne sœur, que vous me ferez l'amitié de prendre un petit verre de ratafia avec moi ; car l'estomac de mon oncle savait se mettre à la portée de tous les estomacs.

Ma grand'mère n'avait aucune répugnance pour le ratafia, au

contraire ; elle agréa la proposition de Benjamin et lui permit
d'aller quérir la carafe. Enfin, après avoir bien recommandé à mon
père, qui était l'aîné, de ne pas battre ses frères ; à Prémoins, qui
était indisposé, de demander quand il aurait certains besoins, et
avoir donné sa tâche de tricot à la Surgie, elle monta sur son bourriquet.

Vive la terre et le soleil ! les voisines s'étaient mises sur leur porte
pour la voir partir ; car, à cette époque, voir une femme de la classe
moyenne parée un autre jour que le dimanche, c'était un événement
dont chacun des regardants cherchait à pénétrer les causes, et sur
lequel il établissait un système.

Benjamin, bien rasé et surabondamment poudré, rouge d'ailleurs
comme un pavot qui s'étale au soleil du matin après une nuit d'o-
rage, allait derrière, lâchant de temps en temps par un *ut* de poitrine un vigoureux *ahï*, et piquant le bourriquet de la pointe de sa
rapière.

L'âne de M. Durand, poussé l'épée dans les reins par mon oncle,
allait très-bien, il allait trop bien même au gré de ma grand'mère,
qui montait et descendait sur son oreiller comme un volant sur une
raquette. Mais, à quelque distance de l'endroit où le chemin de
Moulot se sépare de la route de la Chapelle pour se rendre à son
humble destination, elle s'aperçut que l'allure de son âne s'assou-
pissait comme un jet de métal ardent qui s'épaissit et devient plus
lent à mesure qu'il s'éloigne du fourneau ; son grelot qui, jusque-
là, avait jeté un *drelin dindin* si fier, si énergiquement accentué,
ne poussait plus que des soupirs entrecoupés, pareils à une voix
qui agonise.

Ma grand'mère retourna la tête pour en référer à Benjamin ; mais celui-ci avait disparu, fondu comme une boule de cire,
escamoté, perdu comme un moucheron dans l'espace ; personne
ne pouvait lui en donner des nouvelles. Vous devez vous faire une
idée du dépit que fit éprouver à ma grand'mère la disparition subite
de Benjamin. Elle se dit qu'il ne méritait pas la peine qu'on prenait
pour son bonheur ; que son insouciance était incurable ; que

toujours il y croupirait : que c'était un marais aux eaux duquel on ne pouvait donner un cours. Elle eut un moment envie de l'abandonner à sa destinée, et même de ne plus lui plisser ses chemises; mais son caractère de reine l'emporta : elle avait commencé, il fallait qu'elle finît. Elle jura de retrouver Benjamin et de le conduire chez M. Minxit, dût-elle l'attacher à la queue de son âne. C'est par cette fermeté de résolution qu'on mène à leur fin les grandes entreprises.

Un petit paysan, qui gardait ses moutons à l'embranchement des deux chemins, lui dit que l'homme rouge qu'elle avait perdu était descendu, il y avait à peu près un quart d'heure, vers le village. Ma grand'mère poussa son âne dans cette direction, et tel était l'ascendant que lui donnait son indignation sur ce quadrupède, qu'il se mit à trotter de lui-même par pure déférence pour le cavalier, et comme s'il eût voulu rendre hommage à son grand caractère.

Le village de Moulot avait un air de mouvement tout à fait inusité; les Moulotats, ordinairement si rassis et au cerveau desquels il n'y a jamais plus de fermentation que dans un fromage à la crême, semblaient tous avoir le transport. Les paysans descendaient en toute hâte des coteaux voisins; les femmes et les enfants couraient en s'appelant les uns les autres; tous les rouets étaient délaissés et toutes les quenouilles chômaient Ma grand'mère s'informa de la cause de ce mouvement; on lui dit que c'était le Juif-Errant qui venait d'arriver à Moulot et qui déjeunait sur la place. Elle comprit aussitôt que ce prétendu Juif-Errant n'était autre que Benjamin, et, en effet, elle ne tarda pas à l'apercevoir du haut de son âne au milieu d'un cercle de badauds.

Au-dessus de ce ruban mouvant de têtes noires et blanches, le pignon de son tricorne s'élevait avec une grande majesté, comme la flèche ardoisée d'une église au milieu des toits moussus d'un village. On lui avait dressé sur la place même une petite table où il s'était fait servir une demi-bouteille et un petit pain, et devant laquelle il allait et venait avec la gravité d'un grand sacrificateur, tantôt avalant une gorgée de vin blanc, tantôt rompant un morceau de son petit pain.

Ma grand'mère poussa son âne au milieu de la foule et se trouva bientôt au premier rang.

— Que fais-tu là, malheureux? dit-elle à mon oncle en lui montrant le poing.

— Vous le voyez, madame, j'erre; je suis Ahasverus, vulgairement dit le Juif-Errant. Comme j'ai beaucoup entendu parler dans mes voyages de la beauté de ce petit village et de l'amabilité de ses habitants, j'ai résolu d'y déjeuner. Puis, s'approchant d'elle, il lui dit à voix basse : Dans cinq minutes je vous suis; mais pas un mot de plus, je vous en prie, le mal serait irréparable; ces imbéciles seraient capables de m'assommer s'ils découvraient que je me moque d'eux.

L'éloge de Moulot que Benjamin avait trouvé moyen d'intercaler dans sa réponse à sa sœur, répara ou plutôt prévint l'échec que l'apostrophe imprudente de celle-ci devait lui faire essuyer, et un frémissement d'orgueil circula dans l'assemblée.

— M. le Juif-Errant, fit un paysan auquel il restait peut-être encore quelque doute, quelle est donc cette dame qui tout à l'heure vous montrait le poing?

— Mon bon ami, répondit mon oncle sans se déconcerter, c'est la sainte Vierge que Dieu m'a ordonné de conduire en pélerinage à Jérusalem sur cette bourrique. Elle est bonne femme au fond, mais un peu diseuse; elle est de mauvaise humeur parce que ce matin elle a perdu son chapelet.

— Et pourquoi l'enfant Jésus n'est-il pas avec elle?

— Dieu n'a pas voulu qu'elle l'emmenât, parce que dans ce moment-ci il a la petite-vérole.

Alors les objections fondirent dru comme grêle sur Benjamin; mais mon oncle n'était pas homme à avoir peur des hébêtés de Moulot; le danger l'électrisait, et il parait toutes les bottes qui lui étaient portées avec une dextérité admirable, ce qui ne l'empêchùit pas de temps en temps de s'arroser le gosier d'un coup de vio blanc, et, pour dire la vérité, il en était déjà à sa septième demi-bouteille.

Le maître d'école du lieu, en sa qualité de savant, se présenta le premier dans la lice.

— Comment se fait-il donc, M. le Juif-Errant, que vous n'ayez pas de barbe? Il est dit, dans la complainte de Bruxelles, que vous êtes très-barbu, et partout on vous représente avec une grande barbe blanche qui vous descend jusqu'à la ceinture.

— C'était trop salissant, M. le maître. J'ai demandé au bon Dieu la permission de ne plus porter cette grande vilaine barbe, et il l'a fait passer dans ma queue.

— Mais, poursuivit le barbacole, comment faites-vous donc pour vous raser, puisque vous ne pouvez vous arrêter?

— Dieu y a pourvu, mon cher monsieur le maître. Chaque matin il m'envoie le patron des perruquiers sous la forme d'un papillon, qui me rase du bout de son aile, tout en voltigeant autour de moi.

— Mais, M. le Juif, poursuivit le maître d'école, le bon Dieu a été bien chiche avec vous en ne mettant à votre disposition que cinq sous à la fois!

— Mon ami, riposta mon oncle en se croisant les bras sur la poitrine et en s'inclinant profondément, bénissons les décrets de Dieu; c'est probablement qu'il n'avait que cela de monnaie dans sa poche.

— Je voudrais bien savoir, dit le vieux tailleur de l'endroit, comment on a fait pour vous prendre mesure de votre habit, qui vous va pourtant comme un gant, puisque vous n'êtes jamais en repos?

— Vous auriez dû vous apercevoir, vous qui êtes du métier, respectable pique-prune, que cet habit n'est pas fabriqué de la main des hommes; tous les ans, au 1er avril, il me pousse sur le dos un léger habit de serge rouge, et à la Toussaint un habit épais de velours écarlate.

— Alors, dit un gamin dont la figure espiègle était inondée de tresses blondes, il faut que vous usiez considérablement ; il n'y a pas quinze jours que la Toussaint est passée, et votre habit est déjà tout râpé et tout blanc sur les coutures.

Malheureusement le père du petit philosophe se trouvait à côté de lui. Va-t'en voir à la maison si j'y suis, lui dit-il en lui donnant un coup de pied au derrière, et il pria mon oncle d'excuser l'impertinence de ce petit garçon auquel son maître d'école négligeait d'apprendre sa religion.

— Messieurs, s'écria le maître d'école, je vous prends tous à témoin, et M. le Juif-Errant aussi, que Nicolas porte atteinte à ma réputation : il attaque continuellement les autorités du village, je m'en vais le prendre par sa langue.

— Oui, dit Nicolas, en voilà une belle autorité ! Attaque-moi quand tu voudras ; je ne serai pas embarrassé pour prouver que j'ai dit vrai ; M. le bailli interrogera Charlot. L'autre jour, je lui ai demandé quel était le fils le plus remarquable de Jacob, et il m'a répondu que c'était Pharaon : la mère Pintot en est témoin.

— Eh! messieurs, dit mon oncle, ne vous fâchez pas à cause de moi ; je serais désolé que mon arrivée dans ce beau village fût entre vous l'occasion d'un procès. La laine de mon habit n'est pas entièrement poussée, attendu que nous ne sommes qu'à la Saint-Martin ; voilà ce qui a induit le petit Charlot en erreur. M. le maître ignorait cette particularité, et, par conséquent, il ne pouvait en instruire ses élèves. J'espère que M. Nicolas est content de cette explication.

V

MON ONCLE FAIT UN MIRACLE.

Mon oncle allait lever la séance, lorsqu'il aperçut une jolie paysanne qui cherchait à se frayer un passage parmi la foule ; comme il aimait les jeunes filles au moins autant que Jésus-Christ aimait les petits enfants, il fit signe qu'on la laissât approcher.

— Je voudrais bien savoir, dit la jeune Moulotate avec sa plus belle révérence, la révérence qu'elle faisait au bailli quand, allant lui porter de la crême, elle le rencontrait sur son passage, si ce que dit la vieille Gothon est la pure vérité : elle prétend que vous faites des miracles.

— Sans doute, répondit mon oncle, quand ils ne sont pas trop difficiles.

— En ce cas pourriez-vous guérir par miracle mon père qui est malade depuis ce matin, d'une maladie que personne ne connaît?

— Pourquoi pas? dit mon oncle. Mais, avant tout, la belle enfant, il faut que vous me permettiez de vous embrasser ; sans cela, le miracle ne vaudrait rien. Et il embrassa, en effet, la jeune Moulotate sur les deux joues, le damné pécheur qu'il était.

— Tiens! s'exclama derrière lui une voix qu'il reconnut bien, est-ce que le Juif-Errant embrasse les femmes?

Il se retourna et aperçut Manette.

— Sans doute, ma belle dame ; Dieu m'a permis d'en embrasser trois par an : voilà la seconde que j'embrasse cette année, et si vous le voulez, vous serez la troisième.

L'idée de faire un miracle enflammait l'ambition de Benjamin. Se faire passer pour le Juif-Errant, même à Moulot, c'était beaucoup, c'était immense, c'était de quoi rendre jaloux tous les beaux esprits de Clamecy. Il prenait de suite rang parmi les mystificateurs illustres, et l'avocat Page n'oserait plus lui parler si souvent de son lièvre changé en lapin. Qui oserait se comparer, pour l'audace et les ressources de l'imagination, à Benjamin Rathery, quand il aurait fait un miracle? Eh! qui sait? peut-être la génération future prendrait-elle la chose au sérieux. S'il allait être canonisé! si l'on faisait de sa personne un gros saint de bois rouge! si on lui donnait un office, une niche, une place dans l'almanach, un *Ora pro nobis* dans les litanies! s'il devenait le patron d'une bonne paroisse! si tous les ans on lui souhaitait sa fête avec de l'encens, qu'on le couronnât de fleurs, qu'on le décorât de rubans, qu'on lui mît un raisin mûr entre les mains! si on enchâssait son habit rouge dans un reliquaire ! s'il avait un marguillier pour le débarbouiller toutes les semaines ! s'il guérissait de la peste ou de la rage ! Mais le tout était de le mener à bien, ce miracle. Encore, s'il en avait vu faire quelques-uns ? Mais comment s'y prendrait-il ? Et s'il échouait, il serait honni, bafoué, vilipendé, peut-être battu ; il perdrait toute la gloire de la mystification qu'il avait si bien commencée... Ah! bast! dit mon oncle en se versant un grand verre de vin pour s'inspirer, la Providence y pourvoira : *Audaces fortuna juvat;* et, d'ailleurs, tout miracle demandé, c'est un miracle à moitié fait.

Il suivit donc la jeune paysanne, traînant à sa suite, comme une comète, une longue queue de Moulotats ; étant entré dans la maison, il vit sur son grabat un paysan qui avait la bouche de travers, et semblait vouloir manger son oreille ; il demanda comment cet accident lui était survenu, si ce n'était pas à la suite d'un bâillement ou d'un éclat de rire.

— Ça lui est arrivé ce matin en déjeunant, répondit sa femme, comme il voulait casser une noix entre ses dents.

— Très-bien ! dit mon oncle, dont la figure s'illumina, et avez-vous appelé quelqu'un ?

— Nous avons envoyé chercher M. Arnout, qui a déclaré que c'était une attaque de paralysie.

— On ne peut mieux. Je vois que le docteur Arnout connaît la paralysie comme s'il l'avait inventée ; et que vous a-t-il ordonné ?

— Cette drogue qui est dans cette fiole.

Mon oncle ayant examiné la drogue, reconnut que c'était de l'émétique, et jeta la fiole par la rue. Son assurance produisit un excellent effet.

— Je vois bien, monsieur le Juif, dit la bonne femme, que vous êtes capable de faire le miracle que nous vous demandons.

— Des miracles comme celui-là, répondit Benjamin, j'en ferais cent par jour si j'en étais fourni.

Il se fit apporter une cuiller de fer, et en enveloppa l'extrémité de plusieurs bandes de linge fin ; il introduisit cet instrument improvisé dans la bouche du patient, souleva la mâchoire supérieure, qui avait enjambé sur la mâchoire inférieure, et la remit en son lieu et place ; car ce Moulotat n'avait pour toute maladie que la mâchoire détraquée, ce que mon oncle, avec son coup d'œil gris qui s'enfonçait comme un clou dans chaque chose, avait reconnu de suite. Le paralysé du matin déclara qu'il était complétement guéri, et il se mit à manger, comme un forcené, d'une soupe aux choux préparée pour le dîner de la famille.

Le bruit se répandit dans la foule, avec la rapidité de l'éclair, que le père Pintot mangeait la soupe aux choux. Les malades et tous ceux dont la nature avait un tant soit peu altéré les formes imploraient la protection de mon oncle. La mère Pintot, toute fière de ce que le miracle avait eu lieu dans sa famille, présenta à mon oncle, pour l'aplanir, un de ses cousins qui avait l'épaule gauche comme un jambon ; mais mon oncle, qui ne voulait plus compromettre sa réputation, lui répondit que tout ce qu'il pouvait c'était de faire passer la bosse de l'épaule gauche dans l'épaule droite ; que, du reste, c'était un miracle fort douloureux, et que sur dix bossus de l'espèce commune, il s'en trouvait à peine deux qui eussent la force de le supporter. Alors il déclara aux habitants de Moulot qu'il était désolé de ne pouvoir rester plus longtemps avec eux, mais qu'il n'osait faire attendre davantage la sainte Vierge ; et il alla rejoindre sa sœur, qui se chauffait les pieds dans le cabaret de la place et avait eu le temps de faire manger un picotin à sa bourrique.

Mon oncle et ma grand'mère eurent la plus grande peine à se débarrasser de la foule, et on sonna la cloche tant qu'on put les apercevoir sur la route. Ma grand'mère ne gronda pas Benjamin ; elle était, au demeurant, plus satisfaite que contrariée : la manière dont Benjamin s'était tiré de cette épreuve difficile flattait son orgueil de sœur, et elle se disait qu'un homme comme Benjamin valait bien Mlle Minxit, même avec deux ou trois mille francs de rente par-dessus le marché.

Le signalement du Juif-Errant et de la sainte Vierge, voire même celui du bourriquet, était déjà arrivé à la Chapelle. Quand ils entrèrent dans le bourg, les femmes se tenaient agenouillées à la porte de leurs maisons, et Benjamin, qui savait tout faire, les bénissait.

VI

M. MINXIT

Monsieur Minxit accueillit très-bien mon oncle et ma grand'-mère. M. Minxit était médecin je ne sais pourquoi. Il n'avait pas, lui, passé sa belle jeunesse dans la société des cadavres. La médecine lui était poussée un beau jour dans la tête comme un champignon : s'il savait la médecine, c'est qu'il l'avait inventée. Ses parents n'avaient jamais songé à lui faire faire ses humanités ; il ne savait que le latin de ses bocaux, et encore, s'il s'en fût rapporté à l'étiquette, il aurait souvent donné du persil pour de la ciguë. Il avait une très-belle bibliothèque, mais il ne mettait jamais le nez dans ses livres. Il disait que depuis que ses bouquins avaient été écrits, le tempérament de l'homme avait changé. Aucuns même prétendaient que tous ces précieux ouvrages n'étaient que les apparences de livres figurés avec du carton, sur le dos desquels il avait fait graver, en lettres d'or, des noms célèbres dans la médecine. Ce qui les confirmait dans cette opinion, c'est que toutes les fois qu'on demandait à M. Minxit à voir sa bibliothèque, il en avait perdu la clé. M. Minxit était, du reste, un homme d'esprit ; il était doué d'une bonne dose d'intelligence, et à défaut de science imprimée, il avait beaucoup de savoir des choses de la vie. Comme il ne savait rien, il comprit que pour réussir il fallait persuader à la multitude qu'il en savait plus que ses confrères, et il s'adonna à la divination des urines. Après vingt ans d'étude dans cette science, il était parvenu à distinguer celles qui étaient troubles de celles qui étaient limpides, ce qui ne l'empêchait pas de dire à tout venant qu'il reconnaîtrait un grand homme, un roi, un ministre, à son urine. Comme il n'y avait ni rois, ni ministres, ni grands hommes dans les environs, il ne craignait pas qu'on le prît au mot.

M. Minxit avait le geste incisif. Il parlait haut, beaucoup et sans s'arrêter ; il devinait les mots qui devaient faire effet sur les paysans et savait les mettre en saillie dans ses phrases. Il avait le talent d'en imposer à la foule, talent qui consiste dans un je ne sais quoi insaisissable qu'il est impossible de décrire, d'enseigner ou de contrefaire ; talent inexplicable qui, chez le simple opérateur, fait tomber des averses de gros sous dans sa caisse ; qui, chez le grand homme, gagne des batailles et fonde des empires ; talent qui, à plusieurs, a tenu lieu de génie ; que Napoléon a possédé, entre tous les hommes, à un degré suprême, et que pour tous j'appellerai simplement charlatanisme. Ce n'est pas ma faute, à moi, si l'instrument avec lequel on débite du thé de Suisse est le même que celui avec lequel on se fait un trône. Dans tous les environs, on ne voulait mourir que de la main de M. Minxit. Celui-ci, du reste, n'abusait pas de ce privilège, il n'était pas plus meurtrier que ses confrères ; seulement il gagnait plus d'argent avec ses fioles de toutes couleurs qu'eux avec leurs aphorismes. Il s'était acquis une très-belle fortune ; il avait, d'ailleurs, le talent de dépenser à propos son argent ; il avait l'air de donner tout, comme si cela n'eût rien coûté, et les clients qui accouraient chez lui y trouvaient toujours table ouverte.

Du reste, mon oncle et M. Minxit devaient être amis aussitôt qu'ils se rencontreraient. Ces deux natures d'hommes se ressemblaient parfaitement ; elles se ressemblaient comme deux gouttes de vin, ou, pour me servir d'une expression moins désobligeante pour mon oncle, comme deux cuillers jetées dans le même moule. Ils avaient les mêmes appétits, les mêmes goûts, les mêmes passions, la même manière de voir, les mêmes opinions politiques. Ils se souciaient peu, tous deux, de ces mille petits accidents, de ces mille catastrophes microscopiques dont, nous autres sots, nous nous faisons de si grandes infortunes. Celui qui n'a point de philosophie au milieu des misères d'ici-bas, c'est un homme qui va tête nue sous ine averse. Le philosophe, au contraire, a sur le chef un bon parapluie qui le met à l'abri de l'orage. Telle était leur opinion. Ils regardaient la vie comme une farce, et ils y jouaient leur rôle le plus gaiement possible. Ils avaient un souverain mépris pour ces gens mal avisés qui font de leur existence un long sanglot ; ils voulaient que la leur fût un éclat de rire. L'âge n'avait mis de différence entre eux que quelques rides. C'étaient deux arbres de même espèce, dont l'un est vieux et l'autre dans toute la vigueur de sa sève, mais qui se parent tous deux des mêmes fleurs et qui produisent les mêmes fruits. Aussi le beau-père futur avait-il pris son gendre dans une prodigieuse amitié, et le gendre professait-il pour le beau-père une haute estime, ses fioles exceptées. Cependant mon oncle n'acceptait l'alliance de M. Minxit qu'à son corps défendant, par un effort de raison et pour ne pas désobliger sa chère sœur.

M. Minxit, parce qu'il aimait Benjamin, trouvait tout naturel qu'il fût aimé de sa fille ; car tout père, si bon qu'il soit, s'aime lui-même dans la personne de ses enfants ; il les regarde comme des êtres qui doivent contribuer à son bien être ; s'il se choisit un gendre, c'est d'abord beaucoup pour lui, et ensuite un peu pour sa fille. Quand il est avare, il la met entre les mains d'un fesse-mathieu ; quand il est noble, il la soude à un écusson ; s'il aime les échecs, il la donne à un joueur d'échecs ; car il faut bien, sur ses vieux jours, qu'il ait quelqu'un pour faire sa partie. Sa fille, c'est une propriété indivise qu'il possède avec sa femme. Que la propriété soit enclose d'une haie fleurie ou d'un vilain grand mur à pierres sèches, qu'on lui fasse produire des roses ou du colza, cela ne la regarde pas : elle n'a pas d'avis à donner à l'agronome expérimenté qui la cultive ; elle est inhabile à choisir les graines qui lui conviennent le mieux. Pourvu que ces bons parents trouvent, dans leur âme et conscience, leur fille heureuse, cela suffit : c'est à elle à s'arranger de sa condition. Chaque soir la femme, en faisant ses papillotes, et le bonhomme, en mettant son bonnet de coton, s'applaudissent d'avoir si bien marié leur enfant. Elle n'aime

pas son mari, mais elle s'habituera à l'aimer : avec de la patience
on vient à bout de tout. Ils ne savent pas ce que c'est, pour une
femme, qu'un mari qu'elle n'aime pas : c'est un fétu ardent qu'elle
ne peut chasser de son œil ; c'est une rage de dents qui ne lui
laisse pas un moment de repos. Quelques-unes se laissent mourir
à la peine ; d'autres vont chercher ailleurs l'amour qu'elles ne peuvent se procurer avec le cadavre auquel on les a attachées. Celles-ci
glissent doucettement à cet époux fortuné une pincée d'arsenic
dans son potage, et font écrire sur sa tombe qu'il laisse une veuve
inconsolable. Voilà ce que produisent l'infaillibilité prétendue et
l'égoïsme déguisé des bons parents.

Si une jeune fille voulait épouser un singe naturalisé homme et
français, le père et la mère n'y voudraient pas consentir, et il faudrait bien certainement que le jocko leur fît des sommations res-
pectueuses. Vous dites, vous : Voilà de bons parents ; ils ne veulent pas que leur fille se rende malheureuse. Moi je dis : Voilà de
détestables égoïstes. Rien n'est plus ridicule que de mettre votre
manière de sentir à la place de celle d'un autre : c'est vouloir sub-
stituer votre organisation à la sienne. Cet homme veut mourir,
c'est qu'il a de bonnes raisons pour cela. Cette demoiselle veut
épouser un singe, c'est qu'elle aime mieux un singe qu'un homme.
Pourquoi lui refuser la faculté d'être heureuse à sa fantaisie ? Qui a
le droit, quand elle se trouve heureuse, de lui soutenir qu'elle ne
l'est pas ? Ce singe l'égratignera en la caressant. Qu'est-ce que cela
vous fait, à vous ? C'est qu'elle aime mieux être égratignée que ca-
ressée. Si, d'ailleurs, son mari l'égratigne, ce n'est pas à la joue
de sa maman qu'elle saignera. Qui trouve mauvais que la demoiselle des marais voltige le long des roseaux plutôt qu'entre les rosiers des parterres ? Le brochet reproche-t-il à l'anguille sa commère de se tenir sans cesse au fond de la vase plutôt que de venir
à l'eau courante qui bouillonne à la surface du fleuve.

Savez-vous pourquoi ces bons parents refusent leur bénédiction
à leur fille et à son jocko ? Le père, c'est qu'il veut un gendre qui
soit peut-être électeur, avec lequel il puisse parler littérature ou

politique ; la mère, c'est qu'il lui faut un beau jeune homme qui lui donne le bras, qui la mène au spectacle, et qui la conduise à la promenade.

M. Minxit, après avoir décoiffé, avec Benjamin, quelques-unes de ses meilleures bouteilles, le conduisit dans sa maison, dans sa cave, dans ses granges, dans ses écuries ; il le promena dans son jardin et le força d faire le tour d'une grande prairie arrosée d'une source vive et plantée d'arbres qui s'étendait derrière l'habitation, et à l'extrémité de laquelle le ruisseau formait un vivier. Tout cela était très-convoitable ; malheureusement la fortune ne donne rien pour rien, et en échange de tout ce bien-être, il fallait épouser M¹¹ᵉ Minxit.

Au demeurant, M¹¹ᵉ Minxit en valait bien une autre ; elle n'était trop longue que de vingt lignes ; elle n'était ni brune ni blanche, ni blonde ni rousse, ni sotte ni spirituelle. C'était une femme comme sur trente il y en a vingt-cinq, elle savait parler très-pertinemment de mille petites choses insignifiantes, et faisait très-bien les fromages à la crême ; c'était bien moins elle que le mariage en général qui répugnait à mon oncle, et si, au premier abord elle lui avait déplu, c'est qu'il l'avait vue sous la forme d'une grosse chaîne.

-- Voilà ma propriété, dit M. Minxit ; quand tu seras mon gendre, elle sera à nous deux, et, ma foi, quand je n'y serai plus...

— Entendons-nous, fit mon oncle, êtes-vous bien sûr que M¹¹ᵉ Arabelle n'a aucune répugnance à m'épouser ?

— Et pourquoi en aurait-elle ? Tu ne te rends pas justice, Benjamin. N'es-tu pas joli garçon entre tous ? n'es-tu pas aimable quand tu le veux et autant que tu le veux ? et n'es-tu pas homme d'esprit par-dessus le marché ?

— Il y a du vrai dans ce que vous dites, M. Minxit ; mais les femmes sont capricieuses, et je me suis laissé dire que M¹¹ᵉ Arabelle avait une inclination pour un gentilhomme de ce pays, un certain de Pont-Cassé.

— Un hobereau, dit M. Minxit, une espèce de mousquetaire qu
a mangé, en chevaux fins et en habits brodés, de beaux domaine
que lui avait laissés son père. Il m'a, à la vérité, demandé Ara
belle ; mais j'ai rejeté sa proposition d'une lieue. En moins de deu
ans, il eût dévoré ma fortune. Tu conçois que je ne pouvais don
ner ma fille à un pareil être. Avec cela, c'est un duelliste forcené
Par compensation, un de ces jours il eût débarrassé Arabelle de s
noble personne.

— Vous avez raison, M. Minxit ; mais, enfin, si cet être est aim
d'Arabelle.

— Fi donc ! Benjamin, Arabelle a dans les veines trop de mo
sang pour s'amouracher d'un vicomte. Ce qu'il me faut à moi, c'es
un enfant du peuple, un homme comme toi, Benjamin, avec leque
je puisse rire, boire et philosopher ; un médecin habile qui exploit
avec moi ma clientèle, et supplée, par sa science, à ce que n'aur
pu nous révéler la divination des urines.

— Un instant, dit mon oncle, je vous préviens, M. Minxit, que j
ne veux pas consulter les urines.

— Et pourquoi, monsieur, ne voulez-vous pas consulter les uri
nes ? Va, Benjamin, c'était un homme d'un grand sens, cet empe
reur qui disait à son fils : Est-ce que ces pièces d'or sentent l'u
rine ? Si tu savais tout ce qu'il faut de présence d'esprit, d'imagi
nation, de perspicacité et même de logique pour consulter le
urines, tu ne voudrais faire d'autre métier de ta vie. On t'appeller
charlatan peut-être ; mais qu'est-ce qu'un charlatan ? un homm
qui a plus d'esprit que la multitude. Et je te le demande, est-ce l
bonne volonté qui manque ou l'esprit à la plupart des médecin
pour tromper leurs clients ? — Tiens, voilà mon fifre qui vien
probablement m'annoncer l'arrivée de quelques fioles. Je vais t
donner un échantillon de mon art.

Eh bien ! fifre, dit M. Minxit au musicien, qu'y a-t-il de nou
veau ?

— C'est, répondit celui-ci, un paysan qui vient vous con
sulter.

— Et Arabelle, l'a-t-elle fait jaser?

— Oui, M. Minxit, il vous apporte de l'urine de sa femme, qui est tombée sur un perron, et a roulé quatre ou cinq marches: Mlle Arabelle ne se rappelle pas au juste le nombre.

— Diable! dit M. Minxit, c'est bien maladroit de la part d'Arabelle. C'est égal, je remédierai à cela. Benjamin, va m'attendre dans la cuisine avec le paysan ; tu sauras ce que c'est qu'un medecin qui consulte les urines.

M. Minxit rentra dans sa maison par la petite porte du jardin, et cinq minutes après il arrivait dans sa cuisine, harrassé, courbaturé, une cravache à la main, et revêtu d'un manteau crotté jusqu'au collet.

— Ouf! dit-il en se jetant sur une chaise ; quels abominables chemins! je suis brisé; j'ai fait ce matin plus de quinze lieues ; qu'on me débotte bien vite et qu'on me bassine mon lit.

— M. Minxit, je vous en prie, lui dit le paysan lui présentant sa fiole.

— Va-t'en au diable avec ta fiole! dit M. Minxit ; tu vois bien que je n'en peux plus. Voilà comme vous êtes tous ; c'est toujours au moment où j'arrive de campagne que vous venez me consulter.

— Mon père, dit Arabelle, cet homme aussi est fatigué ; ne le forcez pas à revenir demain.

— Eh bien! voyons donc la fiole, dit M. Minxit d'un air extrêmement contrarié ; et s'approchant de la fenêtre: cela, c'est de l'urine de ta femme, n'est-ce pas?

— C'est vrai, M. Minxit, dit le paysan.

— Elle a fait une chute, dit le docteur examinant de nouveau la fiole.

— Voilà qui est on ne peut mieux deviné.

— Sur un perron, n'est-il pas vrai?

— Mais vous êtes donc sorcier, M. Minxit?

— Et elle a roulé quatre marches.

— Cette fois, vous n'y êtes plus, M. Minxit; elle en a bien roulé cinq.

— Allons donc, c'est impossible ; va recompter les marches de ton perron, et tu verras qu'il n'y en a que quatre.

— Je vous assure, monsieur, qu'il y en a cinq, et qu'elle n'en a pas évité une.

— Voilà qui est étonnant, dit M. Minxit, examinant de nouveau la fiole ; cependant, il n'y a bien là-dedans que quatre marches. A propos, m'as-tu apporté toute l'urine que ta femme t'avait remise ?

— J'en ai jeté un peu à terre, parce que la fiole était trop pleine.

— Je ne suis plus surpris si je ne trouvais pas mon compte ; voilà la cause du déficit : c'est la cinquième marche que tu as renversée, maladroit ! Alors nous allons traiter ta femme comme ayant roulé cinq marches d'un perron. Et il donna au paysan cinq ou six petits paquets et autant de fioles, le tout étiqueté en latin.

— J'aurais cru, dit mon oncle, que vous auriez d'abord pratiqué une abondante saignée.

— Si c'eût été une chute de cheval, une chute d'arbre, une chute sur la route, oui ; mais une chute sur un perron, voilà toujours comme cela se traite.

Une jeune fille vint après le paysan.

— Eh bien ! lui dit le docteur, comment va ta mère ?

— Beaucoup mieux, M. Minxit ; mais elle ne peut reprendre ses forces, et je venais vous demander ce qu'elle doit faire.

— Tu me demandes ce qu'il faut lui faire, et je parie que vous n'avez pas le sou pour acheter des remèdes !

— Hélas ! non, mon bon M. Minxit ; car mon père n'a plus d'ouvrage depuis huit jours.

— Alors, pourquoi diable ta mère s'avise-t-elle d'être malade ?

— Soyez tranquille, M. Minxit ; aussitôt que mon père travaillera, vous serez payé de vos visites : il m'a bien chargée de vous le dire.

— Bon ! voilà encore une autre sottise! Il est donc fou ton père de vouloir me payer mes visites quand il n'a pas de pain !... Pour qui me prend-il donc, ton imbécile de père?... Tu iras ce soir avec ton âne chercher un sac de mouture à mon moulin, et tu vas emporter un panier de vin vieux avec un quartier de mouton; voilà, pour le moment, ce qu'il faut à ta mère. Si d'ici à deux ou trois jours ses forces ne reviennent point, tu me le feras dire. Va, mon enfant.

— Eh bien ! dit M. Minxit à Benjamin, comment trouves-tu la médecine des urines ?

— Vous êtes un brave et digne homme, M. Minxit; voilà ce qui vous excuse; mais, diable ! vous ne me ferez toujours pas traiter une chute de perron autrement que par la saignée.

— Alors, tu n'es qu'un conscrit en médecine; tu ne sais donc pas qu'il faut des drogues aux paysans, sinon ils croient que vous les négligez ? .

Eh bien donc, tu ne consulteras pas les urines; mais, c'est dommage, tu aurais fait un joli sujet.

VII

CE QUI SE DIT A LA TABLE DE M. MINXIT

L'heure du dîner arriva; quoique M. Minxit n'eût invité que quelques personnes autres que celles à nous connues, le curé, le tabellion et un de ses confrères du voisinage, la table était chargée d'une profusion de canards et de poulets, les uns couchés dans une majestueuse intégrité au milieu de leur sauce, les autres étalant symétriquement, sur l'ellipse de leur plat leurs membres désarticulés. Le vin était, du reste, d'une certaine côte de Trucy, dont les ceps, malgré le nivellement qui a passé sur nos vignobles comme sur notre société, ont conservé leur aristocratie, et jouissent encore d'une réputation méritée.

— Mais, dit mon oncle à M. Minxit, à l'aspect de cette abondance homérique, il y a ici toute une basse-cour ; cela suffirait à rassasier une compagnie de dragons après la grande manœuvre. Est-ce que par hasard vous attendez notre ami Arthus ?

— J'aurais fait mettre une broche de plus, répondit en riant M. Minxit. Mais si nous ne pouvons venir à bout de tout cela, il se trouvera bien des gens qui achèveront notre besogne. Et mes officiers, c'est-à-dire ma musique, et les clients qui viendront demain m'apporter leurs fioles, est-ce qu'il ne faut pas que je songe à eux ? J'ai pour principe, moi, que celui qui ne fait préparer à dîner que pour lui n'est pas digne de dîner.

— C'est juste, répliqua mon oncle. Et après cette réflexion philosophique, il se mit à attaquer les poulets de M. Minxit, comme s'il eût eu contre eux une inimitié personnelle.

Les convives se convenaient ; du reste, mon oncle convenait à tout le monde, et tout le monde lui convenait. Ils jouissaient franchement et très-bruyamment de l'hospitalité plantureuse de M. Minxit.

— Fifre, dit celui-ci à un des valets qui servaient à table, fais apporter du Bourgogne, et va dire à la musique qu'elle se rende ici avec armes et bagages ; il n'y a point d'exemption pour les hommes ivres.

La musique arriva bientôt et se rangea autour de la salle. M. Minxit, ayant décoiffé quelques bouteilles de Bourgogne, leva solennellement son verre plein :

— Messieurs, dit-il, à la santé de M. Benjamin Rathery, le premier médecin du bailliage ; je vous le présente comme mon gendre, et vous prie de l'aimer comme vous m'aimez. — Allez, musique !

Alors, un bruit infernal de grosse caisse, de triangle, de cymbales et de clarinettes éclata dans la salle, et mon oncle se trouva obligé de demander grâce pour les convives.

Cette notification, un peu trop officielle et trop prématurée, fit faire à Mlle Minxit une grosse moue et une large grimace. Benjamin, qui avait bien autre chose à faire qu'à épiloguer ce qui se passait autour de lui, ne s'aperçut de rien ; mais cette marque de répugnance n'échappa pas à ma grand'mère. Son amour-propre en fut vivement blessé ; car, si Benjamin n'était pas pour tout le monde le plus joli garçon du pays, il l'était au moins pour sa sœur. Après avoir remercié M. Minxit de l'honneur qu'il faisait à son frère, elle ajouta, mordant dans chaque syllabe comme si elle eût tenu la pauvre Arabelle sous ses dents, que la principale, l'unique raison qui avait déterminé Benjamin à solliciter l'alliance de M. Minxit, c'était la haute considération dont lui, M. Minxit, jouissait dans toute la contrée.

Benjamin crut que sa sœur avait dit une sottise, et il se hâta d'ajouter :

— Et aussi les grâces et les charmes de toute espèce dont Mlle Arabelle est si abondamment pourvue, et qui promettent à l'heureux mortel qui sera son époux des jours filés d'or et de soie.

Puis, comme pour apaiser le remords qu'il éprouvait de ce triste compliment, le seul qu'il eût encore dépensé avec Mlle Minxit et que sa sœur l'avait obligé de commettre, il se mit à dévorer avec acharnement une aile de poulet, et vida d'un trait un grand verre de vin de Bourgogne.

Il y avait là trois médecins ; on devait parler médecine, et on en parla.

— Vous disiez tout à l'heure, M. Minxit, dit Fata, que votre gendre était le premier médecin du bailliage. Je ne proteste pas pour moi... quoiqu'on ait fait certaines cures... mais que pensez-vous du docteur Arnout, de Clamecy ?

— Demandez cela à Benjamin, dit M. Minxit ; il le connaît mieux que moi.

— Oh ! M. Minxit, répondit mon oncle ; un concurrent !....

— Qu'est-ce que cela fait ? Est-ce que tu as besoin de rabaisser tes concurrents, toi ? Dis-nous ce que tu en penses pour obliger Fata.

— Puisque vous le voulez, je pense que le docteur Arnout a une superbe perruque.

— Et pourquoi, dit Fata, un médecin à perruque ne vaudrait-il pas un médecin à queue ?

— La question est d'autant plus délicate que vous avez vous-même une perruque, M. Fata ; mais je vais tâcher de m'expliquer sans blesser l'amour-propre de qui que ce soit.

Voilà un médecin qui a des connaissances plein la tête, qui a fouillé tous les bouquins écrits sur la médecine, qui sait de quels mots grecs viennent les cinq à six cents maladies qui atteignent notre pauvre humanité. Eh bien ! s'il n'a qu'une intelligence bornée, je ne voudrais pas lui confier mon petit doigt à guérir ; je donnerais la préférence à un bateleur intelligent, car sa science à lui, c'est une lanterne qui n'est pas éclairée. On a dit : Tant vaut l'homme, tant vaut la terre ; il serait aussi vrai de dire : Tant vaut l'homme, tant vaut la science ; et cela est surtout vrai de la médecine, qui est une science conjecturale. Là il faut deviner les causes par des effets équivoques et incertains : ce pouls qui reste muet sous le doigt d'un sot, fait à l'homme d'esprit des confidences merveilleuses. Allez, deux choses sont surtout nécessaires pour réussir en médecine, et ces deux choses ne s'acquièrent pas : c'est la perspicacité et l'intelligence.

— Tu oublies, dit M. Minxit en riant, les cymbales et la grosse caisse.

— Oh ! fit Benjamin, à propos de votre grosse caisse, il me vient une excellente idée : auriez-vous une place vacante dans votre musique ?

— Pour qui donc ? dit M. Minxit.

— Pour un vieux sergent de ma connaissance et un caniche, répondit Benjamin.

— Et de quel instrument peuvent s'escrimer tes deux protégés ?

— Je ne sais pas, dit Benjamin ; de celui que vous voudrez, probablement.

— Nous pourrons toujours faire panser mes quatre chevaux à ton vieux sergent, en attendant que mon maître de musique l'ait mis au courant d'un instrument quelconque, ou bien il pilera mes drogues.

— A propos, dit mon oncle, nous pourrions en tirer un meilleur parti. Il a une figure rissolée comme un poulet qui sort de la broche ; on dirait qu'il n'a fait, toute sa vie, que de passer et repasser sous la ligne : vous le prendriez pour le bonhomme Tropique en personne ; avec cela, il est sec comme un vieil os brûlé : nous dirons que c'est un sujet dont nous avons extrait la graisse pour composer nos pommades : cela se placera mieux que de la graisse d'ours ; ou bien nous le ferons passer pour un vieillard nubien de cent quarante ans, qui aura prolongé ses jours jusqu'à cet âge extraordinaire avec un élixir de longue vie, dont il nous aura transmis le secret moyennant une pension viagère. Or, ce précieux élixir, nous le vendrons pour la bagatelle de quinze sous la fiole : ce ne sera pas la peine de s'en passer.

— Fichtre ! dit M. Minxit, je vois que tu entends la médecine à grand orchestre ; envoie-moi ton homme quand tu voudras, je le prends à mon service, soit comme Nubien, soit comme vieillard desséché.

En ce moment un domestique entra dans la salle, tout effaré, et dit à mon oncle qu'il y avait dans l'écurie une vingtaine de femmes qui arrachaient la queue de son âne, et que, comme il avait voulu les disperser à coups de fouet, elles avaient failli le mettre en pièces avec le tranchant de leurs ongles.

— Je vois ce que c'est, dit mon oncle, éclatant de rire : elles arrachent les crins de l'âne de la sainte Vierge pour faire des reliques.

M. Minxit voulut qu'on lui expliquât l'affaire.

— Messieurs, s'écria-t-il quand mon oncle eut terminé son récit, nous sommes des impies si nous n'adorons Benjamin pasteur : il faut que vous en fassiez un saint.

— Je proteste, dit Benjamin ; je ne veux pas aller en paradis, car je n'y rencontrerais aucun de vous.

— Oui, riez, messieurs, dit ma grand'mère après avoir ri elle-même ; cela ne me fait pas rire, moi ; voilà toujours le résultat des mauvaises farces de Benjamin : M. Durand nous fera payer son âne, si nous ne le lui rendons tel qu'il nous l'a confié.

— En tout cas, dit mon oncle, il ne peut toujours nous en faire payer que la queue. L'homme qui m'aurait coupé la queue, à moi, — et ma queue vaut bien assurément, sans la flatter, celle de l'âne de M. Durand — serait-il donc aussi coupable devant la justice que s'il m'eût tué tout entier ?

— Assurément non, dit M. Minxit, et s'il faut t'en dire mon avis, je ne t'en estimerais pas une obole de moins.

Cependant, la cour s'emplissait de femmes qui se tenaient dans une posture respectueuse, comme on se tient autour d'une chapelle trop étroite tandis qu'on y célèbre l'office, et dont un grand nombre étaient à genoux.

— Il faut que vous nous débarrassiez de ce monde, dit M. Minxit à Benjamin.

— Rien de plus facile, répondit celui-ci.

Il se mit alors à la fenêtre et dit à ces bonnes gens qu'ils auraient tout le temps de voir la sainte Vierge ; qu'elle se proposait de rester deux jours chez M. Minxit, et que le lendemain dimanche, elle ne manquerait pas d'assister à la grand'messe. Sur cette assurance, le peuple se retira satisfait.

— Voilà, dit le curé, des paroissiens qui ne me font pas beaucoup d'honneur ; il faut que dimanche je leur en dise quelque chose dans mon prône. Comment peut-on être si borné de prendre pour une chose sainte la queue crottée d'un bourriquet ?

— Mais, pasteur, répondit Benjamin, vous qui êtes à table si philosophe, n'avez-vous pas, dans votre église, deux ou trois os blancs comme du papier, qui sont sous verre, et que vous appelez les reliques de saint Maurice ?

— Ce sont des reliques épuisées, poursuivit M. Minxit ; il y a plus de cinquante ans qu'elles n'ont fait de miracles. M. le curé ferait bien de s'en débarrasser et de les vendre pour composer du noir animal. Moi-même, je les prendrais pour faire de l'*album græcum* s'il voulait me les céder à juste prix.

— Qu'est-ce que c'est que cela de l'*album grœcum* ? fit naïvement ma grand'mère.

— Madame, ajouta M. Minxit en s'inclinant, c'est du *blanc grec* : je regrette de ne pouvoir vous en dire davantage.

— Pour moi, dit le tabellion, petit vieillard en perruque blanche, dont l'œil était plein de malice et de vivacité, je ne reproche pas au pasteur la place honorable qu'il a donnée, dans son église, aux tibias de saint Maurice : saint Maurice, sans aucun doute, avait des tibias de son vivant. Pourquoi ne seraient-ils pas ici aussi bien qu'ailleurs? Je suis même étonné d'une chose, c'est que la fabrique ne possède pas les bottes à l'écuyère de notre patron. Mais je voudrais qu'à son tour le pasteur fût plus tolérant, et qu'il ne reprochât pas à ses paroissiens la foi qu'ils ont au Juif-Errant. Ne pas croire assez est aussi bien une marque d'ignorance que de trop croire.

— Comment! reprit vivement le curé, vous, M. le tabellion, vous croiriez au Juif-Errant?

— Pourquoi donc n'y croirais-je pas aussi bien qu'à saint Maurice?

— Et vous, M. le docteur, dit-il en s'adressant à Fata, croyez-vous au Juif-Errant?

— Hum, hum, fit celui-ci en absorbant une grosse prise de tabac.

— Pour vous, respectable M. Minxit...

— Moi, interrompit M. Minxit, je pense comme le confrère, excepté qu'au lieu d'une prise de tabac, c'est un verre de vin que je m'administre.

— Vous, du moins, M. Rathery, qui passez pour un philosophe, j'espère bien que vous ne faites pas au Juif-Errant l'honneur de croire à ses éternelles pérégrinations.

— Pourquoi pas? dit mon oncle ; vous croyez bien à Jésus-Christ, vous?

— Oh! c'est différent, répondit le curé. Je crois à Jésus-Christ, parce que ni son existence ni sa divinité ne peuvent être révoquées en doute ; parce que les évangélistes qui ont écrit son histoire sont des hommes dignes de foi ; parce qu'ils n'ont pu se tromper ; parce qu'ils n'avaient pas d'intérêt à tromper leur prochain, et que, quand bien même ils l'eussent voulu, la fraude n'eût pu s'accomplir.

Si les faits consignés par eux étaient controuvés ; si l'Evangile n'était, comme le *Télémaque*, qu'une espèce de roman philosophique et religieux, à l'apparition de ce livre fatal qui devait répandre le trouble et la division à la surface de la terre ; qui devait séparer l'époux de l'épouse, les enfants de leurs pères ; qui réhabilitait la pauvreté ; qui faisait l'esclave l'égal du maître ; qui heurtait toutes les idées admises ; qui honorait tout ce qui jusqu'alors avait été méprisé, et jetait comme ordures, au feu de l'enfer, tout ce qui avait été honoré ; qui renversait la vieille religion des païens, et sur ses débris établissait, à la place d'autels, le gibet d'un pauvre fils de charpentier...

— M. le curé, dit M. Minxit, votre période est trop longue : il faut la couper par un verre de vin.

M. le curé, donc, ayant bu un verre de vin, poursuivit :

— A l'apparition de ce livre, dis-je, les païens eussent jeté un immense cri de protestation, et les Juifs, qu'il accusait du plus grand crime qu'un peuple puisse commettre, d'un déicide, l'eussent poursuivi de leurs éternelles réclamations.

— Mais, dit mon oncle, le Juif-Errant a pour lui une autorité qui n'est pas moins puissante que celle de l'Evangile : c'est la complainte des bourgeois de Bruxelles en Brabant, qui le rencontrèrent aux portes de la ville, et le régalèrent d'un pot de bière fraîche.

Les évangélistes sont des hommes dignes de foi, soit ; mais, au fait, ces évangélistes, à l'inspiration près, que sont-ils ? des hommes de rien ; des hommes qui n'avaient ni feu ni lieu, qui ne payaient point de contributions, et que poursuivrait aujourd'hui le parquet pour vagabondage. Les bourgeois de Bruxelles, au contraire, étaient des hommes établis, des hommes qui avaient pignon sur rue ; plusieurs, j'en suis bien sûr, étaient syndics ou marguilliers.

Si les évangélistes et les bourgeois de Bruxelles pouvaient avoir une discussion devant le bailli, je suis bien sûr que c'est aux bourgeois de Bruxelles que le magistrat déférerait le serment.

Les bourgeois de Bruxelles n'ont pu se tromper ; car enfin un bourgeois, ce n'est pas un mannequin, un gargamelle, un homme de pain d'épice, et il n'est pas plus difficile de distinguer un vieillard de dix-sept cents ans passés d'un moderne, que de distinguer un vieillard de l'espèce commune d'un enfant de cinq ans.

Les bourgeois de Bruxelles n'avaient aucun intérêt à tromper leurs concitoyens : peu leur importait, à eux, qu'il y eût ou qu'il n'y eût pas un homme qui marche toujours. Et quel honneur pouvait-il leur revenir de s'être attablés dans une brasserie avec le superlatif des vagabonds, avec une espèce de damné, plus misérable cent fois qu'un galérien, auquel je ne voudrais pas, moi, ôter mon chapeau, et d'avoir bu avec lui de la bière fraîche ? Et même, à bien prendre la chose, ils ont agi, en publiant leur complainte, plutôt contre leur intérêt que dans leur intérêt ; car ce morceau de poésie n'est pas de nature à donner une haute opinion de leur valeur poétique ; et le tailleur Millot-Rataut, dont j'ai mainte fois surpris le grand-noël autour d'un morceau de fromage de Brie, est un Virgile en comparaison d'eux.

Les bourgeois de Bruxelles n'auraient pu tromper leurs concitoyens, quand bien même ils l'auraient voulu ; si les faits célébrés dans leur complainte étaient controuvés, à l'apparition de cet écrit, les habitants de Bruxelles eussent réclamé ; la police eût cherché sur ses registres si un sieur Isaac Laquedem n'était pas passé tel jour à Bruxelles, et elle eût réclamé ; les cordonniers, dont le procédé brutal du Juif-Errant, qui tirait lui-même de la manicle, a déshonoré à tout jamais la vénérable confrérie, n'eussent pas manqué de réclamer ; c'eût été, en un mot, un concert de réclamations à faire crouler les tours de la capitale du Brabant.

D'ailleurs, sous le rapport de la crédibilité, la complainte du Juif-Errant a sur l'Evangile de notables avantages ; elle n'est point tombée du ciel comme un aérolithe ; elle a une date précise : le premier exemplaire a été déposé à la bibliothèque royale, bien et dûment revêtu du nom de l'imprimeur et de la désignation de son domicile. L'Evangile cependant n'a point de date. A la complainte de Bruxelles est joint le portraint du Juif-Errant, en tricorne, en polonaise, en bottes à l'écuyère, et portant une canne démesurée; cependant, aucune médaille qui nous transmette l'effigie de Jésus-Christ n'est venue jusqu'à nous. La complainte du Juif-Errant a été écrite dans un siècle éclairé, investigateur, plus disposé à retrancher de ses croyances qu'à ajouter; l'Evangile, au contraire, a apparu tout à coup comme un flambeau allumé, on ne sait par qui, au milieu des ténèbres d'un siècle livré à de grossières superstitions, et chez un peuple plongé dans l'ignorance la plus profonde, et dont l'histoire n'est qu'une longue suite d'actes de superstition et de barbarie.

— Permettez, M. Benjamin, dit le notaire; vous avez dit que les bourgeois de Bruxelles n'avaient pu se tromper sur l'identité du Juif-Errant; cependant, les habitants de Moulot vous ont pris ce matin pour le Juif-Errant; vous avez même, en cette qualité, fait en présence de tout le peuple de Moulot un miracle authentique; votre démonstration pèche donc par un côté, et vos règles, relativement à la certitude historique, ne sont pas infaillibles.

— L'objection est forte, dit Benjamin en se grattant la tête. Je conviens qu'il m'est impossible d'y répondre; mais elle s'applique aussi bien au Jésus-Christ de monsieur qu'à mon Juif-Errant.

— Ah ça! interrompit ma grand'mère, qui allait toujours au fait, j'espère que tu crois en Jésus-Christ, Benjamin?

— Sans doute, ma chère sœur, je crois à Jésus-Christ. J'y crois d'autant plus fermement que sans croire à la divinité de Jésus-Christ on ne peut croire à l'existence de Dieu; que les seules preuves qu'il y ait de l'existence de Dieu, ce sont les miracles de Jésus-Christ. Mais, fichtre! cela ne m'empêche pas de croire au Juif-

Errant, ou, pour mieux dire, voulez-vous que je vous explique ce que c'est, pour moi, que le Juif-Errant?

Le Juif-Errant, c'est l'effigie du peuple juif, crayonnée par quelque poëte inconnu d'entre le peuple, sur les murs d'une chaumière. Ce mythe est si frappant qu'il faudrait être aveugle pour ne pas le reconnaître.

Le Juif-Errant n'a point de toit, point de foyer, point de domicile légal et politique : le peuple juif n'a point de patrie.

Le Juif-Errant est obligé de marcher sans s'arrêter, sans prendre haleine, ce qui doit être très-fatigant pour lui avec des bottes à l'écuyère. Il a déjà fait sept fois le tour du monde. Le peuple juif n'est établi nulle part d'une manière fixe ; il demeure partout sous des tentes ; il va et vient incessamment comme les flots de l'Océan, et lui aussi, comme une écume qui flotte à la surface des nations, comme un fétu emporté par le cours de la civilisation, a déjà fait bien des fois le tour du monde.

Le Juif-Errant a toujours cinq sous dans sa poche. Le peuple juif, ruiné sans cesse par les exactions de la noblesse féodale et par les confiscations des rois, revenait toujours, comme un liége qui du fond de l'eau remonte à sa surface, à une situation prospère. Son opulence repoussait d'elle-même.

Le Juif-Errant ne peut dépenser que cinq sous à la fois. Le peuple juif, obligé de dissimuler ses richesses, est devenu chiche et parcimonieux : il dépense peu.

Le supplice du Juif-Errant durera toujours. Le peuple juif ne peut pas plus se réunir en corps de nation que les cendres d'un chêne frappé par la foudre ne peuvent se réunir en arbres : il est dispersé jusqu'à la consommation des siècles à la surface de la terre.

A sérieusement parler, c'est sans doute une superstition de croire au Juif-Errant ; mais je vous dirai ce qui est dit dans l'Evangile : Que celui qui est exempt de toute superstition jette aux habitants de Moulot le premier sarcasme ! Le fait est que nous sommes tous superstitieux, les uns plus, les autres moins, et souvent celui qui a une loupe sur l'oreille, grosse comme une pomme de terre, se gausse de celui qui a un poireau au menton.

Il n'y a pas deux chrétiens qui aient les mêmes croyances, qui admettent et rejettent les mêmes choses. L'un fait maigre le vendredi et ne va pas aux offices ; l'autre va aux offices et met le pot au feu le vendredi ; cette dame se moque du vendredi comme du dimanche, et se croirait damnée si elle n'était pas mariée à l'église.

Soit la religion une bête à sept cornes. Celui qui ne croit qu'à six de ses cornes se moque de celui qui croit à la septième ; celui qui ne lui accorde que cinq cornes se moque de celui qui lui en reconnaît six. Le déiste survient qui se moque de tous ceux qui croient que la religion a des cornes, et enfin passe l'athée, qui se moque de tous les autres ; et, pourtant, l'athée croit à Cagliostro et se fait tirer les cartes. En définitive, il n'y a qu'un homme qui ne soit pas superstitieux, c'est celui qui ne croit qu'à ce qui lui est démontré.

Il était nuit et plus que nuit, quand ma grand'mère déclara qu'elle voulait partir.

— Je ne laisserai partir Benjamin qu'à une condition, dit M. Minxit, c'est qu'il me promettra d'assister dimanche à une grande partie de chasse que je décrète en son honneur : il faut bien qu'il fasse connaissance avec ses bois et les lièvres qui sont dedans.

— Mais, dit mon oncle, c'est que je ne sais pas les premiers éléments de la chasse. Je distinguerais très-bien un civet ou un râble de lièvre d'une gibelotte de lapin ; mais que Millot-Rataut me chante son grand-noël si je suis capable de distinguer un lièvre qui court d'un lapin courant.

— Tant pis pour toi, mon ami ; mais c'est une raison de plus pour que tu viennes : il faut bien connaître un peu de tout.

— Vous verrez, M. Minxit, que je ferai un malheur : je tuerai un de vos instruments de musique.

— Fichtre ! ne t'avise pas de cela, au moins ; il faudrait que je le payasse plus cher qu'il ne vaut à sa famille désolée. Mais, pour éviter tout accident, tu chasseras avec ton épée.

— Eh bien ! je promets, dit mon oncle.

Et, là-dessus, il prit congé, avec sa chère sœur, de M. Minxit.

— Savez-vous, dit Benjamin à ma grand'mère quand ils furent sur le chemin, que j'aimerais mieux épouser M. Minxit que sa fille ?

— Il ne faut vouloir que ce qu'on peut, et tout ce qu'on peut il faut le vouloir, répondit sèchement ma grand'mère.

— Mais...

— Mais... prenez garde à l'âne, et ne le piquez pas, comme ce matin, de votre épée ; voilà tout ce que je vous demande.

— Vous me boudez, ma sœur ; je voudrais savoir pourquoi ?

— Eh bien ! je vais vous le dire : parce que vous avez trop bu, trop discuté, et que vous n'avez rien dit à mademoiselle Arabelle. Maintenant, laissez-moi tranquille.

VIII

COMMENT MON ONCLE EMBRASSA UN MARQUIS.

Le samedi suivant, mon oncle alla coucher à Corvol.

On partit le lendemain au lever du soleil. M. Minxit était accompagné de tous ses gens et de plusieurs amis, dont le confrère Fasta faisait partie. C'était par un de ces jours splendides que le sombre hiver, semblable à un geôlier qui sourit, donne de temps en temps à la terre ; février semblait avoir emprunté au mois d'avril son soleil ; le ciel était limpide, et le vent du midi emplissait l'atmosphère d'une molle tiédeur ; la rivière fumait au loin entre les saules, la gelée blanche du matin pendait en gouttelettes aux branches des buissons ; les petits pâtres chantaient pour la première fois de l'année dans les prés, et les ruisselets qui descendent de la montagne du Flez, réveillés par la chaleur du soleil, gazouillaient au pied des haies.

— M. Fata, dit mon oncle, voilà une belle journée ! Est-ce que nous la passerons entre les rameaux mouillés des bois ?

— Ce n'est pas mon avis, confrère, répondit celui-ci. Si vous voulez venir chez moi, je vous montrerai un enfant à quatre têtes que j'ai serré dans un bocal. M. Minxit m'en offre trois cents francs.

— Vous feriez bien de le lui céder, dit mon oncle, et de mettre du cassis à la place.

Cependant, comme il avait de bonnes jambes et qu'il n'y avait que deux petites lieues de là à Varzy, il se décida à suivre le confrère. Ils quittèrent donc, Fata et lui, le gros des chasseurs, et s'enfoncèrent dans un chemin de traverse qui s'égarait dans la prairie. Bientôt ils se trouvèrent vis-à-vis Saint-Pierre-du-Mont. Or, Saint-Pierre-du-Mont est un gros monticule situé sur la route de Clamecy à Varzy. Il est à sa base revêtu de prairies et tout ruisselant de sources, mais ras et nu à son sommet. Vous diriez une grande motte de terre soulevée dans la plaine par une taupe gigantesque. Sur son crâne pelé et teigneux était alors un reste de château féodal, aujourd'hui remplacé par une élégante maison de campagne qu'habite un engraisseur de bestiaux : car c'est ainsi que, par un travail insensible, les œuvres de l'homme, comme celle de la nature, se décomposent et recomposent.

Les murs du castel étaient démantelés, ses créneaux édentés en maints endroits ; les tours semblaient avoir été cassées par le milieu, et elles étaient réduites à l'état de tronçons ; ses fossés, taris à moitié, étaient encombrés par de grandes herbes et une forêt de roseaux, et son pont-levis avait fait place à un pont de pierre : l'ombre sinistre de ce vieux débris de la féodalité attristait tous les environs ; les chaumières avaient reculé devant lui ; les unes étaient allées sur le coteau voisin former le village de Flez, les autres étaient descendues dans la vallée et s'étaient groupées en hameau le long de la route.

Le maître de cette vieille gentilhommière était alors un certain marquis de Cambyse. M. de Cambyse était grand, épais, fortement

charpenté et avait la force d'un géant. Vous eussiez dit une an-
cienne armure faite de chair. Il était d'un caractère violent, emporté, susceptible jusqu'à l'excès, ne pouvant supporter aucune
contradiction, et d'un orgueil qui allait jusqu'à la sottise ; il était
d'ailleurs entiché de sa noblesse et s'imaginait que les Cambyse
étaient une œuvre hors ligne dans la création.

Il avait été quelque temps officier de mousquetaires, je ne sais
de quelle couleur ; mais il était mal à son aise à la cour : sa volonté s'y trouvait comprimée, sa violence ne pouvait y faire explo-
sion, et il était d'ailleurs étouffé au milieu de cette poussière de
hobereaux qui chatoyaient et tourbillonnaient autour du trône. Il
était revenu dans ses terres et il y vivait en petit monarque. Le
temps avait emporté un à un les vieux priviléges de la noblesse ;
mais, lui, il les avait gardés de fait et il les exerçait dans toute leur
plénitude. Il était encore maître absolu non-seulement de ses domaines, mais encore dans tout le pays des environs. C'était, à la
rondache près, un véritable seigneur féodal. Il rossait les paysans,
il leur prenait leurs femmes quand elles étaient gentilles, il enva-
hissait leurs terres avec ses meutes, foulait leurs récoltes aux pieds
de ses valets, et faisait mille avanies aux bourgeois qui se laissaient
rencontrer par lui autour de sa montagne.

Il faisait du despotisme et de la violence par caprice, par diver-
tissement et surtout par amour propre. Afin d'être le personnage
le plus éminent du pays, il avait voulu en être le plus méchant. Il
ne savait pas de meilleures manières pour démontrer sa supériorité
aux gens que de les opprimer. Pour être célèbre, il s'était fait méchant. C'était, au volume près, la puce qui ne peut vous faire apercevoir de sa présence entre vos draps qu'en vous piquant. Quoique
riche, il avait des créanciers. Mais il se faisait un point d'honneur
de ne pas les payer. Telle était la terreur de son nom que vous
n'eussiez pas trouvé dans le pays un huissier pour l'assigner. Un
seul, le père Ballivet, avait osé lui remettre une cédule en main
propre et parlant à sa personne, mais il y avait risqué sa vie. Honneur donc au généreux père Ballivet, huissier royal, qui exploitait

pour tout le monde et deux lieues au delà, ainsi que le disaient les mauvais plaisants du pays pour ternir la gloire de ce grand huissier.

Voici du reste comment il s'y était pris. Il avait empaqueté sa cédule dans une demi-douzaine d'enveloppes perfidement cachetées et l'avait présentée à M. de Cambyse comme un paquet venant du château de Vilaine. Tandis que le marquis démaillotait l'exploit, il s'était esquivé sans bruit, avait gagné la grande porte et avait enfourché son cheval qu'il avait attaché à un arbre à quelque distance du château. Quand le marquis eut connaissance de ce que contenait le paquet, furieux d'avoir été la dupe d'un huissier, il ordonna à ses domestiques de courir sur ses traces ; mais le père Ballivet était hors de leur portée et se moquait d'eux par un geste que je ne puis reproduire ici.

Du reste, M. de Cambyse ne se faisait guère plus de scrupule de décharger son fusil sur un paysan que sur un renard. Il en avait déjà détérioré deux ou trois, qu'on appelait dans le pays les estropiés de M. de Cambyse, et plusieurs habitants quasi-notables de Clamecy avaient été victimes de ses très-mauvaises plaisanteries. Quoiqu'il ne fût pas encore bien vieux, il y avait déjà dans la vie de cet honorable seigneur assez de sanglantes espiégleries pour faire deux forçats à perpétuité ; mais sa famille était bien à la cour : la protection de ses nobles cousins le mettait à l'abri de toute poursuite. Et au fait, chacun prend son plaisir où il le trouve. Le bon roi Louis XV, tandis qu'il prenait à Versailles de si doux et de si joyeux ébats, tandis qu'il donnait des fêtes aux gentilshommes de sa cour, ne voulait pas que ses gentilshommes de province s'ennuyassent dans leurs terres, et il eût été très-contrarié que les paysans à faire crier sous le bâton, ou les bourgeois à désoler leur eussent fait faute. Louis, dit le Bien-Aimé, tenait à mériter l'amour que lui avaient décerné ses sujets. Ainsi donc, il est bien entendu que le marquis de Cambyse était inviolable comme un roi constitutionnel, et qu'il n'y avait pour lui ni justice ni maréchaussée.

Benjamin aimait à déclamer contre M. de Cambyse ; il l'appelait le

Gessler des environs, et il manifestait souvent le désir de se trouver en la présence de cet homme ; ses souhaits ne furent que trop tôt accomplis, comme vous allez le voir.

Mon oncle, en sa qualité de philosophe, se mit en contemplation devant les vieux créneaux noirs et ébréchés qui déchiraient l'azur du ciel.

— M. Rathery, lui dit le confrère le tirant par la manche, il ne fait pas bon autour de ce château, je vous en préviens.

— Comment, M. Fata, vous aussi vous avez peur d'un marquis ?

— Mais, M. Rathery, c'est que je suis, moi, un médecin à perruque.

— Voilà comme ils sont tous ! s'écria mon oncle, donnant un libre cours à son indignation ; ils sont trois cents roturiers contre un gentilhomme, et ils souffrent qu'un gentilhomme leur passe sur le ventre ; encore s'aplatissent-ils le plus qu'ils peuvent de peur que ce noble personnage ne trébuche !

— Que voulez-vous, M. Rathery, contre la force....

— Mais c'est vous qui l'avez la force, malheureux ! Vous ressemblez au bœuf qui se laisse conduire par un enfant, de sa verte prairie à l'abattoir. Oh ! le peuple est lâche ! il est lâche ! je le dis avec amertume, comme une mère dit que son enfant a mauvais cœur. Toujours il abandonne au bourreau ceux qui se sont sacrifiés pour lui, et s'il manque une corde pour les pendre, il se charge de la fournir. Deux mille ans ont passé sur la cendre des Gracques, et dix-sept cent cinquante ans sur le gibet de Jésus-Christ, et c'est toujours le même peuple. Il a quelquefois des lubies de courage ; il jette le feu par la bouche et les naseaux ; mais la servitude est son état normal et il y revient toujours, comme un serin apprivoisé revient toujours à sa cage. Vous voyez passer le torrent gonflé par un soudain orage et vous le prenez pour un fleuve. Vous repassez le lendemain et vous ne trouvez plus qu'un honteux filet d'eau qui se cache sous les herbes de ses rives, et qui n'a laissé de son passage que quelques pailles aux branches des arbustes. Il est fort quand il veut l'être ; mais prenez-y garde, sa force ne dure qu'un instant : ceux qui s'appuient sur lui bâtissent leur maison sur la face glacée d'un lac.

En ce moment, un homme en riche costume de chasse traversait la route, suivi de chiens aboyants et d'une longue traînée de valets. Fata pâlit.

— M. de Cambyse ! dit-il à mon oncle; et il salua profondément ; mais Benjamin resta droit et couvert comme un grand d'Espagne.

Or, rien n'était plus propre à choquer le terrible marquis que l'outrecuidance de ce vilain qui lui refusait un banal hommage sur la lisière de ses domaines et en présence de son château. C'était d'ailleurs d'un très-mauvais exemple et qui pouvait devenir contagieux.

— Manant ! dit-il à mon oncle avec son air de gentilhomme, pourquoi ne me salues-tu pas?

— Toi-même, répondit mon oncle en le toisant du haut en bas de son œil gris, pourquoi ne m'as-tu pas salué?

— Ne sais-tu pas que je suis le marquis de Cambyse, seigneur de tout ce pays ?

— Et toi, ignores-tu que je suis Benjamin Rathery, docteur en médecine de Clamecy ?

— Vraiment, dit le marquis, tu es carabin ? je t'en fais mon compliment; voilà un beau titre que tu as là.

— C'est un titre qui vaut bien le tien ! pour l'acquérir, il m'a fallu subir de longues et sérieuses études. Mais toi, ce *de* que tu mets devant ton nom, que t'a-t-il coûté? Le roi peut faire vingt marquis par jour, mais je le défie, avec sa toute-puissance, de faire un médecin ; un médecin a son utilité, tu le reconnaîtras peut-être plus tard ; mais un marquis, à quoi cela sert-il ?

M. le marquis de Cambyse avait bien déjeuné ce jour-là. Il était de bonne humeur — Voilà, dit-il à son intendant, un plaisant original ; j'aime mieux l'avoir rencontré qu'un chevreuil. Et celui-là, ajouta-t-il en montrant Fata du doigt, quel est-il ?

— M. Fata, de Varzy, monseigneur, dit le médecin faisant une seconde génuflexion.

— Fata, dit mon oncle, vous êtes un polisson, je m'en doutais ; mais vous me rendrez compte de ce procédé.

— Ah çà ! dit le marquis à Fata, est-ce que tu connais cet homme ?

— Très-peu, M. le marquis, je vous le jure ; je ne le connaissais que pour avoir dîné avec lui chez M. Minxit ; mais du moment qu'il manque aux égards dus à la noblesse, je ne le connais plus.

— Et moi, dit mon oncle, je commence à te connaître.

— Comment, monsieur Fata de Varzy, poursuivit le marquis, est-ce que vous dînez chez ce drôle de Minxit ?

— Oh ! par hasard, monseigneur, un jour que je passais par Corvol ! Je sais bien que ce Minxit n'est pas un homme à voir ; c'est une tête brûlée, un homme entiché de sa fortune et qui se croit autant qu'un gentilhomme.—Haie ! haie ! qui m'a frappé de son pied par derrière ?

— Moi, dit Benjamin, de la part de M. Minxit.

— Maintenant, dit le marquis, vous n'avez rien à faire ici, M. Fata, laissez-moi avec votre compagnon de voyage. Ainsi donc, ajouta-t-il, s'adressant à mon oncle, tu persistes, toi, à ne pas me saluer ?

— Si tu me salues le premier, je te saluerai le second, dit Benjamin.

— Et c'est là ton dernier mot ?

— Oui !

— Tu as bien réfléchi à ce que tu fais ?

— Ecoute, dit mon oncle, je veux avoir de la déférence pour ton titre et te prouver combien je suis coulant en tout ce qui concerne l'étiquette. Alors il tira un gros sou de sa poche, et le faisant tourner en l'air : Demande pile ou face, dit-il au marquis ; gentilhomme ou médecin, celui que le sort désignera saluera le premier ; il n'y aura pas à y revenir.

— Insolent ! dit le gros intendant joufflu, ne voyez-vous pas que vous manquez de respect à monseigneur de la manière la plus scandaleuse ? Si j'étais à sa place, il y a longtemps que je vous aurais bâtonné.

— Mon ami, répondit Benjamin, mêlez-vous de vos chiffres. Votre seigneur vous paie pour le voler et non pour lui donner des conseils.

En ce moment un garde-chasse passa derrière mon oncle, et d'un revers de main lui enleva son tricorne, qui tomba dans la boue. Benjamin était d'une force musculaire peu commune : il se retourne, le garde avait encore aux lèvres le gros sourire qu'y avait fait épanouir son espiéglerie. Mon oncle, d'un coup de son poing de fer, envoie l'homme à la banderolle moitié dans le fossé, moitié dans la haie qui bordait la route. Les camarades de celui-ci voulaient le tirer de la position amphibie dans laquelle il se trouvait engagé ; mais M. de Cambyse s'y opposa. — Il faut, dit-il, que le drôle apprenne que le droit d'insolence n'appartient pas aux vilains.

Au fait, je ne conçois pas mon oncle, ordinairement si philosophe, de n'avoir pas cédé de bonne grâce à la nécessité. Je sais bien que c'est vexant pour un fier citoyen du peuple, qui sent ce qu'il vaut, d'être obligé de saluer un marquis. Mais quand nous sommes sous le coup de la force, notre libre arbitre est supprimé ; ce n'est plus une action qui se fait, c'est un résultat qui se produit. Nous ne sommes plus qu'une machine qui n'est point responsable de ses actes ; l'homme qui nous fait violence est le seul auquel on puisse reprocher ce qu'il y a de honteux ou de coupable dans notre action. Aussi ai-je toujours regardé comme une obstination peu digne d'être canonisée la résistance invincible des martyrs à leurs persécuteurs. Vous voulez, vous, Antiochus, me jeter dans l'huile bouillante si je refuse de manger de la viande de porc ? Je dois vous faire d'abord observer qu'on ne fait pas frire un homme comme un goujon ; mais si vous persistez dans vos exigences, je mange votre ragoût, et même je le mange avec plaisir s'il est bien accommodé ;

car c'est à vous, à vous seul, Antiochus, que la digestion en sera funeste. Vous, monsieur de Cambyse, vous exigez, votre fusil sur ma poitrine, que je vous salue? Eh bien! marquis, j'ai l'honneur de vous saluer. Je sais bien qu'après cette formalité vous n'en vaudrez pas plus et que je n'en vaudrai pas moins. Il n'y a qu'un cas où nous devons, quelque chose qu'il arrive, nous roidir contre la force : c'est quand on veut nous forcer de commettre un acte préjudiciable à la nation; car nous n'avons pas le droit de faire passer notre intérêt personnel avant l'intérêt public.

Mais enfin, telle n'était pas l'opinion de mon oncle : comme il se tenait ferme dans son refus, M. de Cambyse le fit saisir par ses valets et ordonna qu'on retournât au château. Benjamin, tiré par devant et poussé par derrière, empêtré dans son épée, protestait cependant de toute sa force contre la violence qu'on lui faisait subir, et trouvait moyen de distribuer à droite et à gauche quelques bourrades. Il y avait bien dans les champs voisins des paysans qui travaillaient : mon oncle les appela à son secours; mais ils se gardèrent bien de faire droit à ses interpellations, et même ils rirent de son martyre pour faire leur cour au marquis.

Quand on fut arrivé dans la cour du château, M. de Cambyse ordonna qu'on fermât la porte. Il fit appeler tous ses gens au son de la cloche; on apporta deux fauteuils, un pour lui et un pour son intendant, et il commença avec cet homme un semblant de délibération sur le sort de mon pauvre oncle. Lui, devant cette parodie de justice, se tenait toujours fier, et même il avait conservé son air dédaigneux et goguenard.

Le brave intendant opina à vingt-cinq coups de fouet et quarante-huit heures de cachot dans le vieux donjon; mais le marquis était de bonne humeur : il avait même, à ce qu'il paraît, une pointe de sillery dans la tête.

— As-tu quelque chose à alléguer pour ta défense? dit-il à Benjamin.

— Viens avec moi, répondit celui-ci, avec ton épée, à trente pas de ton château, et je te ferai connaître mes moyens de défense.

Alors le marquis se leva et dit :

— La justice, après en avoir délibéré, condamne l'individu ici présent à embrasser M. le marquis de Cambyse, seigneur de tous ces environs, ex-lieutenant de mousquetaires, capitaine louvetier du bailliage de Clamecy, etc., etc., dans un endroit que mondit seigneur de Cambyse va lui faire connaître. Et en même temps il défaisait son haut-de-chausses. La valetaille comprit son intention; elle se mit à applaudir de toutes ses forces et à crier : Vive M. le marquis de Cambyse !

Pour mon pauvre oncle, il mugissait de colère ; il dit plus tard qu'il avait craint d'être frappé d'apoplexie. Deux gardes-chasse le tenaient en joue, et ils avaient reçu ordre du marquis de tirer à son premier signal.

— Une fois, deux fois, dit celui-ci.

Benjamin savait le marquis homme à exécuter sa menace, il ne voulut pas courir la chance d'un coup de fusil, et.... quelques secondes après, la justice du marquis était satisfaite.

— C'est très-bien, dit M. de Cambyse, je suis content de toi ; maintenant, tu peux te vanter d'avoir embrassé un marquis.

Il le fit conduire par deux gardes-chasse au port d'armes jusqu'à la porte cochère. Benjamin s'enfuit, pareil à un chien auquel un mauvais garnement a attaché un sabot à la queue. Comme il était sur la route de Corvol, il ne se donna pas le temps de changer de direction et alla droit chez M. Minxit.

IX

M. MINXIT SE PRÉPARE A LA GUERRE.

Or, celui-ci avait été informé, je ne sais par qui, par la renommée sans doute qui se mêle de tout, que Benjamin était retenu prisonnier à Saint-Pierre-du-Mont ; il ne trouva point de meilleur moyen, pour délivrer son ami, que de prendre d'assaut la gentil-hommière du marquis et de la raser ensuite. Vous qui riez, trouvez-moi dans l'histoire une guerre plus juste. Là où le gouvernement ne sait pas faire respecter les lois, il faut bien que les citoyens se fassent justice eux-mêmes.

La cour de M. Minxit ressemblait à une place d'armes ; la musique, à cheval et armée de fusils de toutes sortes, était déjà rangée en bataille ; le vieux sergent, entré depuis peu au service du docteur, avait pris le commandement de ce corps d'élite. Du milieu de ses rangs s'élevait un ample drapeau fait avec un rideau de croisée, sur lequel M. Minxit avait écrit, en lettres moulées, afin que personne n'en ignorât : *La liberté de Benjamin ou les oreilles de M. de Cambyse !* C'était là son ultimatum.

En seconde ligne, venait l'infanterie, représentée par cinq à six valets de ferme portant leur pioche sur leur épaule, et quatre couvreurs de l'endroit munis chacun de leur échelle.

La calèche figurait les bagages ; elle était chargée de fascines pour combler les fossés du château, que le temps avait comblés lui-même en plusieurs endroits. Mais M. Minxit tenait à faire régulièrement les choses ; il avait eu, en outre, la précaution de mettre, dans une des poches de la voiture, sa trousse et un gros flacon de rhum.

Le belliqueux docteur, surmonté d'un chapeau à plumes et une épée nue à la main, caracolait autour de sa troupe et hâtait d'une voix tonnante les préparatifs du départ.

C'est l'usage qu'avant d'entrer en campagne une armée soit haranguée. M. Minxit n'était pas homme à manquer à cette formalité. Or, voici ce qu'il dit à ses soldats :

— Soldats, je ne vous dirai point que l'Europe a les yeux fixés sur vous, que vos noms passeront à la postérité, qu'ils seront burinés au temple de la gloire, etc., etc., etc., parce que tout cela, c'est de cette graine vide et inféconde qu'on jette aux niais ; mais voici ce qu'il en est :

Dans toutes les guerres les soldats combattent au profit du souverain ; ils n'ont pas même, la plupart du temps, l'avantage de savoir pourquoi ils meurent ; mais vous, c'est dans votre intérêt, c'est dans l'intérêt de vos femmes et de vos enfants — ceux qui en ont — que vous allez combattre. M. Benjamin, que vous avez tous l'honneur de connaître, doit devenir mon gendre. En cette qua·lité, il régnera avec moi sur vous, et quand je n'y serai plus, c'est lui qui sera votre maître : il vous aura une obligation infinie des dangers que vous allez courir pour lui, et il vous en récompensera généreusement.

Mais ce n'est pas seulement pour rendre la liberté à mon gendre que vous avez pris les armes : notre expédition aura encore pour résultat de délivrer le pays d'un tyran qui l'opprime, qui écrase vos blés, qui vous bat quand il vous rencontre, et qui est très-malhonnête avec vos femmes. Il suffit à un Français d'une bonne raison pour combattre courageusement ; vous, vous en avez deux : donc vous devez être invincibles. Les morts seront enterrés décemment à mes frais, et les blessés seront soignés dans ma maison. Vive M. Benjamin Rathery ! mort à Cambyse ! destruction à sa gentilhommière !...

— Bravo ! M. Minxit, dit mon oncle qui arrivait en vaincu par une porte de derrière , voilà une harangue bien touchée : si vous l'eussiez faite en latin, j'aurais cru que vous l'aviez pillée dans Tite-Live.

A la vue de mon oncle, il se fit un hourra universel dans l'armée. M. Minxit commanda en place repos, et conduisit Benjamin dans sa salle à manger. Celui-ci lui rendit compte de son aventure de la manière la plus circonstanciée et avec une fidélité que n'ont pas toujours les hommes d'Etat lorsqu'ils écrivent leurs mémoires.

M. Minxit était horriblement exaspéré de l'insulte faite à son gendre, et il en grinça de tous ses chicots. D'abord, il ne put s'exprimer que par des imprécations ; mais quand son indignation se fut un peu calmée : — Benjamin, dit-il, tu es plus ingambe, tu vas prendre le commandement de l'armée, et nous allons marcher con-

tre le château de Cambyse ; il faut que là où étaient ses tourelles,
il pousse des orties et du chiendent.

— Si cela vous convient, dit mon oncle, nous raserons jusqu'à la
montagne de Saint-Pierre-du-Mont ; mais, sauf le respect que je
dois à votre avis, je crois que nous devons agir de ruse : nous esca-
laderons nuitamment les murailles du château ; nous nous empare-
rons de Cambyse et de tous ses laquais plongés dans le vin et le
sommeil, comme dit Virgile, et il faudra qu'ils nous embrassent
tous.

— Voilà qui est bien pensé, répondit M. Minxit ; nous avons une
bonne lieue et demie pour arriver devant la place, et il fera nuit
dans une heure. Cours embrasser ma fille, et nous partons.

— Un instant, dit mon oncle. Diable ! comme vous y allez ! Je
n'ai rien pris de la journée, moi, et il me conviendrait assez de déjeuner avant de partir.

— Alors, dit M. Minxit, je vais faire rompre les rangs, et on dis-
tribuera une ration de vin à nos soldats pour les tenir en haleine.

— C'est cela, répondit mon oncle, ils auront le temps de s'a-
chever pendant que je vais prendre ma réfection.

Heureusement pour la gentilhommière du marquis, l'avocat
Page, qui revenait d'une expertise, vint demander à dîner à
M. Minxit.

— Vous arrivez bien, M. Page, lui dit le belliqueux docteur ; je
vais vous enrôler dans notre expédition.

— Quelle expédition ? dit Page, qui n'avait pas étudié le droit
pour faire la guerre.

Alors mon oncle lui raconta son aventure et la manière dont il
allait se venger.

— Prenez-y garde, dit l'avocat Page ; la chose est plus grave que
vous ne le pensez. D'abord, quant au succès, espérez-vous, avec
sept à huit hommes éclopés, venir à bout d'une garnison de trente
domestiques, commandés par un lieutenant de mousquetaires ?

— Vingt hommes, et tous valides, M. l'avocat, répondit M.
Minxit.

— Soit, dit froidement l'avocat Page : mais le château de M. de Cambyse est entouré de murailles ; ces murailles tomberont-elles, comme celles de Jéricho, au son des cymbales et de la grosse caisse ? Je suppose, toutefois, que vous preniez d'assaut le château du marquis : ce sera sans doute un beau fait d'armes ; mais cet exploit n'est pas de nature à vous faire obtenir la croix de Saint-Louis ; où vous ne voyez qu'une bonne plaisanterie et de légitimes représailles, la justice y verra, elle, un bris de porte, une escalade, une violation de domicile, une attaque de nuit, et tout cela encore contre un marquis. La moindre de ces choses entraîne la peine des galères, je vous en préviens ; il faudra donc qu'après votre victoire vous vous résigniez à abandonner le pays, et cela pour quel résultat ? pour vous faire donner l'accolade par un marquis.

Quand on peut se venger sans risque et sans dommage, j'admets la vengeance ; mais se venger à son propre détriment, c'est une chose ridicule, c'est un acte de folie. Tu dis, Benjamin, qu'on t'a insulté ; mais qu'est-ce que c'est donc qu'une insulte ? presque toujours un acte de brutalité commis par le plus fort au préjudice du plus faible. Or, comment la brutalité d'un autre peut-elle porter atteinte à ton honneur ? Est-ce ta faute à toi si cet homme est un misérable sauvage qui ne connaît d'autre droit que la force ? Es-tu responsable de ses lâchetés ? Si une tuile te tombait sur la tête, courrais-tu sus pour en briser les morceaux ? Te croirais-tu insulté par un chien qui t'aurait mordu, et lui proposerais-tu un combat singulier, comme celui du caniche de Montargis avec l'assassin de son maître ? Si l'insulte déshonore quelqu'un, c'est l'insultant : tous les honnêtes gens sont du parti de l'insulté. Quand un boucher maltraite un mouton, dis-moi, est-ce contre le mouton qu'on s'indigne ?

Si le mal que vous voulez faire à votre insulteur vous guérissait de celui qu'il vous a fait, je concevrais votre ardeur de vengeance ; mais si vous êtes le plus faible, vous vous attirez de nouveaux sévices ; si, au contraire, vous êtes le plus fort, vous avez encore pour vous la peine de battre votre adversaire. Ainsi, l'homme qui se venge joue toujours le rôle de dupe. Le précepte de Jésus-Christ, qui nous ordonne de pardonner à ceux qui nous ont offensés, est non-seulement un beau précepte de morale, mais encore un bon conseil. De tout cela, je conclus que tu feras bien, mon cher Benjamin, d'oublier l'honneur que t'a fait le marquis et de boire avec nous jusqu'à la nuit pour te distraire de ce souvenir.

Pour moi, je ne suis pas du tout de l'avis du cousin Page ; il est toujours agréable et quelquefois utile de rendre loyalement le mal qu'on nous a fait : c'est une leçon qu'on donne au méchant. Il est bon qu'il sache que c'est à ses risques et périls qu'il se livre à ses instincts malfaisants. Laisser aller la vipère qui vous a mordu quand on peut l'écraser et pardonner au méchant, c'est la même chose ; la générosité en cette occasion est non-seulement une niaiserie, c'est encore un tort envers la société. Si Jésus-Christ a dit : Pardonnez à vos ennemis, saint Pierre a coupé l'oreille à Malchus, cela se compense

Mon oncle était très-entêté, entêté comme s'il eût été le fils d'un cheval ou d'une ânesse, et, du reste, l'entêtement est un vice héréditaire dans notre famille ; cependant, il convint que l'avocat Page avait raison.

— Je crois, dit-il, M. Minxit, que vous ferez très-bien de remettre votre épée dans le fourreau et votre chapeau à plumes dans son étui : on ne doit faire la guerre que pour des motifs extrêmement graves ; et le roi qui entraîne sans nécessité une partie de son peuple sur ces vastes abattoirs qu'on appelle des champs de bataille, est un assassin. Vous seriez peut-être flatté, M. Minxit, de prendre place parmi les héros ; mais, la gloire d'un général, qu'est-ce que c'est ? des cités en débris, des villages en cendres, des campagnes ravagées, des femmes livrées à la brutalité du soldat, des enfants emmenés captifs, des tonneaux de vin défoncés dans les caves. Vous n'avez donc pas lu Fénélon, M. Minxit ? Tout cela est atroce, et je frémis rien que d'y penser.

— Que me racontes-tu là ? répondit M. Minxit. Il ne s'agit que de quelques coups de pioche à donner à de vieilles murailles toutes cassées.

— Eh bien! dit mon oncle, pourquoi vous donner la peine de les abattre, lorsqu'elles ont si bonne volonté de tomber? Croyez-moi, rendez la paix à ce beau pays ; je serais un lâche et un infâme si je souffrais que, pour venger une injure qui m'est toute personnelle, vous vous exposiez aux dangers multiples qui doivent résulter de notre expédition.

— Mais, dit M. Minxit, c'est que j'ai aussi, moi, des injures personnelles à venger sur ce hobereau : il m'a envoyé, par dérision, de l'urine de cheval à consulter pour de l'urine humaine.

— Belle raison pour encourir dix ans de galères ! Non, M. Minxit, le postérité ne vous absoudrait pas. Si vous ne songez à vous, songéz à votre fille, à votre Arabelle chérie : quel plaisir aurait-elle à faire de si bons fromages à la crême, quand vous ne seriez plus là pour les manger?

Cette invocation aux sentiments paternels du vieux docteur produisit son effet.

— Au moins, dit-il, tu me promets qu'il sera fait justice de l'insolence de M. de Cambyse ; car tu es mon gendre, et dès lors, en fait d'honneur, nous sommes solidaires l'un pour l'autre.

— Oh! pour cela, soyez tranquille, M. Minxit; mon œil sera toujours ouvert sur le marquis; je le guetterai avec l'attention patiente d'un chat qui guette une souris : un jour ou l'autre, je le surprendrai seul et sans escorte; alors, il faudra qu'il croise sa noble épée avec ma rapière, ou bien je le bâtonne à satiété. Tenez, je ne puis jurer, comme les anciens preux, de laisser croître ma barbe, ou de manger du pain dur jusqu'à ce que je me sois vengé, parçe que l'une de ces choses ne conviendrait pas dans notre profession, et que l'autre est contraire à mon tempérament; mais je jure de ne devenir votre gendre que quand l'insulte qui m'a été faite aura reçu une éclatante réparation.

— Non pas, répondit M. Minxit, tu vas trop loin, Benjamin ; je n'accepte pas ce serment impie : il faut au contraire que tu épouses ma fille ; tu te vengeras aussi bien après qu'auparavant.

— Y pensez-vous, M. Minxit ? du moment que je dois me battre à mort avec le marquis, ma vie ne m'appartient plus : je ne puis me permettre d'épouser votre fille pour la laisser veuve peut-être le lendemain de ses noces.

Le bon docteur essaya d'ébranler la résolution de mon oncle ; mais voyant qu'il ne pouvait y parvenir, il se décida à aller changer de costume et à licencier son armée. Ainsi finit cette grande expédition, qui coûta peu de sang à l'humanité, mais beaucoup de vin à M. Minxit.

·X

COMMENT MON ONCLE SE FIT EMBRASSER PAR LE MARQUIS.

Benjamin avait couché à Corvol. Le lendemain, comme il sortait de la maison avec M. Minxit, la première personne qu'ils aperçurent, ce fut Fata. Celui-ci, qui ne se sentait pas la conscience nette, eût autant aimé rencontrer deux grands loups sur sa route que mon oncle et M. Minxit. Cependant, comme il ne pouvait s'esquiver, il se décida à faire contre fortune bon cœur : il vint à mon oncle.

— Bonjour, monsieur Rathery ; comment vous portez-vous, honorable monsieur Minxit ? Eh bien ! monsieur Benjamin, comment vous en êtes-vous tiré avec notre Gessler ? J'avais une peur terrible qu'il vous fît un mauvais parti, et je n'en ai pas fermé l'œil de la nuit.

— Fata, dit M. Minxit, gardez vos obséquiosités pour le marquis quand vous le rencontrerez ; est-il vrai que vous ayez dit à M. de Cambyse que vous ne connaissiez plus Benjamin ?

— Je ne me souviens pas de cela, mon bon monsieur Minxit.

— Est-il vrai que vous ayez dit au même marquis que je n'étais pas un homme à voir ?

— Je n'ai pas pu dire cela, mon cher monsieur Minxit, vous savez combien je vous estime, mon ami.

— J'affirme sur l'honneur qu'il a dit tout cela, fit mon oncle avec le sang-froid glacial d'un juge.

— C'est bien, dit M. Minxit ; alors nous allons régler son compte.

— Fata, dit Benjamin, je vous préviens que M. Minxit veut vous fustiger. Tenez, voilà ma houssine ; pour l'honneur du corps, défendez-vous : un médecin ne peut se laisser rosser comme un âne de dix écus.

— J'ai la loi pour moi, dit Fata ; s'il me frappe, chaque coup qu'il me donnera lui coûtera cher.

— Je sacrifie mille francs, dit M. Minxit, faisant siffler sa cravache ; tiens, *Fata, fatorum,* destin, providence des anciens, tiens, tiens, tiens !

Les paysans s'étaient mis sur le seuil de leur porte pour voir fustiger Fata ; car, je le dis à la honte de notre pauvre humanité, rien n'est dramatique comme un homme qu'on maltraite.

— Messieurs, s'écriait Fata, je me mets sous votre protection.

Mais personne ne quitta sa place, car M Minxit, par la considération dont il jouissait, avait à peu près droit de basse justice dans le village.

— Alors, poursuivit l'infortuné Fata, je vous prends à témoin des violences exercées sur ma personne ; je suis docteur en médecine.

— Attends, dit M. Minxit, je vais frapper plus fort, afin que ceux qui ne voient pas les coups les entendent, et que tu aies des cicatrices à montrer au bailli ; et, en effet, il frappa plus fort, le féroce roturier qu'il était.

— Sois tranquille, Minxit, dit Fata en s'éloignant, tu auras affaire à M. de Cambyse; il ne souffrira pas qu'on me maltraite parce que je le salue.

— Tu diras à Cambyse, fit M. Minxit, que je me moque de lui, que ma maison est plus solide que son château, et que, s'il veut venir sur le plateau de Fertiant avec ses gens, je suis son homme.

Disons de suite, pour en finir avec cette affaire, que Fata fit citer M. Minxit par-devant le bailli pour répondre des violences commises sur sa personne; mais qu'il ne put trouver aucun témoin qui déposât du fait, bien que la chose se fût passée en présence d'une centaine d'individus.

Lorsque mon oncle fut arrivé à Clamecy, sa sœur lui remit une lettre timbrée de Paris, de la teneur suivante :

« Monsieur Rathery,

« Je sais de bonne part que vous allez épouser Mlle Minxit; je vous le défends expressément.

» Vte *de Pont-Cassé.* »

Mon oncle envoya Gaspard lui quérir une feuille de papier grand raisin; il prit l'encrier de Machecourt, et répondit de suite à cette missive :

« Monsieur le vicomte,

» Vous pouvez aller. . . . .

» Agréez l'assurance des sentiments respectueux avec lesquels j'ai l'honneur d'être,

» Votre humble et dévoué serviteur,

» *B. Rathery.* »

Où mon oncle voulait-il envoyer son vicomte? je ne le sais; j'ai fait d'inutiles recherches pour pénétrer le mystère de cette réticence; mais je vous ai toujours donné une idée de la fermeté, de la netteté, du nerf et de la précision de son style, quand il voulait se donner la peine d'écrire.

Cependant mon oncle n'avait pas renoncé à ses idées de vengeance, tant s'en faut. Le vendredi suivant, après avoir visité ses malades, il fit aiguiser son épée et mit par-dessus son habit rouge

7

la houppelande de Machecourt. Comme il ne voulait point faire le
sacrifice de sa queue et qu'il ne pouvait la mettre dans sa poche,
il la cacha sous une vieille perruque et s'en alla ainsi déguisé observer son marquis. Il établit son quartier-général dans une espèce
de cabaret situé sur le bord de la route de Clamecy, vis-à-vis le
château de M. de Cambyse. Le maître du logis venait de se casser
une jambe. Mon oncle, toujours prompt à venir en aide à son prochain, quand il était fracturé, déclina sa profession et offrit les secours de son art au patient. Il fut autorisé par sa famille désolée à
rétablir en leur lieu et place les deux fragments du tibia cassé ; ce
qu'il fit prestement et à la grande admiration des deux grands laquais à la livrée de M. de Cambyse, qui buvaient dans le cabaret.

Mon oncle, quand son opération fut terminée, alla s'établir dans
une haute chambre de l'auberge, droit au-dessus du bouchon, et il
se mit à observer le château avec une longue-vue qu'il avait prise
chez M. Minxit. Il y avait une bonne heure qu'il se morfondait là,
et il n'avait encore rien aperçu dont il pût tirer profit, lorsqu'il vit
un laquais de M. de Cambyse descendre ventre à terre la montagne.
Cet homme descendit à la porte du cabaret et demanda si le médecin y était encore. Sur la réponse affirmative de la servante, il
monta à la chambre de mon oncle, et l'abordant chapeau bas, il le
pria de venir donner ses soins à M. le marquis de Cambyse, qui venait d'avaler une arête. Mon oncle fut d'abord tenté de refuser.
Mais il réfléchit que cette circonstance pouvait favoriser ses projets
de vengeance, et il se décida à suivre le domestique.

Celui-ci l'introduisit dans la chambre du marquis ; M. de Cambyse était dans son fauteuil, les coudes sur ses genoux, et il semblait en proie à une violente inquiétude. La marquise, jolie brune
de vingt-cinq ans, se tenait à côté de lui et cherchait à le rassurer.
A l'arrivée de mon oncle, le marquis leva la tête et lui dit :

— J'ai avalé en dînant une arête qui s'est clouée à mon gosier ;
j'ai su que vous étiez dans le village et je vous ai fait appeler,
quoique je n'aie pas l'honneur de vous connaître, persuadé que
vous ne me refuseriez pas votre secours.

— Nous le devons à tout le monde, répondit mon oncle avec un sang-froid glacial ; aux riches aussi bien qu'aux pauvres, aux gentilshommes aussi bien qu'aux paysans, au méchant aussi bien qu'au juste.

— Cet homme m'effraie, dit le marquis à sa femme, faites-le sortir.

— Mais, dit la marquise, vous savez bien qu'aucun médecin ne veut se hasarder de venir au château ; puisque vous avez celui-ci, sachez au moins le garder.

Le marquis se rendit à cet avis. Benjamin examina la gorge du malade et secoua la tête d'un air d'inquiétude. Le marquis pâlit.

— Qu'est-ce donc, dit-il, le mal serait-il encore plus grave que nous ne l'aurions cru ?

—Je ne sais ce que vous avez cru, répondit Benjamin d'une voix solennelle, mais le mal serait, en effet, très-grave si on ne prenait de suite des mesures nécessaires pour le combattre. Vous avez avalé une arête de saumon, et c'est une arête de la queue, là où elles sont le plus vénéneuses

— Cela est vrai, dit la marquise étonnée ; mais comment avez-vous découvert cela ?

— Par l'inspection de la gorge, madame.

Le fait est qu'il l'avait reconnu par un moyen tout naturel : en passant devant la salle à manger, dont la porte était ouverte, il avait vu sur la table un saumon dont le tronçon de la queue avait seule été enlevé, et il en avait conclu que c'était à la queue de ce poisson qu'avait appartenu l'arête avalée.

— Nous n'avons jamais ouï dire, fit le marquis d'une voix tremblante d'effroi, que les arêtes de saumon fussent vénéneuses.

— Cela n'empêche pas qu'elles ne le soient beaucoup, dit Benjamin, et je serais fâché que madame la marquise en doutât, car je serais obligé de la contredire. Les arêtes du saumon contiennent, comme les feuilles du mancenillier, une substance si âcre, si corrosive, que si cette arête restait une demi-heure de plus dans le gosier de M. le marquis, elle produirait une inflammation dont je ne pourrais me rendre maître, et l'opération deviendrait impossible.

— En ce cas, docteur, opérez toùt de suite, je vous en supplie, dit le marquis de plus en plus effrayé.

— Un instant, dit mon oncle ; la chose ne peut aller si vite que vous le désirez ; il y a une petite formalité à remplir.

— Remplissez-la donc bien vite et commencez.

— C'est que cette formalité vous regarde, c'est vous seul qui devez l'accomplir.

— Dis-moi donc au moins en quoi elle consiste, chirurgien de malheur ! veux-tu me laisser mourir là faute d'agir ?

— J'hésite encore, poursuivit Benjamin avec lenteur. Comment hasarder une proposition comme celle que j'ai à vous faire ? Avec un marquis ! avec un homme qui descend en droite ligne de Cambyse, roi d'Egypte !...

— Je crois, misérable ! que tu profites de ma position pour te moquer de moi ! s'écria le marquis, revenant à la violence de son caractère.

— Pas le moins du monde, répondit froidement Benjamin. Vous souvenez-vous d'un homme que vous fîtes, il y a trois mois, traîner dans votre château par vos sbires, parce qu'il ne vous avait point salué, et auquel vous fîtes l'affront le plus sanglant qu'un homme puisse faire à un autre homme ?

— Un homme à qui j'ai fait baiser... En effet, c'est toi ; je te reconnais à tes cinq pieds dix pouces.

— Eh bien ! l'homme aux cinq pieds dix pouces, cet homme que vous regardiez comme un insecte, comme un grain de poussière que vous ne rencontreriez jamais que sous vos pieds, vous demande maintenant réparation de l'insulte que vous lui avez faite.

— Eh ! mon Dieu ! je ne demande pas mieux ; fixe la somme à laquelle tu évalues ton honneur, et je m'en vais te la faire compter de suite.

— Te crois-tu donc, marquis de Cambyse, assez riche pour payer l'honneur d'un honnête homme ? me prends-tu pour un robin? crois-tu que je me fais insulter pour de l'argent? Non! non! c'est une réparation d'honneur qu'il me faut. Une réparation d'honneur! entends-tu, marquis de Cambyse?

— Eh bien! soit, dit M. de Cambyse, dont les yeux étaient attachés sur l'aiguille de sa pendule, et qui voyait avec effroi s'enfuir la fatale demi-heure; je vais déclarer devant madame la marquise, je déclarerai par écrit, si vous le voulez, que vous êtes un homme d'honneur, et que j'ai eu tort de vous avoir offensé.

— Diable! tu as bientôt payé tes dettes. Crois-tu donc, quand on a insulté un honnête homme, qu'il suffise de reconnaître qu'on a eu tort, et que tout soit réparé? Demain tu rirais bien avec ta société de hobereaux, du niais qui se serait contenté de cette apparence de satisfaction. Non! c'est la peine du talion qu'il faut que tu subisses; le faible d'hier est devenu le fort d'aujourd'hui, le ver s'est changé en serpent. Tu n'échapperas pas à ma justice, comme tu échappes à celle du bailli; il n'est aucune protection qui puisse te défendre contre moi. Je t'ai embrassé, il faut que tu m'embrasses.

— As-tu donc oublié, malheureux, que je suis le marquis de Cambyse?

— Tu as bien oublié, toi, Benjamin Rathery; l'insulte, c'est comme Dieu, tous les hommes sont égaux devant elle : il n'y a ni grand insulteur, ni petit insulté.

— Laquais, dit le marquis, auquel la colère avait fait oublier le prétendu danger qu'il courait, conduisez cet homme dans la cour et qu'on lui donne cent coups de fouet; je veux l'entendre crier d'ici.

— Bien, dit mon oncle. Mais dans dix minutes l'opération sera devenue impossible, et dans une heure vous serez mort.

— Eh! ne puis-je donc envoyer quérir, à Varzy, un chirurgien par mon coureur?

— Si votre coureur trouve le chirurgien chez lui, celui-ci arrivera juste pour vous voir mourir et donner ses soins à madame la marquise.

— Mais il n'est pas possible, dit la marquise, que vous restiez inflexible. N'y a-t-il donc pas plus de plaisir à pardonner qu'à se venger?

— Oh! madame, reprit Benjamin en s'inclinant avec grâce, je vous prie de croire que si c'était de vous que j'eusse reçu une pareille insulte, je ne vous garderais pas rancune.

Madame de Cambyse sourit, et comprenant qu'il n'y avait rien à gagner avec mon oncle, elle engagea elle-même son mari à se soumettre à la nécessité, et lui fit observer qu'il n'avait plus que cinq minutes pour se décider.

Le marquis, vaincu par la terreur, fit signe à deux laquais qui étaient dans sa chambre de se retirer.

— Non pas, dit l'inflexible Benjamin, ce n'est pas ainsi que je l'entends. Laquais, vous allez au contraire avertir les gens de M. de Cambyse de se rendre ici de sa part : ils ont été témoins de l'insulte, il faut qu'ils le soient de la réparation. Madame la marquise seule a le droit de se retirer.

Le marquis jeta un coup d'œil sur la pendule et vit qu'il ne lui restait plus que trois minutes ; comme le laquais ne bougeait pas :

— Allez donc vite, Pierre, dit-il, exécutez les ordres de monsieur ; ne voyez-vous pas qu'il est le seul maître ici pour le moment?

Les domestiques arrivèrent l'un après l'autre ; il ne manquait plus que l'intendant; mais Benjamin, rigoureux jusqu'au bout, ne voulut pas commencer qu'il ne fût présent.

. . . .

— Bien, dit Benjamin ; maintenant nous voilà quittes, et tout est oublié ; et je vais maintenant m'occuper en conscience de votre gorge.

Il fit l'extraction de l'arête très-vite et très-bien, et la remit entre les mains du marquis. Tandis que celui-ci l'examinait avec curiosité :

— Il faut, dit-il, que je vous donne de l'air.

— Il ouvrit une fenêtre, s'élança dans la cour, et en deux ou trois enjambées de ses grandes jambes il eut gagné la porte co-chère. Tandis qu'il descendait en courant la montagne, le marquis était à une fenêtre qui s'écriait :

— Arrêtez, M. Benjamin Rathery ! de grâce, venez recevoir mes remerciements et ceux de madame la marquise ; il faut bien que je vous paie votre opération.

Mais Benjamin n'était pas homme à se laisser prendre à ces belles paroles. Au bas de la colline, il rencontra le coureur du marquis.

— Landry, lui dit-il, mes compliments à madame la mar-quise, et rassurez M. de Cambyse à l'égard des arêtes de sau-mon : elles ne sont pas plus vénéneuses que celles du brochet : seulement, il ne faut pas les avaler ; qu'il se tienne la gorge enveloppée d'un cataplasme, et dans deux ou trois jours il sera guéri.

Aussitôt que mon oncle fut hors des atteintes du marquis, il tourna à droite, traversa la prairie de Flez, avec les mille ruisse-lets dont elle est entrecoupée, et se rendit à Corvol. Il voulait ré-galer M. Minxit de la primeur de son expédition ; il l'aperçut de loin qui était devant sa porte; et agitant son mouchoir en signe de triomphe.

— Nous sommes vengés! s'écria-t-il.

Le bonhomme accourut au-devant de lui de toute la vitesse de ses grosses et courtes jambes, et se jeta dans ses bras avec la même ef-fusion que s'il eût été son fils : mon oncle dit même avoir vu couler sur ses joues deux grosses larmes qu'il cherchait à escamoter. Le vieux médecin, qui n'était pas d'un caractère moins fier et moins irascible que Benjamin, exultait d'allégresse. Arrivé chez lui, il vou-lut que, pour célébrer la gloire de ce jour, les musiciens exécutas-

sent des fanfares jusqu'au soir, et il leur ordonna ensuite de s'enivrer, ordre qui fut exécuté ponctuellement.

XI

COMMENT MON ONCLE AIDA SON MARCHAND DE DRAP
A LE SAISIR.

Cependant Benjamin revint à Clamecy un peu inquiet de son audace ; mais, le lendemain, le coureur du château lui remit de la part
de son maître, avec une somme d'argent assez considérable, un billet ainsi conçu :

« M. le marquis de Cambyse prie M. Benjamin Rathery d'oublier
» ce qui s'est passé entre eux, et de recevoir, pour prix de l'o-
» pération qu'il a si habilement exécutée, la faible somme qu'il lui
» envoie. »

—Oh ! dit mon oncle, après la lecture de cette lettre, ce bon seigneur voudrait acheter ma discrétion ; il a même l'honnêteté de la
payer d'avance : c'est dommage qu'il n'agisse pas ainsi avec tous
ses fournisseurs. Si je lui avais extrait tout simplement, tout vulgairement et sans aucun préliminaire, l'arête qu'il s'était plantée
dans le gosier, il m'aurait mis deux écus de six francs dans la main
et m'aurait envoyé manger un morceau à l'office. La morale de ceci, c'est qu'*avec les grands il vaut mieux se faire craindre que de
se faire aimer*... Que Dieu me damne si de ma vie je manque à ce
principe !

Toutefois, comme je n'ai pas l'intention d'être discret, je ne
puis, en conscience, garder l'argent qu'il m'envoie comme sa-
laire de ma discrétion : il faut être honnête avec tout le monde
ou ne pas s'en mêler ; mais, comptons un peu l'argent qui est dans
ce sac ; voyons ce qu'il paie pour l'opération et ce qu'il donne pour
le silence... Cinquante écus !... Fichtre ! le Cambyse est généreux.
Il ne veut octroyer que douze sous, sans garantie aucune de n'être
pas bâtonné, au batteur en grange qui a son fléau au bout des bras

depuis trois heures du matin jusqu'à huit du soir, et moi il me paie cinquante écus un quart d'heure de ma journée : voilà de la magnificence !

Pour l'extraction de cette arête, M. Minxit eût exigé cent francs ; mais, lui, il fait la médecine à grand orchestre et à grand spectacle ; il a quatre chevaux et douze musiciens à nourrir. Pour moi qui n'ai à entretenir que ma trousse et mon hypostase, une hypostase, il est vrai, de cinq pieds neuf pouces : deux pistoles, c'est tout ce que cela vaut. Ainsi, de cent cinquante, ôtez vingt, c'est treize pistoles à renvoyer au marquis ; encore j'ai presque des remords de lui prendre son argent. Cette opération que je lui fais payer vingt francs, je ne voudrais pas pour mille francs... mille francs à prendre, bien entendu, après ma mort, ne pas l'avoir faite. Ce pauvre grand seigneur, comme il était chétif et rétréci devant moi, avec sa face pâle et suppliante, et son arête de saumon dans le gosier ! comme la noblesse faisait bien amende honorable, dans sa personne, au peuple représenté par la mienne ! Il aurait volontiers souffert que je lui attachasse son écusson derrière le dos. S'il y avait alors dans son salon quelque portrait de ses aïeux, son front doit encore en être rouge de honte. Cette petite place où il m'a embrassé, je voudrais qu'après ma mort on la défalquât de mon individu, et qu'on la transférât au Panthéon.... quand le peuple aura un Panthéon, bien entendu.

Mais, marquis, vous n'en êtes pas quitte pour cela : avant trois jours le bailliage saura votre aventure ; je veux même la faire raconter à la postérité par Millot-Rataut, notre faiseur de noëls : il faut qu'il me fabrique à ce sujet une demi-main d'alexandrins. Pour ces vingt francs, c'est de l'argent trouvé ; je ne veux pas qu'il passe par les mains de ma chère sœur. Demain c'est dimanche, demain donc je donne aux amis, avec cet argent, un goûter comme je ne leur en ai jamais donné, un goûter qui sera payé comptant. Il est bon de leur apprendre comment un homme d'esprit peut se venger sans avoir recours à son épée.

La chose ainsi arrangée, mon oncle se mit à écrire au marquis pour lui annoncer le retour de son argent. Je serais charmé de pouvoir donner à nos lecteurs un nouvel échantillon du style épistolaire de mon oncle; malheureusement sa lettre ne se trouve pas parmi les documents historiques que mon grand-père nous a conservés : peut-être mon oncle le marchand de tabac en aura-t-il fait un cornet.

Tandis que Benjamin était en train d'écrire, son marchand d'habits rouges entra avec une pancarte à la main.

— Qu'est-ce cela ? fit Benjamin, déposant sa plume sur la table; encore votre mémoire, M. Bonteint; toujours votre éternel mémoire. Eh mon Dieu! voilà tant de fois que vous me le présentez que je le sais par cœur : six aunes d'écarlate au grand large, n'est-ce pas, avec dix aunes de doublure et trois garnitures de boutons ciselés?

— C'est cela, monsieur Rathery, c'est bien cela; total : cent cinquante livres dix sous six deniers. Que je sois exclu du paradis comme un gredin si je ne perds au moins cent francs sur cette fourniture !

— S'il en est ainsi, reprit mon oncle, pourquoi perdre encore votre temps à griffonner tous ces vilains morceaux de papier? Vous savez bien, monsieur Bonteint, que je n'ai jamais d'argent.

— Je vois, au contraire, monsieur Rathery, que vous en avez, et que j'arrive dans un moment favorable. Voilà, sur cette table, un sac qui doit contenir à peu près ma somme, et si vous voulez le permettre....

— Un instant! dit mon oncle, portant rapidement la main sur le sac, cet argent ne m'appartient pas, monsieur Bonteint; voilà précisément la lettre de renvoi que je viens d'écrire, et sur laquelle vous m'avez fait faire un pâté. Tenez, ajouta-t-il en présentant la lettre au marchand, si vous voulez en prendre connaissance....

— Inutile, monsieur Rathery, complétement inutile; tout ce que je désirerais savoir, c'est à quelle époque vous aurez de l'argent qui vous appartiendra.

— Hélas ! monsieur Bonteint, qui peut prévoir l'avenir ? Ce que vous me demandez, je voudrais le savoir moi-même.

— Cela étant, M. Rathery, vous ne trouverez pas mauvais que j'aille de suite chez Parlanta le prévenir qu'il continue les poursuites commencées contre vous.

— Vous êtes de mauvais humeur, respectable monsieur Bonteint ; sur quelle rognure d'étoffe avez-vous donc marché aujourd'hui ?

— De mauvaise humeur, monsieur Rathery, vous conviendrez qu'on le serait à moins. Voilà trois ans que vous me devez cet argent et que vous me remettez de mois en mois, sur je ne sais quelle maladie épidémique que je ne vois pas arriver ; vous êtes cause que j'ai tous les jours des querelles avec Mme Bonteint, qui me reproche que je ne sais pas me faire payer, et qui pousse quelquefois la vivacité jusqu'à me traiter de ganache.

— Madame Bonteint est assurément une dame fort aimable ; vous êtes heureux, monsieur Bonteint, d'avoir une telle épouse, et je vous prie de lui faire le plus tôt possible mes compliments.

— Je vous remercie, M. Rathery, mais ma femme est, comme on dit, un peu grecque, elle aime mieux l'argent que les compliments, et elle dit que si vous aviez eu affaire à mon confrère Grophez, il y a longtemps que vous seriez à l'hôtel Boutron.

— Que diable aussi ! s'écria mon oncle, furieux de ce que Bonteint ne voulait pas lâcher pied, c'est de votre faute si je ne suis pas libéré envers vous ; tous vos confrères ont été ou sont malades : Dutorrent a eu deux fluxions de poitrine cette année ; Artichaud une fièvre putride ; Sergifer a des rhumatismes ; Ratine a la diarrhée depuis six mois. Vous, vous jouissez d'une santé parfaite, je n'ai pas eu l'occasion de vous fournir une médecine : vous avez une mine comme une de vos pièces de naokin, et Mme Bonteint ressemble à une statuette de beurre frais. Voilà ce qui m'a trompé. J'ai cru que vous seriez l'honneur de ma clientèle ; si j'avais su alors ce que je sais, je ne vous aurais pas donné ma pratique.

— Mais, M. Rathery, il me semble que ni Mme Bonteint ni moi ne sommes obligés d'être malades pour vous fournir les moyens de vous libérer.

— Et moi je vous déclare, monsieur Bonteint, que vous y êtes moralement obligés. Comment feriez-vous pour payer vos traites, vous, si vos clients ne portaient pas d'habits? Cette obstination à vous bien porter est un procédé abominable; c'est un guet-apens que vous m'avez tendu; vous devriez à l'heure qu'il est avoir sur mon registre une note de 50 écus; je vous déduis 130 fr. 10 sous 6 deniers pour les maladies que vous auriez dû faire. Vous conviendrez que je suis raisonnable. Vous êtes bien heureux d'avoir à payer la médecine sans avoir eu recours au médecin, et j'en sais plusieurs qui voudraient bien être à votre place. Ainsi donc, si de 150 fr. 10 sous 6 deniers nous retranchons 130 fr. 10 sous 6 deniers, c'est 20 fr. que je vous redois; si vous les voulez, les voilà : je vous conseille en ami de les prendre, vous ne retrouverez pas de sitôt une pareille occasion.

— Comme à-compte, dit M. Bonteint, je les prendrais volontiers.

— Comme solde définitif de tout compte, reprit mon oncle, et encore j'ai besoin de toute ma force d'âme pour vous faire ce sacrifice. Je destinais cet argent à un déjeuner de garçons; j'avais même l'intention de vous y inviter quoique vous soyez père de famille.

— Voilà encore de vos mauvaises plaisanteries, M. Rathery, jamais je n'ai pu obtenir que cela de vous; vous savez bien pourtant que j'ai contre vous une saisie en bonne forme et que je pourrais faire exécuter de suite.

— Eh bien ! voilà précisément ce dont je me plains, M. Bonteint, vous n'avez pas de confiance en vos amis; pourquoi vous faire des frais inutiles? ne pouviez-vous venir me trouver et me dire : — M. Rathery, je suis dans l'intention de vous faire saisir; je vous aurais répondu : — Saisissez vous-même, M. Bonteint, vous n'avez pas besoin d'huissier pour cela; je vais vous servir de recors, si cela peut vous être agréable; et d'ailleurs, il en est encore temps, saisissez-moi aujourd'hui, saisissez-moi à l'instant même, ne vous gênez pas; tout ce que j'ai est à votre disposition : je vous permets d'empaqueter, d'emballer et d'emporter tout ce qui vous conviendra ici.

— Quoi, M. Rathery, vous seriez assez bon....

— Comment donc, M. Bonteint, mais enchanté d'être saisi par vos mains; je vais même vous aider à me saisir.

Mon oncle ouvrit alors une vieille masure de commode, à laquelle pendaient encore à un clou quelques loques de cuivre doré, et tirant deux ou trois vieux rubans de queue d'un tiroir :

— Tenez, dit-il à Bonteint, en les lui présentant, vous ne perdrez pas tout; ces objets ne compteront pas dans le total : je vous les donne par-dessus le marché.

— Ouais ! répondit M. Bonteint.

— Ce portefeuille en maroquin rouge que vous voyez, c'est ma trousse. Comme M. Bonteint allait mettre la main dessus : Tout beau, dit Benjamin; la loi ne vous permet pas de toucher là. Ce sont les outils de ma profession, et j'ai le droit de les conserver.

— Pourtant.... fit M. Bonteint.

— Voilà maintenant un tire-bouchon à manche d'ébène et incrusté d'argent; pour cet objet, ajouta-t-il en le mettant dans sa poche, je le soustrais à mes créanciers, et d'ailleurs j'en ai plus besoin que vous.

— Mais, répliqua M. Bonteint, si vous gardez tout ce dont vous avez plus besoin que moi, je n'aurai pas besoin de charrette pour emporter mon butin.

— Un instant, fit mon oncle, vous ne perdrez rien pour attendre. Tenez, voilà sur cette planche de vieilles fioles à médecine, dont quelques-unes sont fêlées : je ne vous en garantis pas l'intégrité; je vous les abandonne avec toutes les araignées qui sont dedans.

Sur cette autre planche est un grand vautour empaillé, il ne vous coûtera que la peine de l'aller dénicher, et il pourra très-bien vous servir d'enseigne.

— M. Rathery ! fit Bonteint.

— Ceci, c'est la perruque de noce de Machecourt, qui se trouve
là je ne sais comment. Je ne vous l'offre pas, parce que je sais que
vous ne portez encore qu'un faux toupet.

— Qu'en savez-vous, M. Rathery? s'écria Bonteint de plus en
plus irrité.

— Voici dans ce bocal, poursuivit mon oncle avec un sang-froid
imperturbable, un ver solitaire que j'ai conservé dans l'esprit de
vin. Vous pourrez vous en faire des jarretières à vous, à Mme Bonteint et à vos enfants. Je vous ferai d'ailleurs observer qu'il serait
dommage de mutiler ce bel animal : vous pourrez vous vanter d'a-
voir chez vous l'être le plus long de la création, sans excepter
l'immense serpent boa. Vous le coterez, du reste, ce que vous voudrez.

— Décidément vous vous moquez de moi, M. Rathery, tout cela
n'a pas la moindre valeur.

— Je le sais bien, dit froidement mon oncle, aussi vous n'avez
pas de recors à payer. Tenez, voilà par exemple un objet qui vaut
à lui seul toute votre créance : c'est la pierre que j'ai extraite, il y
a deux ou trois ans, de la vessie de M. le maire : vous pourrez la
faire ciseler en forme de tabatière ; quand on aura mis à l'entour
un cercle d'or, et qu'on y aura ajouté quelques pierres fines, ce
sera un joli cadeau à offrir à Mme Bonteint pour le jour de sa fête.

Bonteint, furieux, fit un pas vers la porte.

— Un instant, dit mon oncle l'arrêtant par un pan de son habit;
comme vous êtes pressé, M. Bonteint ! je ne vous ai encore montré
que la moindre partie de mes trésors ; tenez, voici une vieille gra·
vure représentant Hippocrate, le père de la médecine ; je vous garantis la ressemblance ; plus, trois volumes dépareillés de la *Gazette médicale*, qui feront vos délices pendant ces longues soirées
d'hiver.

— Encore une fois, M. Rathery....

— Eh mon Dieu, ne vous fâchez pas, papa Bonteint, nous voici
arrivés à l'objet le plus précieux de mon mobilier.

Mon oncle ouvrit alors une vieille armoire et en tira les deux habits rouges qu'il jeta aux pieds de M. Bonteint, et desquels il s'échappa un nuage de poussière qui fit tousser le bon négociant, avec un essaim d'araignées qui s'éparpillèrent par la chambre.

— Tenez, lui dit-il, voilà les deux derniers habits que vous m'avez vendus ; vous m'avez outrageusement trompé, M. Fauxteint ; ils se sont fanés dans l'espace d'un matin, comme deux feuilles de roses, et ma chère sœur n'a pu seulement les utiliser pour teindre des œufs à Pâques à ses enfants. Vous mériteriez bien que je vous fisse une déduction de la couleur.

— Oh ! pour le coup, s'écria Bonteint horripilé, voilà qui est trop fort ; jamais on ne s'est moqué plus insolemment d'un créancier. Demain matin, vous aurez de mes nouvelles, M. Rathery.

— Tant mieux, M. Bonteint, je serai toujours charmé d'apprendre que vous êtes en bonne santé. A propos, eh ! M. Bonteint, et vos rubans de queue que vous oubliez !

Comme Bonteint sortait, entra l'avocat Page. Il trouva mon oncle qui riait aux éclats.

— Qu'as-tu donc fait à Bonteint ? lui dit-il, je viens de le rencontrer sur l'escalier presque rouge de colère ; il était dans une crise si violente d'exaspération qu'il ne m'a pas salué en passant.

— Ce vieil imbécile, dit Benjamin, ne se fâche-t-il pas contre moi parce que je n'ai pas d'argent ! Comme si cela ne devait pas me contrarier plus que lui !

— Tu n'as pas d'argent, mon pauvre Benjamin ! tant pis, deux fois tant pis, car je venais te proposer un marché d'or.

— Propose toujours, dit Benjamin.

— C'est le vicaire Djhiarcos qui veut se défaire d'un quart de bourgogne dont une de ses béates lui a fait présent, parce qu'il a un catarrhe et que le docteur Arnout l'a mis à la tisane ; comme le régime sera long, il a peur que son vin ne se gâte. Il destine cet argent à mettre dans ses meubles une pauvre jeune orpheline qui vient de perdre sa dernière tante. Ainsi, en même temps qu'un bon marché, c'est une bonne action que je te propose.

— Oui, dit Benjamin, mais sans argent, ce n'est pas chose facile à faire qu'une bonne action; les bonnes actions sont chères, et n'en fait pas qui veut. Cependant, quelle est ton opinion sur le vin?

— Exquis, dit Page, faisant claquer sa langue contre son palais; il m'en a fait goûter, c'est du beaune de première qualité.

— Et combien le vertueux Djhiarcos en veut-il?

— Vingt-cinq francs, dit Page.

— Je n'ai que vingt francs; s'il veut le donner pour vingt francs, c'est un marché conclu. Alors nous goûterions à crédit.

— C'est vingt-cinq francs, à prendre ou à laisser. Vingt-cinq francs pour retirer une pauvre orpheline de la misère et la préserver du vice, tu conviendras que ce n'est pas trop.

— Mais, si tu avais cinq francs, toi, Page, reprit mon oncle, nous l'achèterions à nous deux.

— Hélas! dit Page, il y a bien quinze jours que je n'ai vu un pauvre écu de six francs. Je crois que le numéraire a peur de M. de Calonne : il se retire...

— Ce n'est pas toujours chez les médecins, dit mon oncle. Ainsi, il ne faut plus penser à ton quartaut.

Pour toute réponse, Page poussa un gros soupir.

En ce moment arriva ma grand'mère, portant, comme un enfant Jésus, un gros rouleau de toile entre ses bras. Elle posa sa toile avec enthousiasme sur les genoux de mon oncle.

— Tiens, Benjamin, lui dit-elle, je viens de faire un superbe marché; j'ai avisé cette toile ce matin en faisant un tour de foire. Tu as besoin de chemises, et j'ai jugé qu'elle te convenait. Madame Avril en donnait soixante-quinze francs. Elle a laissé partir le marchand; mais j'ai bien vu, à la manière dont elle le reluquait, qu'elle avait l'intention de le rappeler. Voyons votre toile, ai-je dit de suite au paysan. Je lui en ai donné quatre-vingts francs ; je ne croyais pas qu'il me la laisserait pour le prix : la toile vaut cent vingt francs comme un liard, et madame Avril est furieuse contre moi de ce que je suis allée sur son marché.

—Et cette toile, s'écria mon oncle, vous l'avez achetée, achetée?

— Achetée, dit ma grand'mère, qui ne concevait rien à l'exaspération de Benjamin. Il n'y a plus moyen de s'en dédire : le paysan est en bas qui attend son argent.

— Eh bien ! allez-vous-en au diable ! s'écria Benjamin en jetant le rouleau par la chambre, vous et.... c'est-à-dire, pardon, ma chère sœur, pardon, non, n'allez pas au diable : c'est trop loin; mais allez porter votre toile au marchand : je n'ai pas d'argent pour le payer.

— Et l'argent que tu as reçu ce matin de M. de Cambyse ? fit ma grand'mère.

— Mon Dieu ! cet argent n'est pas à moi : M. de Cambyse me l'a donné de trop.

— Comment, de trop ? reprit ma grand'mère, regardant Benjamin avec des yeux ébahis.

— Eh bien ! oui, de trop, ma chère sœur, de trop, entendez-vous, de trop ; il m'envoie cinquante écus pour une opération de vingt francs : comprenez-vous à cette heure ?

— Et tu es assez niais pour lui renvoyer son argent ? Si mon mari m'avait fait un pareil tour !...

— Oui, j'ai été assez niais pour cela ; que voulez-vous ? tout le monde ne peut pas avoir l'esprit que vous exigez de Machecourt ; j'ai été assez niais pour cela et je ne m'en repens pas : je ne veux pas me faire charlatan pour vous plaire. Mon Dieu ! mon Dieu ! qu'on a de peine ici-bas pour rester honnête homme ! vos plus proches et vos plus chers sont pourtant les premiers à vous induire en tentation.

— Mais, malheureux, tu manques de tout; tu n'as plus une paire de bas de soie qui soit mettable, et tandis que je raccommode tes chemises d'un côté, elles tombent en loques de l'autre.

— Et parce que mes chemises tombent en loques d'un côté pendant que vous les raccommodez de l'autre, il faut que je manque à la probité, n'est-ce pas, ma chère sœur ?

— Mais, tes créanciers, quand les paieras-tu ?

— Quand j'aurai de l'argent, voilà tout ; je défie le plus riche de faire mieux.

— Et le marchand de toile, que lui dirai-je ?

— Dites-lui tout ce que vous voudrez ; dites-lui que je ne porte pas de chemises, ou que j'en ai trois cents douzaines dans mes armoires ; il choisira celle de ces deux raisons qui lui conviendra le mieux.

— Va, mon pauvre Benjamin, dit ma grand'mère en emportant sa toile, avec tout ton esprit tu ne seras jamais qu'un imbécile.

— Au fait, dit Page quand ma grand'mère fut au bas de l'escalier, ta chère sœur a raison, tu pousses la probité jusqu'à la niaiserie.

Mon oncle se leva avec vivacité, et serrant le bras de l'avocat dans sa main de fer à le faire crier :

— Page, lui dit-il, cela n'est pas simplement de la probité, c'est un noble et légitime orgueil ; c'est du respect non-seulement pour moi-même, mais encore pour notre pauvre caste opprimée. Veux-tu que je laisse dire à ce hobereau qu'il m'a offert une espèce de pour-boire, et que j'ai accepté ? qu'ils nous renvoient, eux dont l'écusson n'est qu'une plaque de mendiant, ce reproche de mendicité que nous leur avons si souvent adressé ? que nous leur donnions le droit de proclamer que, nous aussi, nous recevons l'aumône quand on veut bien nous la faire ? Ecoute, Page, tu sais si j'aime le bourgogne ; tu sais aussi, d'après ce que vient de dire ma chère sœur, si j'ai besoin de chemises ; mais pour tous les vignobles de la Côte-d'Or et toutes les chenevières des Pays-Bas, je ne voudrais pas qu'il y eût dans le bailliage un regard devant lequel le mien dût s'abaisser. Non, je ne garderai pas cet argent, quand il le faudrait pour racheter ma vie. C'est à nous, hommes de cœur et d'instruction, à faire honneur à ce peuple au milieu duquel nous sommes nés ; il faut qu'il apprenne par nous qu'il n'est pas besoin d'être noble pour être homme, qu'il se relève par l'estime de lui-même de l'abaissement où il est descendu, et qu'il dise enfin à cette poignée de tyrans qui l'oppriment : Nous valons autant que vous, et nous sommes plus nombreux que vous : pourquoi continuerions-nous à être vos esclaves, et pourquoi voudriez-vous rester nos maîtres? Oh! Page, puissé-je voir ce jour, et boire de la piquette le reste de ma vie!

— Voilà qui est bel et bon, dit Page ; mais tout cela ne nous donne pas de bourgogne.

— Sois tranquille, ivrogne, tu n'y perdras rien : dimanche je vous donne à goûter à tous avec ces vingt francs que j'ai retirés du gosier de M. de Cambyse, et au dessert je vous raconterai leur histoire. Je vais écrire de suite à M. Minxit. Je ne puis voir Arthus, attendu que je n'ai que vingt francs à dépenser, ou bien il faudrait qu'il voulût dîner copieusement ce jour-là ; mais si tu rencontres avant moi Rapin, Parlanta et les autres, préviens-les, afin qu'ils ne s'engagent pas ailleurs.

Je dois dire de suite que ce goûter fut ajourné à huitaine, parce M. Minxit ne put se trouver au rendez-vous ; puis indéfiniment remis, parce que mon oncle fut obligé de se séparer de ses deux pistoles.

XII

COMMENT MON ONCLE APPENDIT M. SUSURRANS A UN CROCHET DE LA CUISINE.

Voyez comme les fleurs sont merveilleusement fécondes : elles jettent autour d'elles leurs graines comme une pluie ; elles les abandonnent au vent comme une poussière, elles les envoient, ainsi que ces aumônes qui montent jusqu'aux noirs galetas, sur la cime des rocs désolés, entre les vieilles pierres des murailles fêlées, au milieu des ruines qui tombent et pendent, sans s'inquiéter si elles trouveront une pincée de terre qui les féconde, une goutte de pluie qui suce leur racine, et après un rayon pour les faire croître, un autre rayon pour les peindre. Les brises du printemps qui s'en va emportent les derniers parfums de la prairie ; voilà la terre toute jonchée de feuilles qui se fanent : mais quand les brises de l'automne passeront, secouant sur la campagne leurs ailes humides, une autre génération de fleurs aura revêtu la terre d'une robe neuve, leur faible parfum sera le dernier souffle de l'année qui se meurt, et qui en mourant nous sourit encore.

Sous tous les autres rapports, les femmes ressemblent à des fleurs ; mais sous celui de la fécondité elles n'ont aucune ressemblance avec elles : la plupart des femmes, les femmes comme il faut surtout, et je vous prie, prolétaires, mes amis et mes frères, de croire que c'est seulement pour me conformer à l'usage que je me sers de cette expression, car, pour moi, la femme la plus comme il faut, c'est la plus aimable et la plus jolie ; les femmes comme il faut, donc, ne produisent plus : ces dames sont mères de famille le moins possible ; elles se font stériles par économie. Quand la femme du greffier a fait son petit greffier, la femme du notaire son petit notaire, elles se croient quittes envers le genre humain et elles abdiquent. Napoléon, qui aimait beaucoup les conscrits, disait que la femme qu'il aimait le plus était celle qui faisait le plus d'enfants. Napoléon en parlait bien à son aise, lui qui avait à donner à ses fils des royaumes au lieu de domaines !... Le fait est que les enfants sont fort chers, et que cette dépense n'est pas à la portée de tout le monde : le pauvre seul peut se permettre le luxe d'une nombreuse famille. Savez-vous que les mois de nourrice d'un enfant coûtent seuls presque un cachemire ? Puis, le poupon grandit vite, arrivent les notes boursouflées du maître de pension et les mémoires du cordonnier et du tailleur ; enfin le bambin d'aujourd'hui demain se fera homme, les moustaches lui poussent et le voilà bachelier ès-lettres. Alors vous ne savez plus qu'en faire. Pour vous débarrasser de lui, vous lui achetez une belle profession ; mais vous ne tardez pas à vous apercevoir, aux traites qu'on tire

sur vous des quatre coins de la ville, que cette profession ne rapporte à votre docteur que des invitations et des cartes de visite : il
faut que vous l'entreteniez, jusqu'à trente ans et au delà, de gants
glacés, de cigares de la Havane et de maîtresses. Vous conviendrez que cela est fort désagréable !... Allez, s'il y avait un tour
pour les jeunes gens de vingt ans, comme il y en a un, ou plutôt
comme il n'y en a plus pour les petits enfants, je vous assure que
l'hospice aurait presse !

Mais, dans le siècle de mon oncle Benjamin, les choses allaient
tout autrement : c'était l'âge d'or des accoucheurs et des sages-
femmes. Les femmes s'abandonnaient sans inquiétude et sans arrière-pensée à leurs instincts : riches ou pauvres, elles faisaient
toutes des enfants, et même celles qui n'avaient pas le droit d'en
faire. Mais, ces enfants, on savait alors où les mettre ; la concurrence, cette ogresse aux crocs d'acier qui dévore tant de petites
gens, n'était pas encore arrivée ; tout le monde trouvait place
au beau soleil de la France, et dans chaque profession on avait
ses coudées libres ; les emplois s'offraient d'eux-mêmes, comme
le fruit qui pend à la branche, aux hommes capables de les remplir, et les sots eux-mêmes trouvaient à se caser, chacun selon la
spécialité de sa sottise ; la gloire était aussi facile, aussi bonne
fille que la fortune : il fallait deux fois moins d'esprit qu'à présent
pour être un homme de lettres, et avec une douzaine d'alexandrins
on était poète.

Ce que j'en dis, ce n'est pas que je regrette cette fécondité
aveugle de l'ancien régime, qui produisait comme une machine
sans savoir ce qu'elle faisait : je me trouve bien assez de voisins comme cela ; je voulais seulement vous faire comprendre
comment, à l'époque où je parle, ma grand'mère, quoi qu'elle
n'eût pas encore trente ans, en était déjà à son septième enfant.

Ma grand'mère, donc, en était à son septième enfant. Mon oncle
voulait absolument que sa chère sœur assistât à sa noce, et il avait
fait consentir M. Minxit à remettre le mariage après les relevailles

de ma grand'mère. Le trousseau du nouvel arrivant était tout fait, tout blanc, tout festonné, et de jour en jour on attendait son entrée dans l'existence. Les six autres étaient tous vivants, tous enchantés d'être au monde. Il manquait bien quelquefois à l'un une paire de sabots, à l'autre une casquette; tantôt celui-ci était percé au coude, et tantôt celui-là au talon, mais le pain quotidien abondait; tous les dimanches ils avaient leur chemise blanche et repassée; somme toute, ils se portaient à merveille et fleurissaient dans leurs guenilles.

Mon père, cependant, qui était l'aîné, était le plus beau et le mieux nippé des six : cela tenait peut-être de ce que son oncle Benjamin lui repassait ses vieilles culottes courtes, et que pour en faire à Gaspard des pantalons, il n'y avait presque rien à y changer, que souvent même on n'y changeait rien du tout. Par la protection du cousin Guillaumot, qui était sacristain, il avait été promu à la dignité d'enfant de chœur, et je le dis avec orgueil, il était un des meilleurs enfants de chœur du diocèse : s'il eût persisté dans la carrière que le cousin Guillaumot lui avait ouverte, au lieu d'un beau lieutenant de pompiers qu'il est aujourd'hui, il eût fait un curé magnifique. Il est vrai que je dormirais encore dans le néant, comme dit ce bon M. de Lamartine qui dort lui-même quelquefois; mais le sommeil est une excellente chose, et puis, vivre pour être rédacteur d'un journal de province et être l'antagonisme du bureau de l'esprit public, cela vaut-il bien la peine de vivre ?

Quoi qu'il en soit, mon père devait à ses fonctions de lévite l'avantage d'avoir un superbe habit bleu-de-ciel. Voici comment cette bonne fortune lui était arrivée : La bannière de saint Martin, patron de Clamecy, avait été mise à la réforme; ma grand'mère, avec ce coup-d'œil d'aigle que vous lui connaissez, avait découvert que dans cette étoffe bénite il y avait de quoi faire à son aîné une veste et un pantalon, et elle s'était fait adjuger à vil prix, par la fabrique, la bannière révoquée. Le saint était peint au beau milieu; l'artiste l'avait représenté au moment où il coupe avec son sabre un pan de son manteau pour en couvrir la nudité d'un mendiant ; mais ce n'était pas là un obstacle sérieux au projet de ma grand'mère. L'étoffe avait été retournée, et saint Martin avait été mis à l'envers, ce qui, du reste, était bien égal au bienheureux.

L'habit avait été mené à bonne fin par une couturière de la rue des Moulins. Il serait allé à mon oncle tout aussi bien peut-être qu'à mon père ; mais ma grand'mère l'avait fait faire de telle sorte qu'après avoir été usé une première fois par l'aîné, il pût l'être une seconde fois par le cadet. Mon père se carra d'abord dans son habit bleu-de-ciel ; je crois même qu'il avait contribué de ses appointements à en payer la façon ; mais il ne tarda pas à s'apercevoir qu'une belle parure est souvent un cilice. Benjamin, pour lequel il n'y avait rien de sacré, l'avait surnommé le patron de Clamecy. Ce sobriquet, les enfants l'avaient ramassé, et il avait valu à mon père bien des horions. Plus d'une fois il lui était arrivé de rentrer à la maison avec un revers de l'habit bleu-de-ciel dans sa poche. Saint Martin était devenu son ennemi personnel. Souvent vous l'eussiez vu au pied de l'autel plongé dans une sombre méditation. Or, à quoi rêvait-il ? au moyen de se débarrasser de son habit ; et, un jour, au *Dominus vobiscum* du desservant, il répondit, croyant parler à sa mère : Je vous dis que je ne porterai plus votre habit bleu-de-ciel !

Mon père était dans cette disposition d'esprit, lorsque, le dimanche, après la grand'messe, mon oncle ayant à faire une visite au val des Rosiers, lui proposa de l'accompagner. Gaspard, qui aimait mieux jouer au bouchon sur la promenade que de servir d'aide à mon oncle, répondit qu'il ne le pouvait pas parce qu'il avait un baptême à faire.

— Cela n'empêche pas, dit Benjamin ; un autre le fera à ta place.

— Oui, mais il faut que j'aille au catéchisme à une heure.

— Je croyais que tu avais fait ta première communion ?

— C'est-à-dire que j'ai été tout prêt de la faire. C'est vous qui m'en avez empêché en me faisant griser la veille de la cérémonie.

— Et pourquoi te grisais-tu?

— Parce que vous étiez gris vous-même; et que vous m'avez menacé de me battre du plat de votre épée si je ne me grisais pas.

— J'ai eu tort, dit Benjamin; mais, c'est égal, tu ne risques rien de venir avec moi : je n'en ai que pour un moment; nous serons revenus avant le catéchisme.

— Comptez là-dessus, répondit Gaspard, où un autre n'en aurait que pour une heure, vous en avez, vous, pour une demi-journée : vous vous arrêtez à tous les bouchons. Et M. le curé m'a défendu d'aller avec vous, parce que vous me donnez de mauvais exemples.

— Eh bien! pieux Gaspard, si vous refusez de venir avec moi, je ne vous inviterai pas à ma noce; si au contraire vous m'accordez cette faveur, je vous donnerai une pièce de douze sous.

— Donnez-la-moi tout de suite, dit Gaspard.

— Et pourquoi la veux de suite, polisson? est-ce que tu te défies de ma parole?

— Non, mais c'est que je ne me soucie pas d'être votre créancier : j'ai entendu dire dans la ville que vous ne payez personne, et qu'on ne veut pas vous faire saisir parce que votre mobilier ne vaut pas trente sous.

— Bien parlé, Gaspard, dit mon oncle; tiens, voilà quinze sous, et va prévenir ma chère sœur que je t'emmène.

Ma grand'mère s'avança jusque sur le seuil de la porte pour recommander à Gaspard d'avoir bien soin de son habit, car, disait-elle, il fallait qu'il lui servît pour la noce de son oncle.

— Vous moquez-vous? dit Benjamin; est-il besoin de recommander sa bannière à un enfant de chœur français?

— Mon oncle, dit Gaspard, avant de vous mettre en route, je vous préviens d'une chose, c'est que, si vous m'appelez encore porte-bannière, oiseau bleu ou patron de Clamecy, je me sauve avec vos quinze sous et je retourne jouer au bouchon.

A l'entrée du hameau, mon oncle rencontra M. Susurrans,

épicier, tout petit, tout menu, mais fait, comme la poudre, de charbon et de salpêtre. M. Susurrans avait une espèce de métairie au
val des Rosiers; il s'en revenait à Clamecy, portant sous son bras
un toulon qu'il espérait bien faire entrer en fraude, et au bout de
sa canne une paire de chapons que Mme Susurrans attendait pour
les mettre à la broche. M. Susurrans connaissait mon oncle et il
l'estimait, car Benjamin achetait chez lui le sucre dont il édulco-
rait ses drogues et la poudre qu'il mettait dans ses cheveux. M.
Susurrans lui proposa donc de venir à la ferme se rafraîchir. Mon
oncle, pour lequel la soif était un état normal, accepta sans cérémonie. L'épicier et son client s'étaient établis au coin du feu, chacun sur un escabeau; ils avaient mis le toulon entre eux deux,
mais ils ne le laissaient pas aigrir à sa place, et quand il n'était
pas dans les bras de l'un, il était aux lèvres de l'autre.

— L'appétit vient aussi bien en buvant qu'en mangeant : si nous
mangions les poulets? dit M. Susurrans.

— En effet, répondit mon oncle, cela vous épargnera la peine
de les remporter, et je ne conçois pas comment vous avez pu vous
charger de cette corvée.

— Et à quelle sauce les mangerons-nous?

— A la plus tôt faite, dit Benjamin, et voici un excellent feu
pour les faire rôtir.

— Oui, dit M. Susurrans, mais il n'y a ici de batterie de cuisine
que tout juste pour faire une soupe à l'oignon : nous n'avons pas
de broche.

Benjamin, comme tous les grands hommes, n'était jamais pris au
dépourvu par les circonstances.

— Il ne sera pas dit, répondit-il, que deux hommes d'esprit
comme nous n'aient pu manger une volaille rôtie faute de broche.
Si vous m'en croyez, nous embrocherons nos poulets avec mon
épée, et Gaspard que voilà la tournera par la garde.

Vous n'auriez jamais pensé à cet expédient, vous, ami lecteur;
mais aussi mon oncle avait assez d'imagination pour faire dix ro-
manciers de notre époque.

Gaspard, qui ne mangeait pas souvent de poulets, se mit joyeusement à la besogne ; au bout d'une heure, les poulets étaient rôtis à point. On retourna un cuvier à lessive et on le traîna auprès du feu ; le couvert fut dressé dessus, et, sans sortir de leur place, les convives se trouvèrent à table. Les verres manquaient, mais le toulon ne chômait pas pour cela. Malgré les difficultés de toute espèce que présentait l'opération, les poulets furent bientôt expédiés. Depuis longtemps les infortunées volatilles n'étaient plus qu'une carcasse dénudée, et cependant les deux amis buvaient toujours M. Susurrans, qui n'était, ainsi que nous l'avons dit, qu'un tout petit homme dont l'estomac et le cerveau se touchaient presque, était ivre autant qu'on peut l'être, mais Benjamin, le grand Benjamin, avait conservé la meilleure partie de sa raison, et prenait pitié de son adversaire ; quant à Gaspard, auquel on avait passé quelquefois le toulon, il alla un peu au delà des limites de la tempérance ; le respect filial ne me permet pas de me servir d'une autre expression.

Telle était la situation morale des convives lorsqu'ils quittèrent le cuvier. Il était alors quatre heures, et ils se disposaient à se mettre en route. M. Susurrans, qui se souvenait très-bien qu'il devait apporter des poulets à sa femme, les cherchait pour les remettre au bout de sa canne ; il demanda à mon oncle s'il ne les avait point vus.

— Vos poulets, dit Benjamin ; plaisantez-vous ? vous venez de les manger.

— Oui, vieux fou, ajouta Gaspard, vous les avez mangés : ils étaient embrochés à l'épée de mon oncle, et c'est moi qui ai tourné la broche.

— Cela n'est pas vrai ! s'écria M. Susurrans ; car si j'avais mangé mes poulets, je n'aurais plus faim, et je me sens un appétit à dévorer un loup.

— Je ne dis pas le contraire, répondit mon oncle ; mais toujours est-il que vous venez de manger vos poulets. Tenez, si vous en dou-

tez, en voilà les deux carcasses : vous pouvez les mettre au bout de ·
votre canne si cela vous convient.

— Tu en as menti, Benjamin ! je ne reconnais point là les carcasses de mes poulets : c'est toi qui me les as pris, et tu vas me les
rendre.

— Eh bien ! soit, dit mon oncle, envoyez-les chercher demain à
la maison, et je vous les rendrai...

— Tu vas me les rendre de suite, dit M. Susurrans, s'élevant
sur la pointe des pieds pour mettre le poing sous la gorge de mon
oncle.

— Ah çà, papa Susurrans, dit Benjamin, si vous plaisantez,
je vous préviens que c'est pousser trop loin la plaisanterie ;
et.....

— Non, malheureux, je ne plaisante pas, fit M. Susurrans se plaçant devant la porte, et vous ne sortirez pas d'ici, ni toi ni ton neveu, que vous ne m'ayez rendu mes poulets.

— Mon oncle, dit Gaspard, voulez-vous que je passe la jambe à
ce vieil imbécile ?

— Inutile, Gaspard, inutile, mon ami, dit Benjamin; tu es un homme d'église, toi, et il ne te convient pas d'intervenir dans une querelle. Ah çà ! ajouta-t-il, une fois, deux fois, M. Susurrans, voulez-
vous nous laisser sortir ?

— Quand vous m'aurez rendu mes poulets, répondit M. Susurrans,
faisant demi-tour à gauche et présentant le bout de sa canne à mon
oncle, comme si c'eût été une baïonnette.

Benjamin abaissa la canne de sa main, et prenant le petit homme par le milieu du corps, il l'accrocha par la ceinture de sa culotte à un morceau de fer qui était au-dessus de la porte et auquel
on suspendait la batterie de cuisine. Susurrans, assimilé à un poê-
lon, se démenait comme un scarabée attaché par une épingle à
une tapisserie. Il hurlait et gesticulait, criant tantôt au feu, tantôt
à l'assassin. Mon oncle avisa un almanach de Liége qui était sur la
cheminée :

— Tenez, dit-il, M. Susurrans, l'étude, a écrit Cicéron, est une consolation dans toutes les situations de la vie ; amusez-vous à étudier jusqu'à ce qu'on soit venu vous dépendre ; car, pour moi, je n'ai pas le temps de faire conversation avec vous, et j'ai l'honneur de vous souhaiter le bonsoir.

A vingt pas de là, mon oncle rencontra le fermier qui accourait et qui lui demanda pourquoi son maître criait au feu et à l'assassin.

— C'est probablement que la maison brûle et qu'on assassine votre maître, répondit tranquillement mon oncle ; et, sifflant Gaspard qui était resté en arrière, il continua son chemin.

Le temps s'était radouci ; le ciel, auparavant resplendissant, était devenu d'un blanc mat et sale, comme un plafond de gyps qui n'est pas encore sec ; il tombait une petite pluie fine, dense, acérée, qui ruisselait en gouttelettes le long des rameaux dépouillés, et faisait pleurer les arbres et les buissons. Le chapeau de mon oncle s'imbiba comme une éponge de cette pluie, et bientôt ses deux cornes devinrent deux gouttières qui lui versaient une eau noire sur les épaules. Benjamin, inquiet pour son habit, le retourna, et se ressouvenant de la recommandation de sa sœur, il ordonna à Gaspard d'en faire autant. Celui-ci, sans penser à saint Martin, se conforma à l'injonction de mon oncle. A quelque distance de là, Benjamin et Gaspard rencontrèrent une troupe de paysans qui revenaient de vêpres. A la vue du saint qui se trouvait sur l'habit de Gaspard, la tête en bas et son cheval les quatre fers en l'air, comme s'il fût tombé du ciel, les rustres poussèrent d'abord de grands éclats de rire, et bientôt ils en vinrent aux huées. Vous connaissez assez mon oncle pour croire qu'il ne se laissa pas impunément bafouer par cette canaille. Il tira son épée ; Gaspard, de son côté, s'arma de pierres, et emporté par son ardeur, il s'élança à l'avant-garde. Mon oncle s'aperçut alors que saint Martin avait tous les torts dans cette affaire, et il fut pris d'une telle envie de rire que, pour ne point tomber, il fut obligé de s'appuyer sur son épée.

— Gaspard, s'écria-t-il d'une voix étouffée, patron de Clamecy, ton saint qui est à l'envers ; le casque de ton saint qui va tomber !

Gaspard, comprenant qu'il était l'objet de toute cette risée, ne put supporter cette humiliation : il ôta son habit, le jeta à terre et le foula aux pieds. Quand mon oncle eut achevé de rire, il voulut le forcer de le ramasser et à le remettre ; mais Gaspard se sauva à travers les champs et ne reparut plus. Benjamin releva piteusement l'habit et le mit au bout de son épée. Sur ces entrefaites arriva M. Susurrans ; il était un peu dégrisé, et il se ressouvenait très-distinctement qu'il avait mangé ses poulets ; mais il avait perdu son tricorne. Benjamin, que les vivacités du petit homme réjouissaient beaucoup, et qui voulait, comme nous dirions, nous autres professeurs gens de bas lieu et de mauvais ton, le faire monter à l'échelle, lui soutint qu'il l'avait mangé ; mais la force musculaire de Benjamin en imposait tellement à M. Susurrans qu'il refusa tout net de se fâcher ; il poussa même l'esprit de contrariété jusqu'à faire des excuses à mon oncle.

Benjamin et M. Susurrans s'en revinrent ensemble à Clamecy. Vers le milieu du faubourg, ils rencontrèrent l'avocat Page.

— Où vas-tu ainsi? dit celui-ci à mon oncle.

— Eh ! parbleu, tu t'en doutes bien, je vais dîner chez ma chère sœur.

— Ce n'est pas du tout cela, fit Page, tu t'en vas dîner avec moi, à l'hôtel du Dauphin.

— Et si j'acceptais, à quelle circonstance devrais-je donc cet avantage ?

— Je vais t'expliquer cela en deux mots : c'est un riche marchand de bois de Paris auquel j'ai gagné une affaire importante, et qui m'a invité à dîner avec son procureur, qu'il ne connaît pas. Nous sommes dans le carnaval ; j'ai décidé que ce serait toi qui serais son procureur ; j'allais au-devant de toi pour t'en prévenir. C'est une aventure digne de nous, Benjamin, et je n'ai pas sans doute trop présumé de ton génie en espérant que tu y prendrais un rôle.

— C'est, en effet, dit Benjamin, une partie de masques fort bien conçue. Mais je ne sais, ajouta-t-il en riant, si l'honneur et la délicatesse me permettent de faire le personnage de procureur.

— A table, dit Page, le plus honnête homme est celui qui vide le plus consciencieusement son verre.

— Oui, mais si ton marchand de bois me parle de son affaire?

— Je répondrai pour toi.

— Et si demain il lui prend fantaisie de rendre visite à son procureur?

— C'est chez toi que je le conduirai.

— Tout cela c'est très-bien; mais je n'ai pas, j'ose du moins m'en flatter, l'effigie d'un procureur.

— Tu la prendras : tu as bien déjà su te faire passer pour le Juif-Errant.

— Et mon habit rouge?

— Notre homme est un badaud de Paris : nous lui ferons croire que telles sont en province les insignes des procureurs.

— Et mon épée?

— S'il la remarque, tu lui diras que c'est avec cela que tu tailles tes plumes.

— Mais, quel est donc son procureur à ton marchand de bois?

— C'est Dulciter. Auras-tu l'inhumanité de me laisser dîner avec Dulciter?

— Je sais bien que Dulciter n'est pas amusant; mais s'il sait que j'ai dîné pour lui, il m'attaquera en restitution.

— Je plaiderai pour toi. Allons, viens, je suis sûr que le dîner est servi. Mais, à propos, notre amphitryon m'a recommandé d'amener avec moi le premier clerc de Dulciter : où diable vais-je pêcher un clerc de Dulciter?

Benjamin se mit à éclater d'un rire fou.

— Oh! s'écria-t-il en frappant entre ses mains, j'ai ton affaire! tiens, ajouta-t-il en mettant sa main sur l'épaule de M. Susurrans, voilà ton clerc.

— Fi donc! dit Page, un épicier!...

— Qu'est-ce que cela fait?

— Il sent le gruyère.

— Tu n'es pas gourmet, Page : il sent la chandelle.

— Mais il a soixante ans.

— Nous le présenterons comme le doyen de la basoche.

— Vous êtes des drôles et des polissons, dit M. Susurrans en revenant à son caractère impétueux ; je ne suis pas un bandit, moi, un coureur de cabarets.

— Non, interrompit mon oncle, il s'enivre seul dans sa cave.

— C'est possible, monsieur Rathery ; mais je ne m'enivre pas toujours aux dépens des autres, et je ne veux pas prendre part à vos flibusteries.

— Il faut pourtant, dit mon oncle, que vous y preniez part ce soir, sinon je dis partout où je vous ai accroché.

— Et où l'as-tu accroché ? fit Page.

— Imagine-toi, dit Benjamin....

— M. Rathery !.... s'écria Susurrans, mettant un doigt sur sa bouche.

— Eh bien ! consentez-vous à venir avec nous ?

— Mais, considérez que ma femme m'attend ; on me croira mort, assassiné ; on me cherchera sur la route du val des Rosiers.

— Tant mieux, on trouvera peut-être votre tricorne.

— Monsieur Rathery, mon bon monsieur Rathery ! fit Susurrans en joignant les mains.

— Allons donc, dit mon oncle, ne faites donc pas l'enfant ; vous me devez une réparation, et moi je vous dois un dîner ; d'un seul coup nous nous acquitterons ensemble.

— Souffrez au moins que j'aille prévenir ma femme.

— Non pas, dit Benjamin se plaçant entre lui et Page ; je connais madame Susurrans pour l'avoir vue à son comptoir ; elle vous enfermerait chez vous à double tour, et je ne veux pas que vous nous échappiez : je ne vous donnerais pas pour dix pistoles.

— Et mon toulon, dit Susurrans, qu'en vais-je faire à présent que je suis clerc de procureur ?

— C'est vrai, dit Benjamin, vous ne pouvez vous présenter à notre client avec un toulon.

Ils étaient alors au milieu du pont de Beuvron : mon oncle prit le toulon des mains de Susurrans, et le jeta à la rivière.

— Coquin de Rathery, scélérat de Rathery ! s'écria Susurrans, tu me paieras mon toulon ; il m'a coûté six livres, à moi ; mais toi, tu sauras ce qu'il te coûtera.

— Monsieur Susurrans, dit Benjamin, prenant une pose majestueuse, imitons le sage qui disait : *Omnia mecum porto*, c'est-à-dire : Tout ce qui me gêne je le jette à la rivière. Tenez, voilà au bout de cette épée un habit magnifique, l'habit des dimanches de mon neveu ; un habit qui pourrait figurer dans un musée, et qui a coûté de façon seulement trente fois autant que votre misérable toulon ; eh bien ! moi, je le sacrifie sans le moindre regret : jetez-le par-dessus le pont, et nous serons quittes.

Comme M. Susurrans n'en voulait rien faire, Benjamin lança l'habit par-dessus le pont, et, prenant le bras de Page et celui de Susurrans :

— Maintenant, dit-il, marchons ; on peut lever le rideau, nous sommes prêts à entrer en scène.

Mais l'homme propose et Dieu dispose : en montant l'escalier de Vieille-Rome, ils se trouvèrent face à face avec madame Susurrans. Celle-ci ne voyant pas revenir son mari, allait au-devant de lui avec une lanterne. Lorsqu'elle le vit entre mon oncle et l'avocat Page, qui avaient tous deux une réputation suspecte, son inquiétude fit place à la colère.

— Enfin, monsieur, vous voilà ! s'écria-t-elle, c'est vraiment heureux ; j'ai cru que vous n'arriveriez pas ce soir ; vous menez là une jolie vie, et vous donnez un bel exemple à votre fils !

Puis, parcourant son mari d'un coup d'œil rapide, elle s'aperçut combien il était incomplet.

— Et vos poulets, monsieur ! et ton chapeau, misérable ! et ton toulon, ivrogne ! qu'en as-tu fait ?

— Madame, répondit gravement Benjamin, les poulets nous les

vons mangés; pour le tricorne, il a eu le malheur de le perdre en route.

— Comment! le monstre a perdu son tricorne! un tricorne tout frais retapé!

— Oui, madame, il l'a perdu, et vous êtes bien heureuse, dans la position où il était, qu'il n'ait pas aussi perdu sa perruque; quant au toulon, on le lui a saisi à l'octroi, et la régie a déclaré procès-verbal.

Comme Page ne pouvait s'empêcher de rire :

— Je vois ce que c'est, dit madame Susurrans; c'est vous qui avez débauché mon mari, et par-dessus le marché vous nous plaisantez. Vous feriez bien mieux de vous occuper de vos malades et de payer vos dettes, M. Rathery.

— Est-ce que je vous dois quelque chose, madame? répondit fièrement mon oncle.

— Oui, ma bonne amie, poursuivit Susurrans se sentant fort de la protection de sa femme, c'est lui qui m'a débauché : il m'a mangé mes poulets avec son neveu; ils m'ont pris mon tricorne, et ils m'ont jeté mon toulon dans la rivière. Il voulait encore, l'infâme qu'il est, me forcer à aller dîner avec lui au Dauphin, et à faire, à mon âge, le personnage d'un clerc de procureur.

Allez, indigne homme, je m'en vais de ce pas chez M. Dulciter le prévenir que vous voulez dîner à sa place et à celle de son clerc.

— Vous voyez, madame, fit mon oncle, que votre mari est ivre, et qu'il ne sait ce qu'il dit; si vous m'en croyez, vous le ferez coucher aussitôt que vous serez de retour à la maison, et vous lui ferez prendre, de deux heures en deux heures, une décoction de camomille et de fleur de tilleul; en le soutenant, j'ai eu l'occasion de lui toucher le pouls, et je vous assure qu'il n'est pas bien du tout.

— Oh! scélérat, oh! coquin, oh! révolutionnaire, tu oses dire à ma femme que je suis malade d'avoir trop bu, tandis que c'est toi qui es ivre ! Attends, je m'en vais de suite chez Dulciter, et tu auras tout à l'heure de ses nouvelles.

— Vous devez vous apercevoir, madame, dit Page avec le plus grand sang-froid du monde, que cet homme bat la campagne : vous manqueriez à tous vos devoirs d'épouse, si vous ne faisiez prendre à votre mari de la camomille et de la fleur de tilleul, ainsi que vient de le prescrire M. Rathery, qui est assurément le médecin le plus habile du bailliage, et qui répond aux insultes de ce fou en lui sauvant la vie.

Susurrans allait recommencer ses imprécations.

— Allons, lui dit sa femme, je vois que ces messieurs ont raison ; vous êtes ivre à ne pouvoir plus parler ; suivez-moi de suite, ou je ferme la porte en rentrant, et vous irez coucher où vous voudrez.

— C'est cela, dirent ensemble Page et mon oncle ; et ils riaient encore lorsqu'ils arrivèrent à la porte du Dauphin. La première personne qu'ils rencontrèrent dans la cour fut M. Minxit, qui allait monter à cheval pour retourner à Corvol.

— Parbleu, dit mon oncle prenant la bride du cheval, vous ne partirez pas ce soir, monsieur Minxit ; vous allez souper avec nous; nous avons perdu un convive, mais vous en valez bien trente comme lui.

— Puisque cela te fait plaisir, Benjamin... Garçon, ramenez mon cheval à l'écurie, et dites qu'on me prépare un lit.

XIII

COMMENT MON ONCLE PASSA LA NUIT EN PRIÈRES POUR L'HEUREUSE DÉLIVRANCE DE SA SŒUR.

Mon temps est précieux, chers lecteurs, et je suppose que le vôtre ne l'est pas moins ; je ne m'amuserai donc pas à vous décrire ce mémorable souper; vous connaissez assez les convives pour vous faire une idée de la manière dont ils soupèrent. Mon oncle

ortit à minuit de l'hôtel du Dauphin, avançant de trois pas et re-
:ulant de deux, comme certains pèlerins d'autrefois, qui faisaient
·œu de se rendre avec cette allure à Jérusalem. En rentrant, il
iperçut de la lumière dans la chambre de Machecourt, et, suppo-
ant que celui-ci griffonnait quelque exploit, il entra avec l'inten-
:ion de lui souhaiter le bonsoir. Ma grand'mère était alors en mal
l'enfant; la sage-femme, tout effrayée de l'apparition de mon
incle, qu'on n'attendait pas à cette heure, vint le prévenir officielle-
nent de l'événement qui allait avoir lieu. Benjamin se rappela, à
:ravers les brouillards qui obscurcissaient son cerveau, que sa sœur,
a première année de son mariage, avait eu une couche laborieuse
qui avait mis sa vie en danger; aussitôt le voilà qui se fond en deux
gouttières de larmes.

— Hélas! s'écriait-il d'une voix à réveiller toute la rue des
Moulins, ma chère sœur va mourir; hélas! elle va...

— Madame Lalande! s'écria ma grand'mère du fond de son lit,
mettez-moi ce chien d'ivrogne à la porte.

— Retirez-vous, monsieur Rathery, dit Mme Lalande, il n'y a pas
le moindre danger : l'enfant se présente par les épaules, et dans
une heure votre sœur sera délivrée.

Mais Benjamin criait toujours : Hélas! elle va mourir, ma chère
sœur.

Machecourt, voyant que la harangue de la sage-femme ne produisait pas son effet, crut devoir intervenir à son tour.

— Oui, Benjamin, mon ami, mon bon frère, l'enfant se présente par les épaules, fais-moi le plaisir d'aller te coucher, je t'en
supplie.

Ainsi parla mon grand-père.

— Et toi, Machecourt, mon ami, mon bon frère, lui répondit
mon oncle, je t'en supplie, fais-moi le plaisir d'aller....

— Ma grand'mère, comprenant qu'elle ne pouvait compter sur
un acte de rigueur de Machecourt à Benjamin, se décida à mettre
elle-même celui-ci à la porte.

Mon oncle se laissa pousser dehors avec la docilité d'un mouton

Son parti fut bientôt pris : il se décida à aller coucher avec Page, qui ronflait, comme un soufflet de forge, sur une des tables du Dauphin. Mais, en passant sur la place de l'église, l'idée lui vint de prier Dieu pour l'heureuse délivrance de sa chère sœur; or, le temps s'était remis à la gelée comme de plus belle, et il faisait un froid de cinq à six degrés. Nonobstant cela, Benjamin s'agenouilla sur les marches du portail, joignit les mains comme il l'avait vu pratiquer quelquefois à sa chère sœur, et il se mit à marmotter quelques bribes de prières. Comme il entamait son second *Ave*, le sommeil le prit, et il se mit à ronfler à l'instar de son ami Page. Le lendemain matin, à cinq heures, lorsque le sacristain vint sonner l'*Angelus*, il aperçut quelque chose d'agenouillé qui avait comme une forme humaine. Il s'imagina d'abord, dans sa simplicité, que c'était un saint qui était sorti de sa niche pour faire quelque exercice de pénitence, et il s'apprêtait à le faire rentrer dans l'église; mais, s'étant approché davantage, à la lueur de sa lanterne il reconnut mon oncle, qui avait un pouce de verglas sur le dos, et à l'extrémité du nez un filet de glace d'une demi-aune.

— Holà, oh! monsieur Rathery! s'écria-t-il dans l'oreille de Benjamin.

Comme celui-ci ne répondait pas, il alla tranquillement sonner son *Angelus*, et quand il l'eut achevé et parachevé, il revint à M. Rathery. Au cas qu'il ne fût pas mort, il le chargea comme un sac sur ses épaules, et l'alla porter à sa sœur. Ma grand'mère était délivrée depuis deux heures; les voisines qui passaient la nuit auprès d'elle reportèrent leurs soins sur Benjamin. Elles le placèrent sur un matelas devant le foyer, l'enveloppèrent de serviettes chaudes, de couvertures chaudes, et lui mirent aux pieds une brique chaude : dans l'excès de leur zèle, elles l'auraient volontiers mis au four. Mon oncle se dégela peu à peu; sa queue, qui était aussi raide que son épée, commença à pleurer sur le traversin, ses articulations se détendirent, l'exercice de la parole lui revint, et le premier usage qu'il en fit fut de demander du vin chaud. On lui en fit vivement une chaudronnée; quand il en eut bu la moitié, il fut pris l'une telle sueur qu'on crut qu'il s'allait liquéfier. Il avala le reste, e rendormit, et à huit heures du matin il se portait le mieux du monde. Si M. le curé eût dressé procès-verbal de ces faits, mon oncle eût été infailliblement canonisé. On l'eût probablement donné pour patron aux cabaretiers ; et, sans le flatter, il eût fait, avec sa queue et son habit rouge, une magnifique enseigne d'auberge.

Une semaine et plus s'était écoulée depuis l'heureux accouche-ment de ma grand'mère, et déjà elle songeait à ses relevailles. Cette espèce de quarantaine que lui imposaient les canons de l'E-glise avait de graves inconvénients pour elle en particulier et pour toute la famille en général : d'abord lorsque quelque événement un peu saillant, quelque bon scandale, par exemple, ridait la surface tranquille du quartier, elle ne pouvait aller en disserter chez son prochain de la rue des Moulins, ce qui était pour elle une cruelle privation ; ensuite elle était obligée d'envoyer Gaspard, enveloppé d'un tablier de cuisine, au marché, à la boucherie. Or, ou Gaspard perdait l'argent du pot-au-feu au bouchon, ou il rapportait du col-et pour de la cuisse, ou bien encore, quand on l'envoyait quérir un chou pour mettre dans la marmite, la soupe était trempée que Gaspard n'était pas encore de retour. Benjamin riait, Machecourt enrageait et ma grand'mère fouettait Gaspard.

— Pourquoi aussi, lui dit un jour mon grand-père, irrité d'être obligé, par suite de l'absence de Gaspard, de manger une tête de veau sans ciboules, ne fais-tu pas ta besogne toi-même?

— Pourquoi ! pourquoi! répartit ma grand'mère, parce que je ne puis aller à la messe sans payer Mme Lalande.

— Que diable aussi, chère sœur, dit Benjamin, n'attendiez-vous pas pour accoucher que vous eussiez de l'argent?

— Demande donc plutôt à ton imbécile de beau-frère pourquoi depuis un mois il ne m'a pas apporté un pauvre écu de six livres.

— Ainsi donc, dit Benjamin, si vous étiez six mois sans recevoir l'argent, six mois vous resteriez enfermée dans votre maison com-me dans un lazaret?

— Oui, répliqua ma grand'mère, parce que si je sortais avant d'être allée à la messe, le curé parlerait de moi en chaire, et qu'on me montrerait au doigt dans les rues.

— En ce cas, sommez donc M. le curé de vous envoyer sa femme de charge pour tenir votre ménage ; car Dieu est trop juste pour exiger que Machecourt mange de la tête de veau sans ciboules, parce que vous lui avez fait un septième enfant.

Heureusement l'écu de six livres si impatiemment attendu arriva accompagné de quelques autres, et ma grand'mère put aller à la messe.

En rentrant à la maison avec Mme Lalande, elle trouva mon oncle étendu dans le fauteuil de cuir de Machecourt, les talons appuyés sur les chenets et ayant devant lui une écuelle pleine de vin chaud ; car il faut vous dire que, depuis sa convalescence, Benjamin, reconnaissant envers le vin chaud qui lui avait sauvé la vie, en prenait tous les matins une ration qui aurait suffi à deux officiers de marine. Il disait, pour justifier cet extra monstre, que sa température était encore au-dessous de zéro.

— Benjamin, lui dit ma grand'mère, j'ai un service à te demander.

— Un service ! répondit Benjamin ; et que puis-je faire, chère sœur, pour vous être agréable ?

— Tu devrais l'avoir deviné, Benjamin : il faut que tu sois parrain de mon dernier.

Benjamin, qui n'avait rien deviné du tout et qu'au contraire cette proposition prenait à l'improviste, secoua la tête et fit un gros *mais*....

— Comment, dit ma grand'mère, lui jetant un regard plein d'étincelles, est-ce que tu me refuserais cela, par hasard ?

— Non pas, chère sœur, bien au contraire, mais....

— Mais quoi ? tu commences à m'impatienter avec tes *mais*...

— C'est que, voyez-vous, je n'ai jamais été parrain, moi, et je ne saurais comment m'y prendre pour remplir mes fonctions.

— Belle difficulté ! On te mettra au courant : je prierai le cousin Guillaumot de te donner quelques leçons.

— Je ne doute ni des talents ni du zèle du cousin Guillaumot ; mais, s'il faut que je prenne des leçons de parinologie, je crains que cette étude n'aille pas à mon genre d'intelligence ; vous feriez mieux peut-être de prendre un parrain tout instruit ; Gaspard, par exemple, qui est enfant de chœur, vous conviendrait parfaitement.

— Allons donc, monsieur Rathery, dit Mme Lalande, il faut que vous acceptiez l'invitation de votre sœur : c'est un devoir de famille dont vous ne pouvez vous exempter.

— Je vois ce que c'est, madame Lalande, dit Benjamin : quoique je ne sois pas riche, j'ai la réputation de bien faire les choses, et vous aimeriez autant avoir affaire à moi qu'à Gaspard, n'est-ce pas ?

— Fi donc ! Benjamin, fi donc ! monsieur Rathery, s'exclamèrent ma grand'mère et madame Lalande.

— Tenez, ma chère sœur, poursuivit Benjamin, à vous parler franchement, je ne me soucie pas d'être parrain. Je veux bien me conduire avec mon neveu comme si je l'avais tenu sur les fonts de baptême ; j'écouterai avec satisfaction le compliment qu'il m'adressera tous les ans le jour de ma fête, et fût-il de Millot-Rataut, je m'engage à le trouver charmant. Je lui permettrai de m'embrasser le premier jour de chaque année, et je lui donnerai pour ses étrennes un polichinelle à ressort ou une paire de culottes, selon que vous l'aimerez mieux. Je serai même flatté que vous le nommiez Benjamin ; mais aller me planter comme un grand imbécile devant les fonts baptismaux, avec un cierge à la main, ma foi, non, chère sœur, n'exigez pas cela de moi : ma dignité d'homme s'y oppose : j'aurais peur que Djhiarcos me rît au nez. Et d'ailleurs, comment puis-je affirmer, moi, que ce petit braillard renonce à Satan et à ses œuvres ? Qu'est-ce qui me prouve qu'il renonce aux œuvres de Satan ? Si la responsabilité du parrain n'est qu'une frime, comme le pensent quelques-uns, à quoi bon un parrain? à quoi bon une marraine? à quoi bon deux cautions au lieu d'une, et pourquoi faire endosser ma signature par un autre ? Si au contraire cette responsabilité est sérieuse, pourquoi en encourrais-je les conséquences? Notre âme étant ce que nous avons de plus précieux, n'est-ce pas être fou que de la mettre en gage pour celle d'un autre? Et d'ailleurs, qu'est-ce qui vous presse donc tant de faire baptiser votre poupon? Est-ce une terrine de foies gras ou un jambon de Mayence qui se gâterait s'il n'était salé de suite? Attendez qu'il ait vingt-cinq ans : au moins, il pourra répondre lui-même, et alors, s'il lui faut une caution, je saurai ce que j'aurai à faire. Jusqu'à dix-huit ans, votre fils ne pourra prendre un enrôlement dans l'armée ; jusqu'à vingt-cinq ans, il ne pourra se marier sans votre consentement et celui de Machecourt, et vous voulez qu'à neuf jours il ait assez de discernement pour se choisir une religion. Allons donc ! vous voyez bien vous-même que cela n'est pas raisonnable.

— Oh ! ma chère dame, s'écria la sage-femme, épouvantée de la logique hétérodoxe de mon oncle, votre frère est un damné ; gardez-vous bien de le donner pour parrain à votre enfant : cela lui porterait malheur !

— Madame Lalande, dit Benjamin d'un ton sévère, un cours d'accouchement n'est pas un cours de logique. Il y aurait lâcheté de ma part à discuter avec vous. Je me contenterai seulement de vous demander si saint Jean baptisait dans le Jourdain moyennant un sesterce et un cornet de dattes sèches des néophites apportés de Jérusalem sur les bras de leur nourrice?

—Ma foi ! dit madame Lalande, embarrassée de l'objection, j'aime mieux le croire que d'y aller voir.

— Comment, madame, vous aimez mieux le croire que d'y aller voir? Est-ce là le langage d'une sage-femme instruite de sa religion? Eh bien ! puisque vous le prenez sur ce ton, je me ferai l'honneur de vous poser ce dilemme....

— Laisse-nous donc tranquilles avec tes dilemmes, interrompit ma grand'mère ; est-ce que madame Lalande sait ce que c'est qu'un dilemme?

— Comment, madame, fit la sage-femme, piquée de l'observation de ma grand'mère, je ne sais pas ce que c'est qu'un dilemme !

l'épouse d'un chirurgien, ne pas savoir ce que c'est qu'un dilemme Continuez, monsieur Rathery, je vous écoute.

— C'est fort inutile, répliqua sèchement ma grand'mère, j'ai décidé que Benjamin serait parrain, et il le sera : il n'y a pas de dilemme au monde qui puisse l'en exempter.

— J'en appelle à Machecourt ! s'écria Benjamin.

— Machecourt t'a condamné d'avance : il est allé ce matin à Corvol inviter mademoiselle Minxit à être la commère.

— Ainsi donc, s'écria mon oncle, on dispose de moi sans mon consentement : on n'a pas même l'honnêteté de me prévenir. Me prend-on pour un homme empaillé, pour une gargamelle de pain d'épices? La belle figure que vont faire mes cinq pieds dix pouces à côté des cinq pieds trois pouces de Mlle Minxit, qui aura l'air, avec sa taille plate et calibrée, d'un mât de cocagne couronné de rubans ! Savez-vous que l'idée d'aller à l'église côte à côte avec elle me tourmente depuis six mois, et que j'ai failli, en vue de cette corvée, renoncer à l'avantage de devenir son mari ?

— Voyez-vous, Mme Lalande, dit ma grand'mère, ce Benjamin comme il est facétieux : il aime Mlle Minxit avec passion, et cependant il faut qu'il se raille d'elle.

— Hum ! fit la sage-femme.

Benjamin, qui n'avait pas songé à Mme Lalande, s'aperçut qu'il avait fait un *lapsus linguæ ;* pour échapper aux reproches de sa sœur, il se hâta de déclarer qu'il consentait à tout ce qu'on voudrait exiger de lui, et détala avant que la sage-femme fût partie.

— Le baptême devait avoir lieu le dimanche suivant ; ma grand'mère s'était mise en frais pour cette cérémonie : elle avait autorisé Machecourt à inviter à un dîner solennel tous ses amis et ceux de mon oncle. Pour Benjamin, il était en mesure de faire face aux dépenses qu'exige le rôle de parrain magnifique : il venait de recevoir du gouvernement une gratification de cent francs pour le zèle qu'il avait mis à propager l'inoculation dans le pays, et à réhabiliter la pomme de terre, attaquée à la fois par les agronomes et les médecins.

XIV

PLAIDOYER DE MON ONCLE DEVANT LE BAILLI.

Le samedi suivant, veille de la cérémonie du baptême, mon oncle était cité à comparaître par-devant M. le bailli pour s'entendre condamner par corps à payer au sieur Bonteint la somme de cent cinquante francs dix sols six deniers, pour marchandises à lui vendues : ainsi s'exprimait la cédule, dont le coût était de quatre francs cinq sols.

Un autre que mon oncle eût déploré son sort sur tous les tons de l'élégie ; mais l'âme de ce grand homme était inaccessible aux atteintes de la fortune. Ce tourbillon de misère que la société soulève autour d'elle, cette vapeur de larmes dont elle est enveloppée, ne pouvaient monter jusqu'à lui ; il avait son corps au milieu des fanges de l'humanité : quand il avait trop bu, il avait mal à la tête ; quand il avait marché trop longtemps, il était las ; quand le chemin était trop boueux, il se crottait jusqu'à l'échine ; enfin, quand il n'avait pas d'argent pour payer son écot, l'aubergiste le couchait sur son grand-livre ; mais, comme l'écueil dont le pied est battu par les vagues et dont le front rayonne de soleil ; comme l'oiseau qui a son nid dans les buissons du chemin et qui vit au milieu de l'azur des cieux, son âme planait dans une région supérieure, toujours calme et sereine. Il n'avait, lui, que deux besoins, la faim et la soif, et, si le firmament fût tombé en éclats sur la terre, et qu'il y eût laissé une bouteille intacte, mon oncle l'eût tranquillement vidée à la résurrection du genre humain, écrasé sur un quartier fumant de quelque étoile. Pour lui, le passé n'était rien et l'avenir n'était pas encore quelque chose : il comparait le passé à une bouteille vide, et l'avenir à un poulet prêt à être mis à la broche. — Que m'importe, disait-il, quelle liqueur a contenu la bouteille? et pour le poulet, pourquoi me ferais-je rôtir moi-même à le faire passer et repasser devant l'âtre? Peut-être quand il sera cuit à point, que le couvert sera dressé, que je me serai revêtu de ma serviette, surviendra un molosse qui emportera la volaille fumante entre ses dents.

Eternité, néant, passé, sombres abîmes !

s'écrie le poète; pour moi, tout ce que je voudrais retirer de ce sombre abîme, c'est mon dernier habit rouge, s'il surnageait à ma portée; la vie est tout entière dans le présent, et le présent c'est la minute qui passe; or, que me fait à moi un bonheur ou un malheur d'une minute? Voici un mendiant et un millionnaire; Dieu leur dit*: Vous n'avez qu'une minute à rester sur la terre; cette minute écoulée, il leur en accorde une seconde, puis une troisième, et il les fait vivre ainsi jusqu'à quatre-vingt-dix ans. Croyez-vous que l'un est bien plus heureux que l'autre? Toutes les misères qui affligent l'homme, c'est lui-même qui en est l'artisan. Les jouissances qu'il s'élabore ne valent pas le quart de la peine qu'il se donne pour les acquérir. Il ressemble à un chasseur qui bat toute la journée la campagne pour un lièvre étique ou une carcasse de perdrix. Nous nous vantons de la supériorité de notre intelligence !..... Mais qu'importe que nous mesurions le cours des astres; que nous puissions dire, à une seconde près, à quelle heure la lune se trouvera entre la terre et le soleil ; que nous parcourions les solitudes de l'Océan avec des nageoires de bois ou avec des ailes de chanvre, si nous ne savons pas jouir des biens que Dieu a mis dans notre existence. Les animaux, que nous insultons du nom de brutes, en savent bien autrement long que nous sur les choses de la vie. L'âne se vautre dans l'herbe et la broute sans s'inquiéter si elle repoussera; l'ours ne va point garder les troupeaux d'un fermier afin d'avoir des mitaines et un bonnet fourré pour son hiver; le lièvre ne se fait pas tambour d'un régiment dans l'espoir de gagner du son pour ses vieux jours; le vautour ne se fait pas facteur de la poste pour avoir autour de son cou chauve un beau collier d'or; tous sont contents de ce que la nature leur a donné, du lit qu'elle leur a préparé dans l'herbe des bois, du toit qu'elle leur a fait avec les étoiles et l'azur du firmament. Aussitôt qu'un rayon luit sur la plaine, l'oiseau se met à gazouiller sur la branche, l'insecte bourdonne autour du buisson, le poisson se joue à la surface de son étang, le lézard flâne sur les pierres chaudes de sa masure ; si quelque ondée tombe du nuage, chacun se réfugie dans son asile et s'y endort paisiblement en attendant le soleil du lendemain. Pourquoi l'homme n'en fait-il pas autant ? N'en déplaise au grand roi Salomon, la fourmi est le plus sot des animaux : au lieu de jouer dans la prairie pendant la belle saison, de prendre sa part de cette magnifique fête que le ciel, pendant six mois, donne à la terre, elle perd tout son été à mettre l'un sur l'autre des petits brins de feuilles ; puis, quand sa cité est achevée, passe un vent qui la balaie de son aile.

Benjamin, donc, fit griser l'huissier de Bonteint, et enveloppa de l'onguent de la mère avec le papier timbré de la cédule.

M. le bailli devant lequel devait comparaître mon oncle est un personnage trop important pour que je néglige de vous faire son portrait. D'ailleurs, mon grand-père, à son lit de mort, me l'a expressément recommandé, et pour rien au monde je ne voudrais manquer à ce pieux devoir.

M. le bailli, donc, était né, comme tant d'autres, de parents pauvres. Son premier lange avait été taillé dans une vieille capote de gendarme, et il avait commencé ses études de jurisprudence par nettoyer le grand sabre de monsieur son père, et par étriller son cheval rouge. Je ne saurais vous expliquer comment, du dernier rang de la hiérarchie judiciaire, M. le bailli s'était élevé à la plus haute magistrature du pays ; tout ce que je puis vous dire, c'est que le lézard parvient aussi bien que l'aigle au sommet des grands rochers. M. le bailli, entre autres manies, avait celle d'être un grand personnage. L'infériorité de son origine faisait son désespoir. Il ne concevait pas comment un homme comme lui n'était pas né gentilhomme. Il attribuait cela à une erreur du Créateur. Il aurait donné sa femme, ses enfants et son greffier pour un chétif mor-

ceau de blason. La nature avait été assez bonne mère envers M. le
bailli ; à la vérité elle lui avait fait sa part d'intelligence ni trop
grosse ni trop petite ; mais elle y avait ajouté une bonne dose d'as-
tuce et d'audace. M. le bailli n'était ni sot ni spirituel : il se tenait
sur la lisière des deux camps, avec cette différence, toutefois, qu'il
n'avait jamais posé le pied dans celui des gens d'esprit, mais que
sur le terrain facile et ouvert de l'autre, il faisait de fréquentes ex-
cursions. Ne pouvant avoir l'esprit des hommes spirituels, M. le
bailli s'est contenté de celui des sots. Il faisait des calembours ;
ces calembours, les procureurs et leurs femmes se faisaient un devoir de les trouver fort jolis ; son greffier était chargé de les répandre dans le public, et même de les expliquer aux intelligences
émoussées qui d'abord n'en comprenaient pas le sens. Grâce à cet
agréable talent de société, M. le bailli s'était acquis, dans un certain monde, comme une réputation d'homme d'esprit, mais cette
réputation, mon oncle disait qu'il l'avait payée en fausse monnaie.
M. le bailli était-il honnête homme ? Je n'oserais vous dire le contraire. Vous savez que le code définit les voleurs, et que la société
tient pour honnêtes gens tous ceux qui sont en dehors de la défi-
nition ; or, M. le bailli n'était point défini par le code. M. le bailli,
à force d'intrigues, était parvenu à diriger non-seulement les affaires, mais encore les plaisirs de la ville. Comme magistrat, M. le
bailli était un personnage assez peu recommandable. Il comprenait
bien la loi ; mais quand elle contrariait ses aversions ou ses sympa-
thies, il la laissait dire. On l'accusait d'avoir à sa balance un plateau d'or et un plateau de bois, et, au fait, je ne sais comment
cela arrivait, mais ses amis avaient toujours raison et ses ennemis
toujours tort. S'il s'agissait d'un délit, ceux-ci avaient encouru le
maximum de la peine ; encore s'il avait pu le faire plus gros, il
l'aurait amplifié de bon cœur. Toutefois, la loi ne peut pas toujours
fléchir : quand M. le bailli se trouvait dans la nécessité de se prononcer contre un homme dont il craignait ou espérait quelque
chose, il se tirait d'affaire en se récusant, et il faisait vanter par sa
coterie son impartialité. M. le bailli visait à l'admiration univer-

selle : il détestait cordialement, mais en secret, ceux qui l'effaçaient par une supériorité quelconque. Si vous aviez l'air de croire à son importance, si vous alliez lui demander sa protection, vous le rendiez le plus heureux du monde ; mais si vous lui refusiez un coup de votre chapeau, cette injure s'incrustait profondément dans sa mémoire, elle y faisait plaie, et eussiez-vous vécu cent ans et lui aussi, jamais il ne vous l'eût pardonnée. Malheur donc à l'infortuné qui s'abstenait de saluer M. le bailli. Si quelque affaire l'amenait devant son tribunal, il le poussait par quelque avanie bien combinée à lui manquer de respect. La vengeance devenait alors pour lui un devoir, et il faisait mettre notre homme en prison, tout en déplorant la fatale nécessité que lui imposaient ses fonctions. Souvent même, pour mieux faire croire à sa douleur, il avait l'hypocrisie de se mettre au lit, et dans les grandes occasions, il allait jusqu'à la saignée.

M. le bailli faisait la cour à Dieu comme aux puissances de la terre : il ne se passait jamais de la grand'messe, et il se plaçait toujours au beau milieu du banc d'œuvre. Cela lui rapportait tous les dimanches une part de pain béni avec la protection du curé. S'il eût pu faire constater par un procès-verbal qu'il avait assisté à l'office, sans aucun doute il l'eût fait. Mais ces petits défauts étaient compensés chez M. le bailli par de brillantes qualités : personne ne s'entendait mieux que lui à organiser un bal aux frais de la ville ou un banquet en l'honneur du duc de Nivernais. Dans ces jours solennels, il était magnifique de majesté, d'appétit et de calembours : Lamoignon ou le président Molé eussent été auprès de lui de bien petits hommes.

En récompense des éminents services qu'il rendait à la ville, il espérait, depuis dix ans, la croix de Saint-Louis, et quand, après ses campagnes d'Amérique, Lafayette en fut décoré, il cria tout bas à l'injustice.

Tel était, au moral, M. le bailli ; au physique, c'était un gros homme, quoiqu'il n'eût pas encore atteint toute sa majesté ; sa personne ressemblait à une ellipse renflée par le bas : vous eussiez pu le comparer à un œuf d'autruche qui eût eu deux jambes. La perfide nature, qui a donné, sous un ciel de feu, au mancenilier un vaste et épais ombrage, avait accordé à M. le bailli l'effigie d'un honnête homme ; aussi aimait-il beaucoup à poser, et c'était un beau jour dans sa vie quand il pouvait aller, escorté de pompiers, du tribunal à l'église. M. le bailli se tenait toujours raide comme une statue sur son piédestal : si vous l'eussiez connu, vous eussiez dit qu'il avait un emplâtre de poix de Bourgogne ou un vaste vésicatoire entre les deux épaules ; il allait dans la rue comme s'il eût porté un Saint-Sacrement ; son pas était invariable comme une demi-aune : une averse de hallebardes ne le lui eût pas fait allonger d'un pouce ; avec M. le bailli pour unique instrument, un astronome eût pu mesurer un arc du méridien.

Mon oncle ne haïssait point M. le bailli ; il ne daignait pas même le mépriser ; mais, en présence de cette abjection morale, il éprouvait comme un soulèvement de son âme ; il disait quelquefois que cet homme lui faisait l'effet d'un gros crapaud accroupi dans un fauteuil de velours. Pour M. le bailli, il haïssait Benjamin avec toute l'énergie de son âme bilieuse. Celui-ci ne l'ignorait pas, mais il s'en mettait peu en souci. Pour ma grand'mère, craignant un conflit entre ces deux natures si diverses, elle voulait que Benjamin s'abstînt de paraître à l'audience ; mais le grand homme, qui avait confiance dans la force de sa volonté, avait dédaigné ce timide conseil ; seulement, le samedi matin, il s'était abstenu de prendre sa ration accoutumée de vin chaud.

L'avocat de Bonteint prouva du reste que son client avait le droit de réclamer contre mon oncle un jugement par corps. Quand il eut achevé et parachevé sa démonstration, le bailli demanda à Benjamin ce qu'il avait à alléguer pour sa défense.

— Je n'ai qu'une simple observation à faire, dit mon oncle, mais elle vaut mieux que tout le plaidoyer de monsieur, car elle est sans réplique : j'ai cinq pieds neuf pouces au-dessus du niveau de la mer et six pouces au-dessus du vulgaire des hommes ; je pense...

— Monsieur Rathery, interrompit le bailli, tout grand homme que vous êtes, vous n'avez pas le droit de plaisanter avec la justice.

— Si j'avais envie de plaisanter, dit mon oncle, ce ne serait pas avec un personnage aussi *puissant* que M. le bailli, dont la justice, d'ailleurs, ne plaisante pas ; mais quand je dis que j'ai cinq pieds neuf pouces au-dessus du niveau de la mer, ce n'est pas une plaisanterie que je fais, c'est un moyen sérieux de défense que je présente. M. le bailli peut me faire mesurer s'il doute de la vérité de ma déclaration. Je pense donc...

— M. Rathery, répliqua vivement le bailli, si vous continuez sur ce ton, je serai obligé de vous retirer la parole.

— Ce n'est pas la peine, répondit mon oncle, car voilà que j'ai fini. Je pense donc, ajouta-t-il en précipitant ses syllabes l'une sur l'autre, qu'on ne peut saisir au corps un homme de ma taille pour cinquante misérables écus.

— A votre compte, dit le bailli, la contrainte par corps ne pourrait s'exercer que sur un de vos bras, une de vos jambes, peut-être bien même sur votre queue.

— D'abord, répliqua mon oncle, je ferai observer à M. le bailli que ma queue n'est pas en cause ; ensuite, je n'ai pas la prétention que m'attribue M. le bailli : je suis né indivis, et je prétends bien rester indivis toute ma vie ; mais, comme le gage vaut au moins le double de la créance, je prie M. le bailli d'ordonner que la sentence par corps ne pourra être exécutée qu'après que Bonteint m'aura fourni trois autres habits rouges.

— M. Rathery, vous n'êtes pas ici au cabaret, je vous prie de vous souvenir à qui vous parlez ; vos propos deviennent aussi *inconsidérés* que votre personne.

— M. le bailli, j'ai bonne mémoire, et je sais très-bien à qui je parle. J'ai été trop soigneusement élevé par ma chère sœur dans la crainte de Dieu et des gendarmes pour que je l'oublie. Quant au cabaret, puisqu'il est ici question de cabaret, il est trop bien apprécié des honnêtes gens, pour qu'il ait besoin que je le réhabilite.

Si nous allons au cabaret, nous, c'est que, quand nous avons soif, nous n'avons pas le privilége de nous rafraîchir aux frais de la ville. Le cabaret, c'est la cave de ceux qui n'en ont point, et la cave de ceux qui en ont une, ce n'est autre chose qu'un cabaret sans bouchon. Il sied mal à ceux qui boivent une bouteille de Bourgogne et autre chose à leur dîner, de vilipender le pauvre diable qui se régale par-ci par-là, au cabaret, d'une pinte de Croix-Pataux. Ces orgies officielles, où on s'enivre en portant des toasts au roi et au duc de Nivernais, c'est tout simplement, une euphonie à part, ce que le peuple appelle une ribotte. S'enivrer à sa table, c'est plus décent ; mais se griser au cabaret, c'est plus noble et surtout plus profitable au trésor. Pour la considération qui s'attache à ma personne, elle est moins étendue que celle que peut revendiquer M. le bailli pour la sienne, attendu que moi je ne suis considéré que des honnêtes gens ; mais...

M. Rathery! s'écria le bailli, ne trouvant point, aux épigrammes dont le harcelait mon oncle, de réponse meilleure et plus facile, vous êtes un insolent !

— Soit, répliqua Benjamin secouant un fétu qui s'était attaché au revers de son habit; mais je dois, en conscience, prévenir M. le bailli que je me suis renfermé ce matin dans les bornes de la plus stricte tempérance ; qu'ainsi, s'il cherchait à me faire sortir du respect que je dois à sa robe, il en serait pour ses frais de provocation.

— M. Rathery, fit le bailli, vos allusions sont injurieuses à la justice ; je vous condamne à trente sous d'amende.

— Voilà trois francs, dit mon oncle, mettant un petit écu sur la table verte du juge, payez-vous.

— M. Rathery! s'écria le bailli exaspéré, sortez.

— M. le bailli, j'ai l'honneur de vous saluer ; mes compliments à madame la baillive, s'il vous plaît.

— Quarante sous d'amende de plus ! hurla le juge.

— Comment ! dit mon oncle, quarante sous d'amende parce

que je présente mes compliments à madame la baillive? Et il sortit.

— Ce diable d'homme, disait le soir M. le bailli à sa femme, jamais je ne me serais imaginé qu'il fût si modéré; mais qu'il se tienne bien, j'ai lâché contre lui une contrainte par corps, et je parlerai à Bonteint pour qu'il la fasse exécuter de suite. Il apprendra ce que c'est que de me braver... Quand je l'inviterai aux fêtes données par la ville, il fera chaud, et si je peux lui écorner sa clientèle...

— Fi donc! M. le bailli, lui répondit sa femme, sont-ce là les sentiments d'un homme de banc d'œuvres? Et que vous a donc fait M. Rathery? c'est un homme si gai, si bien tourné, si aimable!

— Ce qu'il m'a fait, madame la baillive? il a osé me rappeler que votre beau-père était un gendarme, et d'ailleurs, il a plus d'esprit et il est plus honnête homme que moi... croyez-vous que ce soit peu de chose?

Le lendemain, mon oncle ne pensait plus à la contrainte par corps obtenue contre lui; il se dirigeait vers l'église, poudré et solennel, mademoiselle Minxit au côté droit et son épée au côté gauche; il était suivi de Page, qui faisait le coquet dans son habit noisette, d'Arthus, dont l'abdomen était enveloppé, jusqu'au-delà de son diamètre, d'un gilet à grands ramages, entre lesquels voltigeaient de petits oiseaux; de Millot-Rataut, qui portait une perruque couleur de brique et dont les tibias gris de lin étaient jaspés de noir, et d'un grand nombre d'autres dont il ne me plaît pas de livrer les noms à la postérité. Parlanta seul manquait à l'appel. Deux violons piaulaient à la tête du cortége; Machecourt et sa femme fermaient la marche. Benjamin, toujours magnifique, semait sur son passage les dragées et les liards de l'inoculation. Gaspard, tout fier de lui servir de poche, se tenait à ses côtés, portant dans un grand sac les dragées de la cérémonie.

XV

COMMENT MON ONCLE FUT ARRÊTÉ PAR PARLANTA DANS SES FONCTIONS DE PARRAIN, ET MIS EN PRISON.

Mais, voici bien une autre fête ! Parlanta avait reçu de Bonteint et du bailli l'ordre exprès d'exécuter la contrainte par corps pendant la cérémonie. Il avait embusqué ses recors dans le vestibule du tribunal, et lui-même attendait le cortége sous le portail de l'église. Aussitôt qu'il vit le tricorne de mon oncle déboucher par l'escalier de Vieille-Rome, il alla à lui, et le somma, au nom du roi, de le suivre en prison.

— Parlanta, répondit mon oncle, ce que tu fais là est peu conforme aux règles de la politesse française. Ne pourrais-tu pas attendre à demain pour opérer ma confiscation, et venir aujourd'hui dîner avec nous ?

— Si tu y tiens beaucoup, dit Parlanta, j'attendrai ; mais je te préviens que les ordres du bailli sont précis, et que je cours risque, si je passe outre, d'encourir son ressentiment dans cette vie et dans l'autre.

— Cela étant, fais ton devoir, dit Benjamin ; et il alla prier Page de prendre sa place à côté de Mⁱˡᵉ Minxit ; puis s'inclinant devant celle-ci avec toute la grâce que comportaient ses cinq pieds neuf pouces : Vous voyez, mademoiselle, lui dit-il, que je suis forcé de me séparer de vous ; je vous prie de croire qu'il ne faut rien moins qu'une sommation au nom de Sa Majesté pour m'y déterminer. J'aurais voulu que Parlanta me laissât jouir jusqu'au bout du bonheur de cette cérémonie ; mais, ces huissiers, ils sont comme la mort : ils saisissent leur proie partout où elle se rencontre ; ils l'arrachent violemment du bras de l'objet aimé, comme un enfant qui arrache par ses ailes de gaze un papillon du calice d'une rose.

— C'est aussi désagréable pour moi que pour vous, dit Mlle Minxit, faisant une grosse moue comme le poing : votre ami est un petit homme rond comme une pelotte et qui porte une perruque à marteau ; je vais avoir l'air, à côté de lui, d'une grande perche.

— Que voulez-vous que j'y fasse ? répliqua séchement Benjamin, offensé de tant d'égoïsme ; je ne puis ni vous rogner, ni amincir M. Page, ni lui prêter ma queue.

Benjamin prit congé de la société, et suivit Parlanta en sifflant son air favori :

Malbrough s'en va-t'en guerre.

Il s'arrêta un moment sur le seuil de la prison pour jeter un dernier regard sur ces espaces libres qui allaient se fermer derrière lui ; il aperçut sa sœur, immobile au bras de son mari, qui le suivait d'un regard désolé ; à cette vue, il tira violemment la porte derrière lui et s'élança dans la cour.

Le soir, mon grand-père et sa femme vinrent le voir ; ils le trouvèrent perché au haut d'un escalier, qui jetait à ses compagnons de captivité le reste de ses dragées, et qui riait comme un bienheureux de les voir se bousculer pour les prendre.

— Que diable fais-tu là ? dit mon grand-père.

— Tu le vois bien, répondit Benjamin, j'achève la cérémonie du baptême. Ne trouves-tu pas que ces hommes, qui s'agitent à nos pieds pour ramasser de fades sucreries, représentent fidèlement la société ? N'est-ce pas ainsi que les pauvres habitants de cette terre se poussent, s'écrasent, se renversent, pour s'arracher les biens que Dieu a jetés au milieu d'eux ? N'est-ce pas ainsi que le fort foule le faible aux pieds, ainsi que le faible saigne et crie, ainsi que celui qui a tout pris insulte par sa superbe ironie à celui auquel il n'a rien laissé, ainsi, enfin, que quand celui-ci ose se plaindre, l'autre lui donne de son pied au derrière ? Ces pauvres diables sont haletants, couverts de sueur ; ils ont les doigts meurtris, la figure déchirée, aucun n'est sorti de la lutte sans une écorchure quelconque. S'ils avaient écouté leur intérêt bien entendu plutôt que leurs farouches instincts de convoitise, au lieu de se disputer ces dragées en ennemis, ne se les seraient-ils pas partagées en frères?

— C'est possible, dit Machecourt; mais tâche de ne pas trop t'ennuyer ce soir et de bien dormir cette nuit, car demain matin tu seras libre.

— Comment cela? fit Benjamin.

— C'est, répondit Machecourt, que pour te tirer d'affaire, nous avons vendu notre petite vigne de Choulot.

— Et le contrat est-il signé? demanda Benjamin avec anxiété.

— Pas encore, dit mon grand-père; mais nous avons rendez-vous pour le signer ce soir.

— Eh bien! toi, Machecourt, et vous, ma chère sœur, faites bien attention à ce que je vais vous dire: Si vous vendez votre vigne pour me tirer des griffes de Bonteint, le premier usage que je ferai de ma liberté, ce sera de quitter votre maison, et de votre vie vous ne me reverrez.

— Cependant, dit Machecourt, il faut bien qu'il en soit ainsi: on est frère ou on ne l'est pas. Je ne peux te laisser en prison quand j'ai entre les mains des moyens de te rendre la liberté. Tu prends les choses en philosophe, toi; mais moi je ne suis pas philosophe. Tant que tu seras ici, je ne pourrai manger un morceau ni boire un verre de vin blanc qui me profite.

— Et moi, dit ma grand'mère, crois-tu que je pourrai m'habituer à ne plus te voir? Est-ce que ce n'est pas à moi que notre mère t'a recommandé à son lit de mort? est-ce que ce n'est pas moi qui t'ai élevé? est-ce que je ne te regarde pas comme l'aîné de mes enfants? Et ces pauvres enfants, c'est pitié de les voir; depuis que tu n'es plus avec nous, on dirait qu'il y a un cercueil dans la maison. Ils voulaient tous nous suivre pour te voir, et la petite Nanette n'a jamais voulu toucher à sa croûte de pâté, disant qu'elle la gardait pour son oncle Benjamin, qui était en prison, et qui n'avait que du pain noir à manger.

— C'en est trop, dit Benjamin poussant mon grand-père par les épaules: va-t'en, Machecourt, et vous aussi, ma chère sœur, allez-vous-en, je vous en prie, car vous me feriez commettre une faiblesse ; mais, je vous en préviens, si vous vous avisez de vendre votre vigne pour payer ma rançon, jamais de ma vie je ne vous reverrai.

— Allons, grand niais ! poursuivit ma grand'mère, est-ce qu'un frère ne vaut pas mieux qu'une vigne ? Ne ferais-tu pas pour nous ce que nous faisons pour toi, si l'occasion se présentait, et quand tu seras riche, ne nous aideras-tu pas à établir nos enfants? Avec ton état et tes talents, tu peux nous rendre au centuple ce que nous te donnons aujourd'hui. Et que dirait-on de nous, mon Dieu ! dans le public, si nous te laissions sous les verrous pour une dette de cent cinquante francs? Allons, Benjamin, sois bon frère, ne nous rends pas tous malheureux en t'obstinant à rester ici.

Pendant que ma grand'mère parlait, Benjamin avait sa tête cachée entre ses mains, et cherchait à comprimer les larmes qui s'amassaient sous sa paupière.

— Machecourt, s'écria-t-il tout à coup, je n'en puis plus, fais-moi apporter un petit verre par Boutron, et viens m'embrasser. Tiens, dit-il en le pressant sur sa poitrine à le faire crier, tu es le premier homme que j'embrasse, et depuis la dernière fois que j'ai eu le fouet, voilà les premières larmes que je verse.

— Et, en effet, il fondait en larmes, mon pauvre oncle ; mais le geôlier ayant apporté deux petits verres, il n'eut pas plutôt vidé le sien qu'il devint calme et azuré comme un ciel d'avril après une averse.

Ma grand'mère chercha de nouveau à l'attendrir ; mais il resta froid sous ses paroles comme un glaçon sous les rayons de la lune. La seule chose qui le préoccupât, c'était que le geôlier l'eût vu pleurer. Il fallut donc, bon gré, malgré, que Machecourt gardât sa vigne.

XVI

UN DÉJEUNER EN PRISON. — COMMENT MON ONCLE SORTIT DE PRISON.

Le lendemain matin, comme mon oncle se promenait dans la cour de la prison, sifflant un air connu, Arthus entra, suivi de trois hommes qui portaient des hottes couvertes de linges blanc.

— Bonjour, Benjamin ! s'écria-t-il, nous venons déjeuner avec toi, puisque tu ne peux plus venir déjeuner avec nous.

· En même temps défilaient Page, Rapin, Guillerand, Millot-Rataud et Machecourt. Parlanta se tenait en arrière un peu décontenancé ; mon oncle alla à lui, et lui prenant la main :

— Eh bien ! Parlanta, lui dit-il, est-ce que tu me gardes rancune de ce que je t'ai fait hier manquer un bon dîner ?

— Au contraire, répondit Parlanta, j'avais peur que tu ne m'en voulusses toi-même de ce que je ne t'avais pas laissé achever ton baptême.

— Sais-tu bien, Benjamin, interrompit Page, que nous nous sommes cotisés pour te tirer d'ici ; mais, comme nous ne sommes pas en argent comptant, nous faisons comme si l'argent n'était pas inventé : nous donnons à Bonteint nos services respectifs, chacun selon sa profession. Moi je lui plaiderai sa première affaire, Parlanta lui griffonnera deux assignations, Arthus lui fera son testament, Rapin lui donnera deux ou trois consultations qui lui coûteront plus cher qu'il ne pense ; Guillerand donnera, tant bien que mal, des leçons de grammaire à ses enfants; Rataud, qui n'est rien, attendu qu'il est poète, s'engage sur l'honneur à acheter chez lui tous les habits dont il aura besoin pendant deux ans, ce qui selon moi et lui, ne l'engage pas à grand'chose.

— Et Bonteint accepte-t-il ? fit Benjamin.

— Comment, dit Page, s'il accepte ! il reçoit des valeurs pour plus de cinq cents francs !... C'est Rapin qui a arrangé cette affaire hier avec lui ; il n'y a plus qu'à rédiger les conditions.

— Eh bien ! dit mon oncle, je veux prendre ma part de cette bonne action : je m'engage, moi, à le traiter sans mémoire aucun des deux premières maladies qui lui viendront. Si je le tue de la première, sa femme aura la survivance pour la seconde. Quant à toi, Machecourt, je te permets de souscrire pour un broc de vin blanc.

Pendant ce temps-là, Arthus avait fait dresser la table chez le géôlier. Il tirait lui-même de leur hotte ses plats qui s'étaient un peu transvasés les uns dans les autres, et il les mettait dans leur ordre et place sur la table.

Quand tout fut arrangé à sa fantaisie :

— Allons, s'écria-t-il, à table, et trêve de bavardage, je n'aime pas à être dérangé quand je mange, vous aurez tout le temps de jaser au désert.

Le déjeuner ne se ressentait nullement du lieu où il se célébrait. Machecourt seul était un peu triste, car l'arrangement pris avec Bonteint par les amis de mon oncle lui semblait une plaisanterie.

— Allons donc, Machecourt, s'écria Benjamin, ton verre est toujours dans ta main plein ou vide ! est-ce moi qui suis, ou toi qui est prisonnier, je te prie ? A propos, messieurs, savez-vous que Machecourt a failli hier commettre une bonne action : il voulait vendre sa bonne vigne de Choulot pour payer ma rançon à Bonteint.

— C'est magnifique ! s'écria Page.

— C'est succulent ! dit Arthus.

— C'est un trait comme j'en vois dans la morale en action, poursuivit Guillerand.

— Messieurs, interrompit Rapin, il faut honorer la vertu partout où on a le honheur de la posséder ; je propose donc que toutes les fois que Machecourt sera à table avec nous, il lui soit décerné un fauteuil.

— Adopté! s'écrièrent ensemble tous les convives, et à la santé de Machecourt!

— Ma foi, dit mon oncle, je ne sais pas pourquoi on a si peur de la prison. Ce chapon n'est-il pas aussi tendre et ce bordeaux aussi parfumé de ce côté-ci que de l'autre côté du guichet?

— Oui, dit Guillerand, tant qu'il y a de l'herbe le long du mur où elle est attachée, la chèvre ne sent pas son lien ; mais quand la place est nette, elle se tourmente et cherche à le rompre.

— Aller de l'herbe qui croît dans la vallée, répondit mon oncle, à celle qui croît sur la montagne, voilà la liberté de la chèvre ; mais la liberté de l'homme, c'est de ne faire que ce qui lui convient. Celui dont on a confisqué le corps et auquel on laisse la faculté de penser à son gré, est cent fois plus libre que celui dont on tient l'âme captive aux chaînes d'une occupation odieuse. Le prisonnier passe sans doute de tristes heures à contempler, à travers ses barreaux, le chemin qui fuit dans la plaine et va se perdre sous les ombrages bleuâtres de quelque lointaine forêt. Il voudrait être la pauvre femme qui mène sa vache le long du chemin en tournant son fuseau, ou le pauvre bûcheron qui s'en va couvert de ramées vers sa chaumine qui fume par-dessus les arbres. Mais cette liberté d'être où l'on voudrait, d'aller droit devant soi tant qu'on n'est pas las ou qu'on n'est pas arrêté par un fossé, à qui appartient-elle? Le paralytique n'est-il pas en prison dans son lit, le marchand dans sa boutique, l'employé, dans son bureau, le bourgeois entre l'enceinte de sa petite ville, le roi entre les limites de son royaume, et Dieu lui-même entre cette circonférence glacée qui borne les mondes? Tu vas haletant et ruisselant de sueur sur un chemin brûlé par le soleil ; voici de grands arbres qui étalent à côté de toi leurs hauts étages de verdure, et qui secouent, comme par ironie, leurs feuilles jaunes sur ta tête : tu voudrais bien, n'est-ce pas, te reposer un instant sous leurs ombres et essuyer tes pieds dans la mousse qui tapisse leurs racines ; mais entre eux et toi il y a six pieds de murs, ou les barreaux acérés d'une grille. Arthus, Rapin et vous tous, qui n'avez qu'un estomac, qui ne savez que diner après avoir

déjeuné, je ne sais si vous me comprenez ; mais Millot-Rataut, qui
est tailleur et qui fait des noëls, me comprendra, lui. J'ai souvent
désiré suivre, dans ses pérégrinations vagabondes, le nuage qui s'en
allait aux vents par le ciel ; souvent, quand, accoudé sur ma fenêtre, je suivais en rêvant la lune qui semblait me regarder comme
une face humaine, j'aurais voulu m'envoler comme une bulle d'air
vers ces mystérieuses solitudes qui passaient au-dessus de ma tête,
et j'aurais donné tout au monde pour m'asseoir un instant sur un
de ces gigantesques pitons qui déchirent la blanche surface de la
planète : n'étais-je pas alors aussi captif sur la terre que le pauvre
prisonnier entre les hautes murailles de sa prison ?

— Messieurs, dit Page, il faut convenir d'une chose : la prison
est trop bonne et trop douce pour le riche. Elle le corrige en enfant gâté, comme cette nymphe qui donnait le fouet à l'Amour avec
une rose. Si vous permettez au riche d'apporter dans sa prison sa
cuisine, sa cave, sa bibliothèque, son salon, ce n'est plus un condamné qu'on punit, c'est un bourgeois qui change de logis. Vous
êtes là devant un bon feu, enchâssé dans la ouate de votre robe de
chambre ; vous digérez les pieds sur vos chenets, l'estomac tout
parfumé de truffes et de champagne ; la neige voltige aux barreaux
de votre fenêtre ; vous, cependant, vous jetez vers le plafond la
blanche fumée de votre cigare ; vous rêvez, vous pensez, vous faites
des châteaux en Espagne ou des vers ; à côté de vous est votre gazette, cet ami qu'on quitte, qu'on rappelle et que l'on congédie dé-
finitivement quand il devient trop ennuyeux. Qu'y a-t-il donc,
dites-le-moi, dans cette situation qui ressemble à une peine ?
N'avez-vous pas ainsi passé, sans sortir de chez vous, des heures,
des jours, des semaines entières ? Que fait cependant le juge qui a
eu la barbarie de vous condamner à ce supplice ? Il est à l'audience
depuis onze heures du matin, grelottant dans sa robe noire, qui
écoute les patenôtres d'un avocat qui rabâche. Pendant ce temps,
le catarrhe aux griffes engourdies le saisit aux poumons, ou l'enge-
lure de sa dent aiguë le mord aux orteils. Vous dites que vous n'ê-
tes pas libres !... au contraire, vous êtes cent fois plus libres que

dans votre maison : toute votre journée vous appartient ; vous vous levez, vous vous couchez quand il vous plaît, vous faites ce qui vous convient, et vous n'êtes plus obligés de vous faire la barbe.

Voici Benjamin, par exemple, qui est prisonnier : croyez-vous que Bonteint lui ait joué un si mauvais tour en le faisant enfermer ici? Il était obligé de se lever souvent avant que les réverbères ne fussent éteints ; il allait, un bas à l'envers, de porte en porte, visiter la langue de celui-ci, expertiser le pouls de celui-là. Quand il avait fini d'un côté, il lui fallait recommencer de l'autre. Il se crottait dans les chemins de traverse jusqu'à sa queue, et son paysan n'avait la plupart du temps à lui offrir que du lait caillé et du pain violet. Quand il était entré chez lui bien harrassé, qu'il était bien établi dans son lit, qu'il commençait à goûter les douceurs du premier sommeil, on venait l'éveiller brutalement pour aller au secours de M. le maire qui étouffait d'une indigestion, ou de la femme du bailli qui accouchait de travers. Maintenant, le voici débarrassé de tout ce tracas. Il est ici comme le rat dans son fromage de Hollande. Bonteint lui a fait une petite rente qu'il mange en philosophe. C'est véritablement le pavot de l'Évangile, qui ne saigne ni ne purge et qui cependant est bien nourri, qui ne coud ni ne file et qui est vêtu d'une magnifique robe rouge. En vérité, nous sommes bien dupes de le plaindre et bien ennemis de son bien-être de chercher à le tirer d'ici.

— On est bien ici, soit, répondit mon oncle ; mais j'aimerais tout autant être mal ailleurs Cela ne m'empêchera pas de convenir, ainsi que vous l'a démontré Page, non-seulement que la prison est trop douce pour le riche, mais encore qu'elle l'est trop pour tout le monde. Il est dur sans doute de crier à la loi, quand elle flagelle un malheureux : « Frappe plus fort, tu ne lui fais pas assez de mal ; » mais il faut bien se garder aussi de cette philanthropie inintelligente et myope qui ne voit rien au delà de son infortune. De véritables philosophes comme Guillergand, comme Millot-Rataut, comme Parlanta, en un mot, comme nous le sommes tous, ne doivent considérer les hommes qu'en masse, ainsi qu'on considère un champ de blé. C'est toujours du point de l'intérêt public qu'une question sociale doit être examinée.

Vous vous êtes distingué par un beau fait d'armes, et le roi vous décore de la croix de Saint-Louis : croyez-vous que c'est parce qu'il vous veut du bien et dans l'intérêt de votre gloire individuelle que Sa Majesté vous autorise à porter sa gracieuse effigie sur votre poitrine ? Hélas ! non, mon pauvre brave : c'est dans son intérêt d'abord et ensuite dans celui de l'Etat; c'est pour que ceux qui ont, comme vous, du sang chaud dans les veines, vous voyant si généreusement récompensés, imitent votre exemple. Maintenant, au lieu d'une bonne action, c'est un crime que vous avez commis ; ce ne sont plus trois ou quatre hommes qui diffèrent de vous par le collet de leur habit : c'est un bon bourgeois de votre pays que vous avez tué. Le juge vous a condamné à mort et le roi a refusé de vous faire grâce. Il ne vous reste plus maintenant qu'à rédiger votre confession générale et à commencer votre complainte. Or, quel sentiment a donc dicté au juge votre sentence ? A-t-il voulu débarrasser la société de vous, comme quand on tue un chien enragé, ou vous punir comme quand on fouette un enfant maussade? D'abord, s'il n'eût voulu que vous retrancher de la société, un cachot bien profond avec des portes bien épaisses et une meurtrière pour toute fenêtre suffisaient très-bien pour cela. Ensuite, le juge condamne souvent à la mort un homme qui a tenté de se suicider, et à la prison un malheureux auquel il sait que la prison sera hospitalière. Est-ce donc pour les punir qu'il octroie à ces deux vauriens précisément ce qu'ils demandent? qu'il fait à celui-ci, pour lequel l'existence est une torture, l'opération de la vie, et qu'il accorde à celui-là, qui n'a ni pain ni toit, un lieu de refuge ? Le juge ne veut qu'une chose, il veut effrayer par votre supplice ceux qui seraient tentés d'imiter votre exemple.

« Peuple, garde-toi de tuer, » voilà tout ce que signifie votre sentence. Si vous pouviez mettre à votre place, sous le couteau, un mannequin qui vous ressemblât, cela serait fort égal au juge ; si même, après que le bourreau vous a coupé la tête et l'a montrée au peuple, il pouvait vous ressusciter, je suis bien sûr qu'il le ferait volontiers ; car, au demeurant, le juge est bon homme, et il ne voudrait pas que sa cuisinière tuât un poulet sous ses yeux.

On crie bien haut, et vous le proclamez vous-mêmes, qu'il vaut mieux absoudre dix coupables que de condamner un innocent. C'est la plus déplorable des absurdités qu'ait enfantée la philanthropie à la mode ; c'est un principe antisocial. Je soutiens, moi, qu'il vaut mieux condamner dix innocents que d'absoudre un seul coupable.

A ces mots, tous les convives crièrent haro sur mon oncle.

— Non, parbleu ! s'écria mon oncle, je ne plaisante pas, et ce sujet n'est pas de ceux à la face desquels on puisse rire. J'exprime une conviction ferme, puissante et depuis longtemps arrêtée. Toute la cité s'apitoie sur le sort d'un innocent qui monte à l'échafaud ; les gazettes retentissent de lamentations, et vos poëtes le prennent pour le martyr de leurs drames. Mais, combien d'innocents périssent dans vos fleuves, sur vos grands chemins, dans le creux de vos mines et jusque dans vos ateliers, broyés sous la dent féroce de vos machines, ces gigantesques animaux qui saisissent un homme par surprise et qui l'engloutissent sous vos yeux sans que vous puissiez lui porter secours? Cependant leur mort vous arrache à peine une exclamation; vous passez, et quelques pas plus loin vous n'y pensez plus ; vous ne songez pas même, en dînant, à en parler à votre épouse. Le lendemain, la gazette l'enterre dans un coin de sa feuille ; elle jette sur lui quelques lignes de lourde prose, et tout est fini ! Pourquoi cette indifférence pour l'un et cette surabondance de pitié pour l'autre ? pourquoi sonner le glas de celui-ci avec une clochette et le glas de celui-là avec une grosse cloche? Un juge qui se trompe, est-ce un accident plus terrible qu'une diligence qui verse ou qu'une machine qui se détraque ? Mes innocents, à moi, ne font-ils pas un aussi grand trou que les vôtres dans la société? ne laissent-ils pas comme les vôtres une femme veuve et des enfants orphelins?

Sans doute il n'est pas agréable d'aller à l'échafaud pour un autre, et moi qui vous parle, je conviens que si la chose m'arrivait, j'en serais très-contrarié; mais par rapport à la société, qu'est-ce que ce peu de sang que verse le bourreau? la goutte d'eau qui suinte d'un réservoir, le gland meurtri qui tombe d'un chêne. Un innocent condamné par un juge, c'est une conséquence de la distribution de la justice, comme la chute d'un couvreur du haut d'une maison est la conséquence de ce que l'homme s'abrite sous un toit. Sur mille bouteilles que coule un ouvrier, il en casse au moins une; sur mille arrêts que rend un juge, il faut qu'il en ait au moins un de travers: c'est un mal prévu, nécessaire, et contre lequel il n'y aurait d'autre remède que de supprimer toute justice. Soit une vieille femme qui épluche des lentilles: que diriez-vous d'elle si, dans la crainte d'en jeter une bonne à terre, elle conservait toutes les ordures qui s'y trouvent? N'en serait-il pas de même d'un juge qui, dans la crainte de condamner un innocent, absoudrait dix coupables?

Puis, la condamnation d'un innocent est chose rare: elle fait époque dans les annales de la justice. Il est presque impossible qu'il se réunisse contre un homme un concours fortuit de circonstances telles qu'elles fassent peser sur lui des charges dont il ne puisse se justifier. Quand bien même, du reste, il en serait ainsi, je soutiens, moi, qu'il y a, dans la pose d'un accusé, dans son regard, dans son geste, dans le son de sa voix, des éléments de conviction auxquels le juge ne peut se soustraire. Puis, la mort d'un innocent, ce n'est qu'un malheur particulier, tandis que l'absolution d'un coupable est une calamité publique. Le crime écoute à la porte de vos salles d'audience; il sait ce qui se passe, il calcule les chances de salut que lui laisse votre indulgence; il vous applaudit quand, par une circonspection exagérée, il vous voit absoudre un coupable, car c'est lui-même que vous absolvez. Il ne faut pas, sans doute, que la justice soit trop sévère; mais quand elle est trop indulgente, elle abdique, elle s'annule elle-même. Dès lors, les hommes prédestinés au crime s'abandonnent sans crainte à leurs instincts, ils ne voient plus dans leurs rêves la face sinistre du bourreau ; entre eux et leurs victimes, il n'y a plus d'échafaud qui se dresse ; ils vous prennent votre argent pour peu qu'ils en aient besoin, et votre vie pour peu qu'elle les gêne. Vous vous applaudissez, bonhomme, d'avoir sauvé un innocent de la hache !... mais vous en avez fait périr vingt par le poignard : c'est dix neuf meurtres qui restent à votre compte.

Et, maintenant, je reviens à la prison. La prison, pour qu'elle inspire une salutaire terreur, doit être un lieu de gêne et de misère ; cependant, il y a en France quinze millions d'hommes qui sont plus misérables dans leurs maisons que le prisonnier sous vos verrous. Trop heureux l'homme des champs s'il connaissait son bonheur ! dit le poëte. Cela est bon dans une églogue. L'homme des champs, c'est le chardon de la montagne : il ne passe pas un ardent rayon de soleil qui ne le brûle, pas un souffle de bise qui ne le morde, pas une averse qu'il ne l'essuie ; il travaille depuis l'angélus du matin jusqu'à celui du soir ; il a un vieux père, et il ne peut adoucir pour lui les rigueurs de la vieillesse ; il a une belle femme, et il ne peut lui donner que des haillons ; il a des enfants, marmaille affamée qui demande incessamment du pain, et souvent il n'y en a pas une miette dans la huche. Le prisonnier, au contraire, lui, est chaudement vêtu, il est suffisamment nourri ; avant d'avoir un morceau de pain à mettre sous la dent, il n'est pas obligé de le gagner. Il rit, il chante, il joue, il dort tant qu'il veut sur sa paille, et il est encore l'objet de la pitié publique. Des personnes charitables s'organisent en société pour lui rendre sa prison moins rude, et elles font si bien qu'au lieu d'une peine elles lui en font une récompense. De belles dames font mijauter son pot et lui trempent sa soupe ; elles le moralisent avec du pain blanc et de la viande. Assurément, à la liberté besogneuse des champs ou de l'atelier, cet homme préférera la captivité insouciante et pleine de bon temps de la prison.

La prison, ce doit être l'enfer de la cité ; je voudrais qu'elle s'élevât au milieu de la place publique, sombre et vêtue de noir comme le juge ; qu'à travers ses petites fenêtres grillées elle jetât comme de sinistres regards aux passants ; qu'au lieu de chants il ne surgît de son enceinte que des bruits de chaînes ou des aboiements de molosses ; que le vieillard craignît de se reposer sous ses murs ; que l'enfant n'osât jouer sous son ombre ; que le bourgeois attardé se détournât de son chemin pour l'éviter et s'éloignât d'elle comme il s'éloigne du cimetière. Ce n'est qu'à cette condition que vous obtiendrez de la prison le résultat que vous en attendez.

Mon oncle discuterait peut-être encore, si M. Minxit ne fût arrivé pour couper court à ses arguments. Le brave homme ruisselait de sueur, il humait l'air comme un marsouin échoué sur la grève et était rouge comme la trousse de mon oncle.

— Benjamin, s'écria-t-il en s'essuyant le front, je venais te chercher pour déjeuner avec moi.

— Comment cela, monsieur Minxit ? s'écrièrent tous les convives à la fois.

— Eh ! parbleu, c'est que Benjamin est libre ; voilà toute l'énigme. Ceci, ajouta-t-il en tirant un papier de sa poche et le remettant à Boutron, c'est la quittance de Bonteint.

— Bravo, monsieur Minxit ! Et tout le monde se levant le verre à la main, but à la santé de M. Minxit. Machecourt essaya de se lever ; mais il retomba sur sa chaise : la joie lui avait fait perdre l'usage de ses sens. Benjamin jeta par hasard sur lui un coup d'œil :

— Ah ça ! Machecourt, s'exclama-t-il, est-ce que tu es fou ? Bois à la santé de Minxit, ou je te saigne à l'instant même.

Machecourt se leva machinalement, vida son verre d'un seul trait et se mit à pleurer.

— Mon bon monsieur Minxit, poursuivit Benjamin, que j...

— Bon, dit celui-ci, je vois ce que c'est : tu te disposes à me remercier ; eh bien ! je t'en dispense, mon pauvre garçon ; c'est pour mes beaux yeux et non pour les tiens que je te tire d'ici ; tu sais bien que je ne peux me passer de toi. Allez, messieurs, dans toutes les actions qui vous paraissent les plus généreuses, il n'y a que de l'égoïsme. Si cette maxime n'est pas consolante, ce n'est pas ma faute ; mais elle est vraie.

— Monsieur Boutron, fit Benjamin, la quittance de Bonteint est-elle en règle ?

— Je n'y vois de défectueux qu'un gros pâté que l'honnête marchand de drap y a ajouté sans doute pour paraphe.

— En ce cas, messieurs, dit Benjamin, permettez que j'aille annoncer moi-même cette bonne nouvelle à ma chère sœur.

— Je te suis, dit Machecourt, je veux être témoin de sa joie ; jamais je n'ai été si heureux depuis le jour que Gaspard est venu au monde.

— Vous permettrez...., dit M. Minxit se mettant à table. Monsieur Boutron, un couvert. Du reste, messieurs, à charge de revanche : ce soir, je vous invite à souper à Corvol.

Cette proposition fut accueillie avec acclamation par tous les convives. Après avoir déjeuné, ils se retirèrent au café en attendant l'heure de partir.

XVII

UN VOYAGE A CORVOL.

Le garçon vint prévenir mon oncle qu'il y avait à la porte une vieille femme qui demandait à lui parler.

— Fais-la entrer, dit Benjamin, et sers-lui quelque chose dont elle se rafraîchisse.

— Oui, répondit le garçon, mais c'est que la vieille n'est pas ragoûtante du tout : elle est éraillée, et elle pleure des larmes grosses comme mon petit doigt.

— Elle pleure, s'écria mon oncle, et pourquoi, drôle, ne m'as-tu pas dit cela tout de suite? Et il se hâta de sortir.

La vieille femme qui réclamait mon oncle versait en effet de grosses larmes qu'elle essuyait avec un vieux morceau d'indienne rouge.

— Qu'avez-vous, ma bonne? lui dit Benjamin d'un ton de politesse qu'il ne prenait pas avec tout le monde, et que puis-je pour votre service?

— Il faut, dit la vieille, que vous veniez à Sembert, voir mon fils qui est malade.

— Sembert!... ce village qui est au sommet des Monts-le-Duc? mais c'est à moitié chemin du ciel!... C'est égal, je passerai demain chez vous dans la soirée.

— Si vous ne venez aujourd'hui, dit la vieille, demain c'est le prêtre avec sa croix noire qui viendra, et peut-être est-il déjà trop tard, car mon fils est atteint du charbon.

— Voilà qui est fâcheux pour votre fils et pour moi; mais, pour arranger tout le monde, ne pourriez-vous vous adresser à mon confrère Arnout?

— Je me suis adressée à lui; mais, comme il connaît notre misère et qu'il sait qu'il ne sera pas payé de ses visites, il n'a pas voulu se déranger.

— Comment, dit mon oncle, vous n'avez pas de quoi payer votre médecin? En ce cas, c'est autre chose, cela me regarde. Je ne vous demande que le temps d'aller vider un petit verre que j'ai laissé sur la table, et je vous suis. A propos, nous aurons besoin de quinquina : tenez, voilà un petit écu, allez chez Periez en acheter quelques onces, vous lui direz que je n'ai pas eu le temps de faire l'ordonnance.

Un quart d'heure après, mon oncle se hissait, côte à côte avec la vieille femme, le long de ces pentes incultes et sauvages qui prennent leurs racines dans le faubourg de Bethléem et se terminent par le vaste plateau au faîte duquel le hameau de Sembert est perché.

De leur côté, les hôtes de M. Minxit partaient dans une charrette attelée de quatre chevaux. Les habitants du faubourg de Beuvron s'étaient mis, leur chandelle à la main, sur le seuil de leur port;

pour les voir passer, et c'était en effet un phénomène plus curieux que celui d'une éclipse. Arthus chantait: *Aussitôt que la lumière*, Guillerand: *Malbrough s'en va-t'en guerre*; et le poète Millot, qu'on avait attaché à une ridelle de la voiture, parce qu'il ne paraissait pas très-solide, entonnait son grand noël. M. Minxit s'était piqué d'une magnificence extraordinaire: il donna à ses convives un souper mémorable et dont on parle encore à Corvol. Malheureusement il avait tellement prodigué les rasades, que dès le second service ses hôtes ne pouvaient plus lever leur verre. Benjamin arriva sur ces entrefaites; il était harassé de fatigue et d'une humeur à tout massacrer; car son malade avait trépassé entre ses mains, et il était tombé deux fois en route. Mais il n'était chez lui ni chagrins ni contrariétés qui tinssent pied devant une nappe bien blanche et parée de bouteilles: il se mit donc à table comme si de rien n'eût été.

— Tes amis, lui dit M. Minxit, sont des mazettes; pour des huisssiers, des fabriciens et des maîtres d'école, je les aurais cru plus solides; je n'aurai pas la satisfaction de leur offrir du champagne. Tiens, voici Machecourt qui ne te reconnaît plus, et Guillerand qui présente à Arthus sa tabatière au lieu de son verre.

— Que voulez-vous, répondit Benjamin, tout le monde n'est pas de votre force, monsieur Minxit!

— Oui, répliqua le brave homme, flatté du compliment; mais qu'allons-nous faire de tous ces poulets mouillés? Je n'ai pas de lit pour eux tous, et ils sont hors d'état de pouvoir retourner ce soir à Clamecy.

— Parbleu! vous voilà bien embarrassé, dit mon oncle; qu'on étende de la paille dans votre grange, et, au fur et à mesure qu'ils s'endormiront, vous les ferez porter sur cette litière; on les couvrira, de peur qu'ils ne s'enrhument, avec le grand paillasson que vous mettez sur votre couche de petites raves pour la garantir de la gelée.

— Tu as ma foi raison, dit M. Minxit.

Il fit venir deux musiciens commandés par le sergent, et le plan donné par mon oncle fut exécuté dans toute sa teneur. Millot ne tarda pas à s'endormir. Le sergent le prit sur son épaule et l'emporta comme une boîte d'horloge. Le transport de Rapin, de Parlanta et des autres ne présenta pas de sérieuses difficultés ; mais quand on en vint à Arthus, on le trouva si pesant qu'il fallut le laisser dormir sur place. Quant à mon oncle, il avait vidé sa dernière rasade de champagne ; il se dirigea à son tour vers la grange et leur souhaita le bonsoir.

Le lendemain matin, quand les hôtes de M. Minxit se levèrent, ils ressemblaient à des pains de sucre qu'on tire de leurs caisses, et il fallut mettre tous les domestiques du logis en réquisition pour les débarrasser de la paille dont ils étaient enveloppés. Après avoir déjeuné avec le second service qu'ils avaient laissé intact la veille, ils partirent au grand trot de leurs quatre chevaux.

Ils fussent arrivés fort heureusement à Clamecy sans un petit accident qui leur survint en route. La voiture, surexcitée par le fouet, versa dans un des mille cloaques dont le chemin était alors semé, et ils tombèrent tous pêle-mêle dans la boue. Le poète Millot, qui était toujours malheureux, eut la maladresse de se trouver sous Arthus.

Benjamin, heureusement pour son habit, était resté à Corvol. M. Minxit avait à dîner ce jour-là tous les notables du pays, et, entre autres, deux gentilshommes. L'un de ces illustres convives était M. de Pont-Cassé, mousquetaire rouge ; l'autre était un mousquetaire de la même couleur, ami de M. de Pont-Cassé, et que celui-ci avait invité à passer quelques semaines dans son reste de castel. Or, M. de Pont-Cassé, dans la confidence duquel nous avons déjà mis nos lecteurs, n'aurait pas été fâché de réparer les avaries qu'avait éprouvé sa fortune avec celle de M. Minxit, et il flairait Arabelle, bien qu'il dît souvent que c'était un insecte né de l'urine. Celle-ci s'était laissée piper par l'extravagance de ses belles manières ; elle le trouvait bien plus beau avec ses plumes fanées, et plus aimable avec son fatras de cour, que mon oncle avec son esprit sans prétention et son habit rouge; mais M. Minxit, qui était un homme non-seulement d'esprit, mais de bon sens, n'était pas de cet avis ; M. de Pont-Cassé eût été colonel, qu'il ne lui eût point donné sa fille. Il avait retenu Benjamin à dîner afin qu'Arabelle pût établir entre ses deux adorateurs une comparaison qu'il croyait ne devoir pas être à l'avantage du mousquetaire, et aussi parce qu'il comptait sur mon oncle pour effacer le clinquant des deux gentilshommes et mortifier leur orgueil.

Benjamin, en attendant le dîner, alla faire un tour dans le village. En sortant de chez M. Minxit, il avisa une paire d'officiers qui tenaient le haut de la rue et ne se seraient pas dérangés pour une malle-poste, ce dont les paysans étaient fort ébahis. Mon oncle n'était pas homme à se préoccuper de si peu : cependant, en passant près d'eux, il ouït très-distinctement l'un de ces hobereaux qui disait à son compagnon :

— Tiens, voici le drôle qui prétend épouser mademoiselle Minxit.

Mon oncle eut un instant envie de leur demander pourquoi ils le trouvaient si drôle ; mais il réfléchit qu'il serait peu séant, quoiqu'il se souciât assez ordinairement fort peu des bienséances, de se donner en spectacle aux habitants de Corvol. Il fit donc comme s'il n'avait rien entendu, et entra chez son ami le tabellion.

— Je viens, lui dit-il, de rencontrer dans la rue deux espèces de homards empanachés qui m'ont insulté ; pourriez-vous me dire à quelle famille de crustacés appartiennent ces drôles?

— Oh ! diable, fit le tabellion quasi effrayé, n'allez pas tourner de ce côté vos plaisanteries : l'un d'eux, M. de Pont-Cassé, est le plus dangereux duelliste de notre époque, et de tous ceux qui sont allés avec lui sur le pré, personne n'est encore revenu sain et sauf.

— Nous verrons bien, dit mon oncle.

Deux heures ayant sonné au clocher du bourg, il prit son ami le tabellion par le bras, et il se rendit avec lui chez M. Minxit; la société était déjà réunie dans le salon, et on n'attendait plus qu'eux pour se mettre à table.

Les deux hobereaux, qui se croyaient, avec ces manants, comme dans un pays conquis, s'emparèrent, de prime-abord, de la conversation. M. de Pont-Cassé ne cessait de friser ses moustaches, de parler de la cour, de ses duels et de ses prouesses amoureuses. Arabelle, qui n'avait jamais ouï choses si magnifiques, prenait un grand plaisir à ses discours. Mon oncle s'en aperçut bien ; mais, comme mademoiselle Minxit lui était indifférente, cela ne le regardait, pensait-il, en aucune façon. M. de Pont-Cassé, piqué du peu d'effet qu'il produisait sur Benjamin, lui adressa quelques allusions qui effleuraient l'insolence ; mais mon oncle, sûr de sa force, dédaignait d'y faire attention, et ne s'occupait que de son verre et de son assiette. M. Minxit se scandalisa de la voracité insoucieuse de son champion.

— Tu ne comprends donc pas ce que veut dire M. de Pont-Cassé ? s'écria le bonhomme ; à quoi penses-tu donc, Benjamin ?

— A dîner, M. Minxit, et je vous conseille d'en faire autant ; car c'est pour cela que vous nous avez invités, je pense.

M. de Pont-Cassé avait trop d'orgueil pour croire qu'on pût l'épargner ; il prit le silence de mon oncle pour un aveu de son infériorité, et il en vint à des attaques plus directes.

— Je vous ai entendu appeler de Rathery, dit-il à Benjamin ; j'ai connu, c'est-à-dire j'ai vu, car on ne connaît pas de pareilles gens, un Rathery dans les palefreniers du roi : serait-ce par hasard votre parent ?

Mon oncle dressa les oreilles comme un cheval qui reçoit un coup de fouet.

— M. de Pont-Cassé, répondit-il, les Rathery ne se sont jamais faits domestiques de cour sous quelque livrée que ce fût. Les Rathery ont l'âme fière, monsieur ; ils ne veulent manger que le pain qu'ils gagnent, et ce sont eux qui paient, avec quelques millions d'autres, les gages de cette valetaille de toutes couleurs qu'on veut bien appeler courtisans !

Il se fit un silence solennel dans l'assemblée, et chacun applaudissait mon oncle du regard.

— Monsieur Minxit, ajouta-t-il, un morceau, s'il vous plaît, de ce pâté ; il est excellent, et je parierais bien que le lièvre avec lequel on l'a fait n'était pas gentilhomme.

— Monsieur, dit l'ami de M. de Pont-Cassé, prenant une attitude marquée, que voulez-vous dire avec votre lièvre?

— Qu'un gentilhomme, répondit froidement mon oncle, ne serait pas bon dans un pâté; voilà tout ce que je voulais dire.

— Messieurs, dit M. Minxit, il est bien entendu que vos discussions ne doivent pas dépasser les bornes de la plaisanterie.

— Entendu, dit M. de Pont-Cassé ; à la rigueur, les allusions de M. de Rathery seraient bien de nature à offenser deux officiers du roi, qui n'ont pas l'honneur d'être, comme lui, de la roture ; cependant, à son habit rouge et à sa grande épée, je l'avais pris d'abord pour un des nôtres, et je tressaille encore, comme l'homme qui a été sur le point de prendre un serpent pour une anguille, en songeant que j'ai failli fraterniser avec lui. Il n'y a que cette grande queue qui frétille sur ses épaules qui m'a détrompé.

— Monsieur de Pont-Cassé! s'écria M. Minxit, je ne souffrirai point !...

— Laissez, mon bon M. Minxit, fit mon oncle, l'insolence est l'arme de ceux qui ne savent pas manier la flexible houssine de la plaisanterie ; pour moi, je n'ai aucune erreur à me reprocher à l'égard de M. de Pont-Cassé, car je n'ai pas encore fait attention à lui.

— A la bonne heure, fit M. Minxit.

Le mousquetaire, qui se piquait d'être un mystificateur fort plaisant, et qui savait que, dans les combats de l'esprit, comme dans ceux de l'épée, la fortune est journalière, ne se découragea pas pour cela.

— Monsieur Rathery, poursuivit-il, monsieur le chirurgien Rathery, savez-vous qu'entre nos deux professions il y a plus d'analogie que vous ne pensez ; je parierais mon cheval alezan brûlé contre votre habit rouge, que vous avez tué plus de monde cette année que moi dans ma dernière campagne.

— Vous gagneriez, monsieur de Pont-Cassé, répondit froidement mon oncle ; car cette année j'ai eu le malheur de perdre un malade : il est mort hier du charbon.

— Bravo, Benjamin ! bravo le peuple ! s'écria M. Minxit ne pouvant plus contenir sa joie. Vous voyez, mon gentilhomme, que tous les gens d'esprit ne sont pas à la cour.

— Vous en êtes plus que tout autre la preuve, monsieur Minxit, répondit le mousquetaire, déguisant la mortification de sa défaite sous un front serein.

Pendant ce temps, tous les convives, excepté les deux gentilshommes, présentaient leurs verres à Benjamin et entrechoquaient cordialement le sien.

— A la santé de Benjamin Rathery, le vengeur du peuple méconnu et insulté ! s'écria M. Minxit.

Le dîner se prolongea fort avant dans la soirée. Mon oncle remarqua bien que Mlle Minxit avait disparu quelque temps après M. de Pont-Cassé ; mais il était trop préoccupé des applaudissements qu'on lui prodiguait pour faire attention à sa fiancée. Vers les dix heures, il prit congé de M. Minxit. Celui-ci le reconduisit jusqu'au bout du village, et lui fit promettre que le mariage aurait lieu dans la huitaine. Comme Benjamin se trouvait vis-à-vis du moulin de Trucy, il entendit un bruit de paroles qui venait à lui, et il crut distinguer la voix d'Arabelle et de son illustre adorateur.

Benjamin, par égard pour Mlle Minxit, ne voulut pas la surprendre à cette heure dans la campagne avec un mousquetaire. Il se cacha sous les rameaux d'un gros noyer et attendit, pour continuer sa route, que les deux amants l'eussent dépassé. Il ne songeait nullement, sans doute, à dérober les petits secrets d'Arabelle ; mais le vent les lui apportait, et il fallait bien, malgré lui, qu'il en reçût la confidence.

— Je sais, disait M. de Pont-Cassé, un moyen de le faire déguerpir : je lui enverrai un cartel.

— Je le connais, répondait Arabelle, c'est un homme d'un orgueil intraitable, et, fût-il sûr d'être tué sur place, il acceptera.

— Tant mieux ; alors je vous en débarrasserai pour toujours.

— Oui, mais d'abord je ne veux pas être complice d'un meurtre; ensuite mon père aime cet homme plus que moi peut-être qui suis sa fille unique; je ne consentirai jamais à ce que vous tuiez le meilleur ami de mon père.

— Vous êtes charmante, Arabelle, avec vos scrupules ; j'en ai tué plus d'un pour un mot qui sonnait mal à mon oreille, et ce vilain, dont l'esprit est féroce, s'est cruellement vengé de moi : je ne voudrais pas, pour tout au monde, qu'on sût à la cour ce qui s'est dit ce soir à la table de votre père. Cependant, pour ne pas vous contrarier, je me contenterai de l'estropier. Si, par exemple, je lui coupais le nerf tibio-rotulien, ce serait un vice rédhibitoire qui vous autoriserait suffisamment à ne plus vouloir de lui pour votre époux.

— Mais, vous-même, Hector, si vous succombiez! faisait Mlle Minxit de sa voix la plus tendre.

— Moi, qui ai mis à l'ombre les plus fins tireurs de l'armée : le brave Bellerive, le terrible Desrivières, le redoutable de Châteaufort, je succomberais par la rapière d'un chirurgien! Mais vous m'insultez, belle Arabelle, quand vous émettez un pareil doute. Vous ne savez donc pas que je suis sûr de mes coups d'épée, comme vous de vos coups d'aiguille. Désignez vous-même l'endroit où vous voulez qu'il soit frappé, je serai enchanté de vous faire cette galanterie.

Les voix s'éloignèrent ; mon oncle sortit de sa cachette et se remit tranquillement en route pour Clamecy, devisant en lui-même sur le parti qu'il avait à prendre.

XVIII

CE QUE DIT MON ONCLE EN LUI·MÊME SUR LE DUEL.

M. de Pont-Cassé veut m'estropier, il l'a promis à made-moiselle Minxit, et un preux des mousquetaires n'est pas homme à manquer à sa parole.

Voyons un peu, que vais-je faire dans cette circonstance ? Dois-je me laisser tuer par M. de Pont-Cassé avec la docilité d'un caniche qu'explore le scalpel, ou déclinerai-je l'honneur qu'il daigne me faire? Il entre dans l'intérêt de M. de Pont-Cassé que j'aille sur des béquilles, soit ; mais je ne vois pas bien, moi, pourquoi je lui ferais ce plaisir. Je tiens très-peu à mademoiselle Minxit, bien qu'elle soit parée d'une dot de cent mille francs ; mais je tiens beaucoup à la régularité de ma personne, et je suis, j'ose m'en flatter, assez joli garçon pour qu'on ne trouve pas cette prétention ridicule. Il faut, dites-vous, qu'un homme provoqué en duel se batte ; mais, s'il vous plaît, où cela se trouve-t-il ? est-ce dans les pandectes, dans les capitulaires de Charlemagne, dans les comman-dements de Dieu ou dans ceux de l'Eglise. Et d'abord M. de Pont-Cassé, entre vous et moi, la partie est-elle bien égale? Vous êtes mousquetaire et je suis médecin ; vous êtes un artiste en fait d'es-crime, et moi je ne sais guère manier que le bistouri et la lancette ; vous ne vous faites pas plus de scrupule, à ce qu'il paraît, de sup-primer un membre à un homme que d'arracher une aile à une mouche, et moi j'ai horreur du sang, surtout du sang artériel ; ac-cepter votre cartel, ne serait-ce pas aussi ridicule de ma part que si je consentais à courir sur la corde tendue d'après la provocation d'un funambule, ou à traverser un bras de mer sur le défi d'un pro-fesseur de natation? Et quand bien même les chances seraient égales entre nous, quand on conclut un traité, il faut qu'on espère y gagner quelque chose ; or, si je vous tue, qu'y gagnerai-je ? et si je suis tué par vous, qu'y gagnerai je encore ? Vous le voyez donc bien, dans les deux cas, je ferais un marché de dupe.

Il faut, répétez-vous, que tout homme provoqué en duel se batte. Quoi ! si un meurtrier de grand chemin m'arrêtait à la corne d'un bois, je ne me ferais aucun scrupule de lui échapper à l'aide de mes bonnes jambes, et quand c'est un meurtrier de salon qui me met un cartel sous la gorge, je me croirais obligé d'aller me jeter sur la pointe de son épée !

A votre compte, quand un individu, que vous ne connaissez que pour lui avoir par mégarde marché sur le pied, vous écrit : « Monsieur trouvez-vous, à telle heure, à tel endroit, afin que j'aie la satisfaction de vous égorger, en réparation de l'insulte que vous m'avez faite, » il faut qu'on se rende aux ordres du quidam et qu'on prenne bien garde encore de le faire attendre. Chose étrange ! il y a des hommes qui ne risqueraient pas mille francs pour sauver l'honneur à leur ami, la vie à leur père, et qui risquent leur vie dans un duel pour une parole équivoque ou pour un regard de travers. Mais alors, qu'est-ce donc que la vie ? ce n'est donc plus un bien sans lequel tous les autres sont fort peu de chose ? c'est donc un haillon qu'on jette au chiffonnier qui passe, ou une pièce de monnaie effacée qu'on abandonne au premier aveugle qui vient chanter sous votre fenêtre ? Ils exigent que je joue ma vie à l'épée contre celle de M. de Pont-Cassé, et si je jouais cent francs avec lui à l'impériale ou à la triomphe, je serais un homme perdu de réputation : le moindre savetier d'entre eux ne voudrait pas de moi pour gendre. Il faut donc, selon eux, que je sois plus prodigue de ma vie que de mon argent ? Et moi qui me pique d'être philosophe, je réglerais ma conscience sur l'opinion de tels casuistes !

Au fait, qu'est-ce donc que ce public qui s'établit juge de nos actions ? Des épiciers qui vendent à faux poids, des drapiers qui aunent mal, des tailleurs qui habillent leurs marmots aux dépens de leurs pratiques, des rentiers qui font l'usure, des mères de famille qui ont des amants, et, en somme, un tas de grillons et de cigales qui ne savent ce qu'ils chantent; des niais qui disent oui et non sans savoir pourquoi, un aréopage d'imbéciles qui n'est pas capable de motiver ses conclusions. Il serait beau, ma foi, que moi, qui suis médecin, je m'avisasse, parce que ces badauds croient que saint Hubert guérit de la rage, d'envoyer un hydrophobe dans les Ardennes s'agenouiller devant la châsse de ce grand saint ! Choisissez, du reste, ceux qui se décorent du nom de sages, et vous verrez comme ils sont conséquents avec eux-mêmes : leurs philosophes jettent les hauts cris lorsqu'on leur parle de ces pauvres femmes du Malabar qui se jettent toutes vives et toutes parées sur le bûcher de leur époux, et quand deux hommes se coupent la gorge pour un fétu, ils leur décernent une couronne d'intrépidité.

Vous dites que je suis un lâche quand j'ai le bon sens de refuser un cartel ; mais, selon vous, la lâcheté, qu'est-ce donc ? Si la lâcheté consiste à reculer devant un danger inutile, où trouverez-vous un homme courageux? qui de vous, quand son toit craque et flamboie au-dessus de sa tête, reste à rêver tranquillement dans son lit ? Qui, lorsqu'il est sérieusement malade, n'appelle le médecin à son secours? qui, enfin, lorsqu'il tombe dans un fleuve, ne cherche à s'accrocher aux arbustes du rivage ? Encore une fois, ce public, qu'est-il? Un lâche qui prêche la témérité. Supposons qu'au lieu de moi, Benjamin Rathery, ce soit lui, le public, que M. de Pont-Cassé provoque en duel; combien y en aura-t-il parmi cette foule qui oseront accepter son défi? Et d'ailleurs, est-ce qu'il y a pour le philosophe d'autre public que les hommes qui pensent et qui raisonnent ? Or, aux yeux de ces gens-là, le duel n'est-il pas le plus absurde comme le plus barbare des préjugés? Que prouve cette logique qu'on apprend dans une salle d'armes ? Un coup d'épée bien appliqué, n'est-ce pas là un magnifique argument? Parez tierce, parez quarte, vous pouvez maintenant démontrer tout ce que vous voudrez. C'est bien dommage, ma foi, quand le pape excommuniait comme hérétique le mouvement de la terre autour du soleil, que Gallilée n'ait pas songé à appeler Sa Sainteté en duel pour lui prouver que ce mouvement existait.

Au moyen âge, le duel avait au moins un motif : il était la con-séquence d'une idée religieuse : nos grands parents croyaient Dieu trop juste pour laisser l'innocent tomber sous les coups du coupable, et l'issue du combat était regardée comme un arrêt d'en haut; mais chez nous, qui sommes, grâce au ciel, bien revenus de ces folles idées et qui ne croyons à la justice temporelle de Dieu que sous bé-néfice d'inventaire, comment le duel peut-il se justifier, et à quoi sert-il ?

Vous craignez qu'on vous accuse de manquer de courage si vous refusez un cartel; mais ces malheureux qui font le métier d'égorgeurs et qui vous défient parce qu'ils se croient sûrs de vous tuer, quel croyez-vous donc que soit leur courage? Celui du boucher qui égorge un mouton qui a les pattes liées, celui du chasseur qui tire sans pitié sur un lièvre en forme ou sur l'oiseau qui chante sur son arbre. J'ai connu, moi, de ces gens-là qui n'a-vaient pas seulement la fermeté de se faire arracher une dent ; et, dans le nombre, combien y en a-t-il qui oseraient obéir à leur con-science contrairement à la volonté de l'homme dont ils dépendent ? Que le cannibale des îles du Nouveau Monde égorge des hommes de sa couleur pour les faire rôtir et les manger quand ils seront cuits à point, je conçois cela ; mais toi, duelliste, cet homme que tu provoques, quand tu l'auras tué, à quelle sauce mangeras-tu son cadavre ? Tu es plus coupable que l'assassin que la justice con-damne à mourir sur l'échafaud ; lui, du moins, c'est la misère qui le pousse au meurtre, c'est peut-être un sentiment louable dans sa cause, bien que déplorable dans ses conséquences. Toi, cependant, qu'est-ce donc qui t'a mis l'épée à la main ? Est-ce la vanité? est-ce l'appétit du sang, ou bien la curiosité de voir comment un homme se tord dans les convulsions de l'agonie ? Te représentes-tu une femme se jetant à moitié folle de douleur sur le corps de son époux, des enfants remplissant la maison veuve et tendue de noir de leurs lamentations, une mère qui demande à Dieu de la recevoir à la place de son fils dans son cercueil? Et c'est toi qui, pour un amour-propre de tigre, as fait toutes ces misères! Tu veux égorger si nous ne te donnons pas le titre d'homme d'honneur! Mais tu n'es pas digne du nom d'homme : tu n'es qu'une vipère qui mord pour le plaisir de tuer sans profiter du mal qu'elle a fait, et encore la vipère se respecte elle-même dans ses semblables. Quand ton adversaire est tombé, tu t'agenouilles dans la boue détrempée par son sang, tu cherches à étancher les blessures que tu as faites, tu le secours comme si tu étais son meilleur ami; mais alors, pourquoi le tuais-tu donc, misérable? La société a bien à faire maintenant de tes remords ! Sont-ce tes larmes qui remplaceront le sang que tu as fait couler? Toi, assassin à la mode, toi, meurtrier comme il faut, tu trouves des hommes qui te pressent la main, des mères de famille qui t'invitent à leurs fêtes ; ces femmes qui s'évanouissent à l'aspect du boureau osent presser leurs lèvres sur les tiennes et te laissent dormir la tête sur leur sein. Mais, ces hommes et ces femmes, ils ne jugent des choses que par leur nom : l'homicide qui s'appelle assassinat, ils en ont horreur, et celui qui s'appelle duel, ils l'applaudissent. Toutefois, ces applaudissements dont on t'environne, combien de temps as-tu pu en jouir? Là haut, à côté de ton nom, est écrit *homicide*. Tu as sur le front une tache de sang caillé que les baisers de tes maîtresses n'effaceront point. Tu n'as point trouvé de juges sur la terre ; mais il est au ciel un juge qui t'attend et qui ne se laissera pas prendre à tes grands mots d'honneur. Quant à moi, je suis médecin, non pour tuer, mais pour guérir, entendez-vous, M. de Pont-Cassé? Si vous avez du sang dans les veines, c'est avec la pointe de ma lancette seule que je puis vous en débarrasser.

Ainsi raisonnait mon oncle en lui-même. Nous verrons bientôt comment il mit sa doctrine en pratique.

La nuit ne donne pas toujours de bons conseils; mon oncle se leva, le lendemain, bien décidé à ne point s'aplatir devant les provocations de M. de Pont-Cassé, et pour en avoir plus tôt fini avec son aventure, ce jour-là même il partit pour Corvol. Soit qu'il fût à jeun, soit que la transpiration se fît mal, soit que la digestion de la veille ne se fût pas bien accomplie, il se sentait infiltrer malgré lui une mélancolie inusitée. Il suivait, tout pensif, comme l'Hippolyte de Racine, les pentes étagées de la montagne de Beaumont; sa noble épée, qui tombait autrefois avec une perpendicularité rigoureuse le long de son fémur et menaçait la terre de sa pointe, affectant maintenant l'attitude triviale d'une broche, semblait se conformer à sa triste pensée; son tricorne, qui se tenait auparavant fier et debout sur son front, légèrement incliné, était alors assis tout penaud sur sa nuque et semblait lui-même préoccupé de sinistres idées; son œil de pierre s'était amolli. Il contemplait, avec une sorte d'attendrissement, la vallée de Beuvron, qui s'étendait raide et grelottante à ses pieds; ces grands noyers en deuil qui ressemblaient, avec leurs noirs branchages, à un vaste polype, les longs peupliers qui n'avaient plus que quelques feuilles rousses à leurs pânaches, et à la cime desquels se balançaient quelquefois de lourdes grappes de corbeaux, ce taillis fauve tout rissolé par la gelée, cette rivière qui s'en allait toute noire entre ses rives de neige vers les pelles du foulon, le donjon de la Postaillerie, grisâtre et vaporeux comme une colonne de nuage, le vieux donjon féodal de Pressure, tapi entre les roseaux bruns de ses fossés, et qui semblait avoir la fièvre, les cheminées du village qui jetaient ensemble leur fumée légère et chétive comme l'haleine d'un homme qui souffle entre ses doigts. Le tic-tac du moulin, cet ami avec lequel il avait conversé si souvent lorsqu'il revenait de Corvol par les beaux clairs de lune de l'automne, était plein de notes sinistres, il semblait dire dans son longage saccadé :

> Porteur de rapière,
> Tu vas au cimetière.

A quoi mon oncle répondait :

> Tic-tac indiscret,
> Je vais où il me plaît ;
> Si c'est au trépas,
> Ça n'te r'garde pas.

Le temps, du reste, était sombre et malade : de gros nuages blancs, poussés par la bise, se traînaient pesamment dans les cieux comme un cygne blessé ; la neige, dépolie par un jour grisâtre, était terne et blafarde, et l'horizon était fermé de toutes parts par une ceinture de brouillards qui se traînaient le long des montagnes. Il semblait à mon oncle qu'il ne reverrait plus, éclairé par le joyeux soleil du printemps et paré de ses festons de verdure, ce paysage sur lequel l'hiver étendait maintenant un voile si épais de tristesse.

M. Minxit était absent lorsque mon oncle arriva à Corvol. Il entra dans le salon. M. de Pont-Cassé était installé, à côté d'Arabelle, sur un sopha. Benjamin, sans faire attention à la moue de sa fiancée et aux airs provocateurs du mousquetaire, se jeta dans un fauteuil, se croisa les jambes et posa son chapeau sur une chaise, comme un homme qui n'est pas pressé de partir. Lorsqu'on eut parlé quelque temps de la santé de M. Minxit, des probabilités du dégel et de la grippe, Arabelle garda le silence, et mon oncle n'en sut plus tirer que quelques monosyllabes aigres et criards comme les notes qu'un apprenti musicien arrache à grand peine, et d'intervalle en intervalle, de sa clarinette. M. de Pont-Cassé se promenait dans le salon, frisant ses moustaches et faisant résonner ses grands éperons sur le parquet ; il semblait étudier en lui-même de quelle façon il s'y prendrait pour chercher querelle à mon oncle. Benjamin avait deviné ses intentions ; mais il eut l'air de ne pas faire attention à lui et s'empara d'un livre qui traînait sur un canapé : d'abord, il se contenta de le feuilleter, observant M. de Pont-Cassé du coin de l'œil ; mais comme c'était un ouvrage de médecine, il se laissa bientôt absorber par l'intérêt de sa lecture et oublia le mousquetaire. Celui-ci était décidé à en finir ; il s'arrêta devant mon oncle, et le regardant de bas en haut :

— Savez-vous, monsieur, lui dit-il, que vos visites céans sont bien longues ?...

— Il me semble pourtant, répondit mon oncle, que vous étiez ici avant moi.

— Et en même temps bien fréquentes, ajouta le mousquetaire.

— Je vous assure, Monsieur, répliqua mon oncle, qu'elles le seraient beaucoup moins si je croyais devoir toujours vous y rencontrer.

— Si c'est pour Mademoiselle Minxit que vous venez ici, poursuivit le mousquetaire, elle vous prie par ma bouche de la débarrasser de votre longue personne.

— Si Mademoiselle Minxit, qui n'est pas mousquetaire, avait des ordres à me donner, elle le ferait d'une manière plus polie ; en tout cas, Monsieur, vous trouverez bon que j'attende, pour me retirer, qu'elle se soit expliquée elle-même, et que j'aie eu à ce sujet un entretien avec M. Minxit. Et mon oncle continua son chapitre.

L'officier fit encore quelques tours dans le salon, et se plaçant de nouveau en face de mon oncle :

— Je vous prie, Monsieur, lui dit-il, d'interrompre un moment le cours de votre lecture ; j'aurais un mot à vous dire.

— Puisque ce n'est qu'un mot, dit mon oncle, faisant un pli à la feuille qu'il lisait, je puis bien perdre un moment à vous entendre.

M. de Pont-Cassé était exaspéré du sang-froid de Benjamin.

— Je vous déclare, lui dit-il, Monsieur Rathery, que si vous ne sortez à l'instant même par cette porte, je vais vous faire sortir, moi, par cette fenêtre.

— Vraiment, fit mon oncle, eh bien ! moi, Monsieur, je serai plus poli que vous, je vais vous faire sortir par cette porte. Et prenant l'officier par le milieu du corps, il le porta sur le palier et ferma derrière lui la porte à double tour.

Comme Mademoiselle Minxit tremblait :

— Ne vous effrayez pas trop de moi, dit mon oncle ; l'acte de violence que je me suis permis envers cet homme était surabondamment justifié par une longue série d'insultes ; et d'ailleurs, ajouta-t-il avec amertume, je ne vous embarrasserai pas longtemps de ma longue personne ; je ne suis pas de ces épouseurs de dot qui prennent une jeune femme aux bras de celui qu'elle aime et l'attachent brutalement au pied de leur lit. Toute jeune fille a reçu du ciel son trésor d'amour : il est juste qu'elle choisisse l'homme avec lequel il lui plaît de le dépenser; nul n'a le droit d'épancher sur le chemin et de fouler sous ses pieds les blanches perles de la jeunesse. A Dieu ne plaise qu'un vil appétit d'argent me fasse commettre une mauvaise action! jusqu'ici j'ai vécu pauvre, je sais les joies de la pauvreté et j'ignore les misères de la richesse; en échangeant ma folle et rieuse indigence contre une opulence maussade et hargneuse, peut-être ferais-je un mauvais marché ; en tout cas je ne voudrais pas que cette opulence m'arrivât avec une femme qui me détesterait. Je vous prie donc de me dire, dans toute la sincérité de votre âme, si vous aimez M. de Pont-Cassé : j'ai besoin de votre réponse pour régler ma conduite envers vous et envers votre père.

Mademoiselle Minxit fut émue du ton de loyauté qu'avait mis Benjamin dans ses paroles.

— Si je vous avais connu avant M. de Pont-Cassé, c'est peut-être vous que j'aimerais maintenant.

— Mademoiselle, interrompit mon oncle, ce n'est pas de la politesse, muis de la sincérité que je vous demande; déclarez-moi franchement si vous croyez être plus heureuse avec M. de Pont-Cassé qu'avec moi.

— Que vous dirai-je, Monsieur Rathery, répondit Arabelle, une femme n'est pas toujours heureuse avec celui qu'elle aime ; mais elle est toujours malheureuse avec celui qu'elle n'aime pas.

— Je vous remercie, Mademoiselle, je sais à cette heure ce que j'ai à faire. Maintenant, voulez-vous me faire servir à déjeuner ? l'estomac est un égoïste qui ne compâtit guère aux tribulations du cœur.

Mon oncle déjeuna comme déjeunaient probablement Alexandre ou César la veille d'une bataille. Il ne voulut pas attendre le retour de M. Minxit ; il ne se sentit pas le courage d'affronter sa mine désolée lorsqu'il apprendrait que lui, Benjamin, qu'il traitait presque en fils, renonçait à devenir son gendre ; il aimait mieux l'informer, par une lettre, de son héroïque détermination.

A quelque distance du bourg, il aperçut l'ami de M. de Pont-Cassé qui se promenait majestueusement de long en large sur le chemin. Le mousquetaire s'avança à sa rencontre et lui dit :

— Vous faites attendre bien longtemps, Monsieur, ceux qui ont une réparation à vous demander.

— C'est que je déjeunais, répondit mon oncle.

— J'ai à vous remettre, de la part de M. de Pont-Cassé, une lettre dont il m'a chargé de lui apporter la réponse.

— Voyons donc ce que marque cet estimable gentilhomme : « Monsieur, vu l'énormité de l'outrage que vous m'ayez fait.... » Quel outrage ! je l'ai porté du salon sur un escalier ; je voudrais bien qu'on m'outrageât ainsi jusqu'à Clamecy ; « je consens à croiser le fer avec vous. » — La grande âme !... quoi ! il daigne m'accorder la faveur d'être estropié par lui !... voilà de la générosité où je ne m'y connais pas. « J'espère que vous vous rendrez digne de l'honneur que je vous fais en l'acceptant. » — Comment donc ! mais ce serait de ma part une noire ingratitude, si je refusais. Vous pouvez dire à votre ami que s'il me met à l'ombre comme le brave Desrivières, l'intrépide Bellerive, etc., etc., je veux qu'on écrive sur ma tombe en lettres d'or : *Ci-gît Benjamin Rathery, tué en duel par un gentilhomme !* « *Post-scriptum.* » — Tiens, le billet de votre ami a un *post-scriptum*. « Je vous attendrai demain, à dix heures du matin, au lieu dit la Chaume-des-Fertiaux.

— Au lieu dit la Chaume-des-Fertiaux ! Parole d'honneur, un huissier ne libellerait pas mieux. Mais, c'est que la Chaume-des-Fertiaux est à une bonne lieue de Clamecy ; moi, qui n'ai pas d'alezan brûlé, je n'ai pas le temps de faire tant de chemin pour me battre. Si votre ami daignait se rendre au lieu dit la Croix-des-Michelins, ce serait moi qui aurais l'honneur de l'y attendre.

— Et où se trouve cette Croix-des-Michelins ?

—'Sur le chemin de Corvol, au sommet du faubourg de Beuvron. Il faudrait que votre ami fût bien pessimiste pour qu'il n'a-
gréât pas ce lieu : de cette place, il jouit d'un panorama digne
d'une majesté ; devant lui il verra les monts de Sembert avec leurs
terrasses chargées de vignes, et leurs grands crânes chauves portant à leur nuque la forêt de Frace. Dans une autre saison, le coup
d'œil serait plus beau ; mais je ne puis d'un souffle faire renaî-
tre le printemps. A leurs pieds, la ville, avec ses mille panaches
de fumée qui ondoie, se presse entre ses deux rivières et
grimpe les pentes arides du Crot-Pinçon, comme un homme
qu'on poursuit. Si votre ami a quelque talent pour le dessin, il
pourra enrichir son album de ce point de vue. Entre ces grands
pignons, semblables, avec leurs mousses sombres, à des pièces
de velours cramoisi, se dresse la tour de Saint-Martin, vêtue de
son aube de dentelles et parée de ses bijoux de pierre. Cette
tour vaut à elle seule une cathédrale. A côté s'étend la vieille ba-
silique qui jette à droite et à gauche, avec une admirable hardiesse, ses grands contreforts taillés en arche. Votre ami ne pourra s'empêcher de la comparer à une gigantesque araignée se re-
posant sur ses longues pattes. Vers le midi, courent, comme une
traînée de sombres nuages, les montagnes bleuâtres du Morvand,
puis...

— Trève de plaisanterie, s'il vous plaît ; je ne suis pas ici pour
que vous me montriez la lanterne magique. A demain donc à la
Croix-des-Michelins.

—A demain !... Un instant ; l'affaire n'est pas si pressée qu'elle
ne puisse se remettre. Demain je vais à Dornecy goûter d'une
feuillette d'un vin vieux que Page se propose d'acheter ; il s'en
rapporte à moi pour la qualité et pour le prix, et vous sentez que
je ne peux, pour les beaux yeux de votre ami, manquer aux devoirs que l'amitié m'impose ; après demain je déjeune en ville :
décemment je ne puis donner le pas à un duel sur un déjeuner ;
jeudi je fais la ponction à un hydropique ; comme votre ami veut
m'estropier, plus tard il ne me serait plus possible de faire l'opé-

ration, et le docteur Arnout la ferait mal ; pour vendredi... oui, c'est un jour maigre, je ne crois point avoir d'engagement pour ce jour-là, et je ne vois rien qui m'empêche de faire la partie de votre ami.

— Il faut bien en passer par ce que vous exigez ; du moins, me ferez-vous la faveur de vous faire accompagner par un second, afin de m'épargner l'ennui du rôle de spectateur.

— Pourquoi non ? Je sais que vous êtes une paire d'amis, vous et M. de Pont-Cassé ; je serais fâché de vous dépareiller. J'amènerai mon barbier, s'il a le temps, et si cela vous arrange.

— Insolent ! fit le mousquetaire.

— Ce barbier, répondit mon oncle, n'est pas un homme à mépriser : il a une rapière assez longue pour mettre quatre mousquetaires à la broche, et, d'ailleurs, si vous me préférez à lui, je tiendrai volontiers sa place.

— Je prends acte de vos paroles, dit le mousquetaire ; et il s'éloigna.

Mon oncle, aussitôt qu'il fut levé, alla quérir l'encrier de Machecourt. Il se mit à composer, avec son plus beau style et sa bâtarde la plus nette, une magnifique épître à M. Minxit, dans laquelle il lui déduisait comme quoi il ne pouvait plus devenir son gendre. Mon grand-père, qui avait eu l'avantage de la lire, m'a affirmé qu'elle eût fait pleurer un garde-chiourme. Si le point d'exclamation n'eût pas existé alors, mon oncle l'eût certainement inventé.

Il y avait à peine un quart d'heure que la lettre était à la poste lorsque M. Minxit en personne arriva chez ma grand'mère, accompagné du sergent, lequel était accompagné lui-même de deux masques, de deux fleurets et de son respectable caniche.

Benjamin déjeunait alors avec Machecourt d'un hareng et du vin blanc patrimonial de Choulot.

— Soyez le bienvenu, Monsieur Minxit, s'écria Benjamin, un morceau de ce poisson de mer vous agréerait-il ?

— Fi donc ! me prends-tu pour un batteur en grange ?

— Et vous, sergent?.

— Moi, j'ai renoncé à ces sortes de choses depuis que j'ai l'honneur d'être dans la musique.

— Mais, votre caniche, que penserait-il de cette tête?

— Je vous remercie pour lui ; mais je crois qu'il a peu de goût pour le poisson de mer.

— Il est vrai qu'un hareng ne vaut pas un brochet au bleu.

— Et une étuvée de carpes donc, surtout quand elle est au vin de Bourgogne, interrompit M. Minxit.

— Sans doute, dit Benjamin, sans doute ; vous pourriez même parler d'un civet de lièvre préparé de votre main ; mais toujours est-il que le hareng est excellent quand on n'a pas autre chose. A propos, il y a un quart d'heure que j'ai mis pour vous une lettre à la poste ; vous ne l'avez probablement pas reçue, monsieur Minxit?

— Non, dit M. Minxit, mais je viens t'en apporter la réponse. Tu prétends qu'Arabelle ne t'aime pas, et à cause de cela tu ne veux pas l'épouser!

— M. Rathery a raison, dit le sergent. J'avais un camarade de lit qui ne m'aimait pas et auquel je rendais bien cordialement la pareille ; notre ménage était une véritable salle de police : au logement, quand l'un voulait des navets dans la soupe, l'autre y mettait des carottes ; à la cantine, si je demandais du cassis, il faisait venir du genièvre. Nous nous disputions pour savoir qui mettrait son fusil à la meilleure place. S'il avait un coup de pied à donner, c'était à mon caniche, et lorsqu'il était mordu par une puce, c'était toujours de ce pauvre Azor qu'elle provenait. Imaginez-vous qu'un jour nous nous sommes battus au clair de la lune, parce qu'il prétendait coucher à la droite, et que moi je prétendais qu'il devait prendre la gauche. Pour me débarrasser de lui j'ai été obligé de l'envoyer à l'hôpital.

— Vous avez très-bien fait, sergent, dit mon oncle ; quand les sergents ne savent pas vivre ici-bas, on les envoie à perpétuité dans l'autre monde.

— Il y a bien quelque chose de bon dans ce que vient de dire le sergent, fit M. Minxit. Être aimé c'est plus qu'être riche, car c'est être heureux ; aussi je ne désapprouve point tes scrupules, mon cher Benjamin. Tout ce que je réclame de toi, c'est que tu continues, comme par le passé, à venir à Corvol. Parce que tu ne veux pas être mon gendre, ce n'est pas une raison pour que tu cesses d'être mon ami. Tu ne seras plus obligé de filer le parfait amour avec Arabelle, de tirer de l'eau pour arroser ses fleurs, de t'extasier sur les manchettes qu'elle me brode et sur la supériorité de ses fromages à la crème. Nous déjeunerons, nous dînerons, nous philosopherons, nous rirons : c'est un passe-temps qui en vaut bien un autre. Tu aimes les truffes, j'en parfumerai tout mon office ; tu as une prédilection pour le Volnay, prédilection que, du reste, je ne partage point, j'en aurai toujours dans ma cave ; s'il te prend envie de chasser, je t'achèterai un fusil à deux coups et une paire de lévriers. Je ne donne pas trois mois à Arabelle pour se dégoûter de son gentilhomme et pour t'aimer à la folie. Acceptes-tu ou n'acceptes-tu pas ? Réponds-moi par oui ou par non ; tu sais bien que je n'aime point les doreurs de phrases.

— Eh bien ! oui, Monsieur Minxit, fit mon oncle.

— Très-bien ; je n'attendais pas moins de ton amitié. Et maintenant, tu te bats en duel ?

— Qui diable a pu vous dire cela ? s'écria mon oncle. Je sais que les urines n'ont rien de caché pour vous ; est-ce que vous auriez à mon insu consulté mes urines ?

— Tu te bats avec M. de Pont-Cassé, mauvais plaisant ; vous devez vous rencontrer dans trois jours à la Croix-des-Michelins, et, au cas où tu me débarrasserais de M. de Pont-Cassé, l'autre mousquetaire prendra sa place : tu vois bien que je suis bien informé.

— Comment, Benjamin ! s'écria Machecourt, devenu plus pâle que son assiette.

— Comment, misérable ! s'écria ma grand'mère, tu te bats en duel !...

— Ecoutez-moi, toi, Machecourt, vous, ma chère sœur, et vous aussi, Monsieur Minxit, la vérité est que je me bats avec M. de Pont-Cassé; ma résolution est bien arrêtée. Ainsi, épargnez-vous des représentations qui m'ennuieraient sans me faire renoncer à mon dessein.

— Je ne viens pas, répondit M. Minxit, mettre des obstacles à ton duel ; je viens, au contraire, t'apporter un moyen d'en sortir victorieusement, et, de plus, de rendre ton nom célèbre dans toute la contrée. Le sergent sait un coup superbe avec lequel il désarmerait dans une heure toute la corporation des maîtres d'armes. Auositôt qu'il aura bu un verre de vin blanc, il te donnera la première leçon. Je le laisse avec toi jusqu'à vendredi, et moi-même je resterai à te surveiller de peur que tu ne perdes ton temps dans les auberges.

— Mais, dit mon oncle, je n'ai que faire de votre coup, et, d'ailleurs, si votre coup est infaillible, quelle gloire aurais-je de triompher par ce moyen de notre vicomte. Homère en rendant Achille invulnérable, lui a ôté tout le mérite de sa vaillance. J'ai réfléchi : mon intention n'est plus de me battre à l'épée.

— Quoi ! tu voudrais te battre au pistolet, imbécile !..... si c'était avec M. Arthus, qui est large comme une armoire, à la bonne heure.

— Je ne me bats ni au pistolet ni à l'épée; je veux servir à ces spadassins un duel de mon métier; je vous garde le plaisir de la surprise, vous verrez, monsieur Minxit.

— A la bonne heure ! répondit celui-ci; mais apprends toujours mon coup : c'est une arme qui ne t'embarrassera pas, et on ne sait de quoi on peut avoir besoin.

La chambre de mon oncle était au premier étage, au-dessus de celle occupée par Machecourt. Après déjeuner, donc, il s'enferma dans sa chambre avec le sergent et M. Minxit pour commencer son cours d'escrime ; mais la leçon ne fut pas de longue durée : au premier appel que fit Benjamin, le plancher vermoulu de Machecourt se creva sous ses pieds, et il passa au travers jusqu'aux aisselles.

Le sergent, ébahi de la subite disparition de son élève, resta le bras gauche moelleusement arrondi à la hauteur de l'oreille, et le bras droit tendu dans l'attitude d'un homme qui va porter une botte. Pour M. Minxit, il fut pris d'une telle envie de rire qu'il faillit en suffoquer.

— Où est Rathery, s'écriait-il ? qu'est devenu Rathery? sergent, qu'avez-vous fait de Rathery ?

— Je vois bien la tête de M. Rathery, répondit le sergent ; mais du diable si je sais où sont ses jambes.

Gaspard était seul alors dans la chambre de son père. D'abord il fut un peu étonné de la brusque arrivée des jambes de son oncle, que certes il n'attendait pas ; mais bientôt sa surprise se changea en fous éclats de rire qui se mêlèrent à ceux de M. Minxit.

— Ohé ! Gaspard, s'écria Benjamin qui l'entendait.

— Ohé ! mon cher oncle, répondit Gaspard.

— Traîne jusqu'ici le fauteuil de cuir de ton père, et mets-le sous mes pieds, je t'en prie, Gaspard,

— Je n'en ai pas le droit, répliqua le drôle, ma mère a défendu qu'on montât dessus.

— Veux-tu bien m'apporter ce fauteuil, maudit porte-croix !

— Otez vos souliers, et je vous l'apporterai.

— Et comment veux-tu que j'ôte mes souliers? mes pieds sont au rez-de-chaussée et mes mains au premier étage.

— Eh bien! donnez-moi une pièce de vingt-quatre sous pour me payer de ma peine.

— Je t'en donnerai une de trente, mon bon Gaspard, mais de suite le fauteuil, je t'en prie, mes bras ne tiennent plus à mes épaules.

— Crédit est mort, fit Gaspard ; donnez-moi les trente sous de suite, sinon point de fauteuil.

Heureusement Machecourt arrivait en ce moment ; il donna de son pied au derrière de Gaspard et mit fin à la suspension de son beau-frère. Benjamin alla achever sa leçon d'escrime chez Page, et il ferrailla si bien qu'au bout de deux heures il était aussi habile que son maître.

XIX

COMMENT MON ONCLE DÉSARMA TROIS FOIS M. DE PONT-CASSÉ

L'aurore, une aurore terne et grimaçante de Février, jetait à peine des teintes plombées sur les murs de sa chambre, que mon oncle était déjà debout. Il s'habilla à tâtons et descendit l'escalier en assourdissant ses pas, car il craignait surtout de réveiller sa sœur; mais, comme il allait franchir le palier, il sentit une main de femme se poser sur son épaule.

— Eh quoi! chère sœur, s'écria-t-il avec une sorte d'effroi, vous êtes déjà éveillée?

— Dis que je ne me suis pas encore endormie, Benjamin. Avant que tu ne partes, j'ai voulu te dire adieu, peut-être un adieu suprême, Benjamin. Conçois-tu ce que je souffre quand je songe que tu sors d'ici plein de vie, de jeunesse et d'espérance, et que tu y rentreras peut-être porté sur les bras de tes amis, et le corps traversé d'une épée? Ton dessein est-il donc arrêté? Avant de le prendre, as-tu pensé au deuil que ta mort allait causer dans cette triste maison? Pour toi, quand ta dernière goutte de sang se sera écoulée, tout sera fini; mais nous, bien des mois, bien des années se passeront avant que notre douleur soit tarie, et les larmes blanches de ta croix seront depuis longtemps effacées que nos larmes couleront toujours.

Mon oncle s'éloignait sans répondre, et peut-être il pleurait; mais ma grand'mère l'arrêta par le pan de son habit.

— Cours donc à ton rendez-vous de meurtre, bête féroce! s'écria-t-elle, ne fais pas attendre M. de Pont-Cassé; peut-être l'honneur exige-t-il que tu partes sans embrasser ta sœur; mais prends du moins cette relique que le cousin Guillaumot m'a prêtée; peut-être te préservera-t-elle des dangers où tu vas te jeter si étourdiment !

Mon oncle jeta la relique dans sa poche et s'esquiva.

Il courut éveiller M. Minxit à son auberge. Ils prirent en passant Page et Arthus, et ils allèrent tous ensemble déjeuner dans un cabaret à l'extrémité du Beuvron. Mon oncle, s'il devait succomber, ne voulait pas s'en aller l'estomac vide. Il disait qu'une âme qui arrive entre deux vins au tribunal de Dieu a plus de hardiesse et plaide mieux sa cause qu'une pauvre âme qui n'est pleine que de tisane et d'eau sucrée. Le sergent assistait au déjeuner; lorsqu'on fut au dessert, mon oncle le pria d'aller à la Croix-des-Michelins porter une table, une boîte et deux chaises dont il avait besoin pour son duel, et d'y allumer un grand feu avec les échalas de la vigne voisine, puis il demanda du café.

M. de Pont-Cassé et son ami ne tardèrent pas d'arriver. Le sergent leur fit de son mieux les honneurs de son bivouac.

— Messieurs, dit-il, donnez-vous la peine de vous asseoir, et chauffez-vous. M. Rathery vous prie de l'excuser s'il vous fait un peu attendre, mais il est à déjeuner avec ses témoins, et dans quelques minutes il sera à votre disposition.

En effet, Benjamin arrivait un quart d'heure après, tenant Arthus et M. Minxit par le bras et chantant à gorge déployée :

Ma foi, c'est un triste soldat
Que celui qui ne sait pas boire.

Mon oncle salua gracieusement les deux adversaires.

— Monsieur, dit M. de Pont-Cassé avec hauteur, il y a vingt minutes que nous vous attendons.

— Le sergent a dû vous expliquer la cause de notre retard, et j'espère que vous la trouverez légitime.

— Ce qui vous excuse, c'est que vous êtes roturier et que voilà probablement la première fois que vous avez affaire à un gentilhomme.

— Que voulez-vous, nous avons coutume, nous autres roturiers, de prendre du café après chacun de nos repas, et parce que vous

vous faites appeler le vicomte de Pont-Cassé, ce n'est pas une raison pour que nous dérogions à cette habitude. Le café, voyez-vous, c'est bienfaisant, c'est tonique, ça surexcite agréablement le cerveau, ça donne du mouvement à la pensée ; si vous n'avez pas pris du café ce matin, les armes ne sont pas égales, et je ne sais pas si, en conscience, je puis me mesurer avec vous.

— Riez, monsieur, riez tant que vous pouvez rire ; mais rira bien qui rira le dernier, je vous en avertis.

— Monsieur, reprit Benjamin, je ne ris pas quand je dis que le café est tonique : c'est l'avis de plusieurs célèbres médecins, et moi-même je l'administre comme stimulant dans certaines maladies.

— Monsieur !

— Et votre alezan brûlé ? je suis bien étonné de ne pas le voir là ; est-ce qu'il serait indisposé, par hasard ?

— Monsieur, dit le second mousquetaire, trêve de plaisanterie ; vous n'avez pas sans doute oublié pourquoi vous êtes venu ici ?

— Ah ! c'est vous, numéro deux ? enchanté de renouveler connaissance avec vous ; en effet, je n'ai pas oublié pourquoi je viens ici, et la preuve, ajouta-t-il en montrant la table sur laquelle la boîte était placée, c'est que j'ai fait des préparatifs pour vous recevoir.

— Eh qu'est-il besoin de cet appareil d'escamoteur pour se battre à l'épée ?

— Mais, dit mon oncle, c'est que je ne me bats pas à l'épée !

— Monsieur, dit M. de Pont-Cassé, je suis l'insulté, j'ai le choix des armes, je choisis l'épée.

— C'est moi, monsieur, qui ai la priorité de l'insulte ; je ne vous la céderai pas, et je choisis les échecs.

En même temps il ouvrit la boîte que le sergent avait apportée, et, en ayant tiré un échiquier, il invita le gentilhomme à prendre place à la table.

M. de Pont-Cassé devint blême de colère.

— Est-ce que par hasard vous voudriez me mystifier ? s'é-cria-t-il.

— Point du tout, fit mon oncle ; tout duel est une partie où deux hommes mettent leur vie pour enjeu ; pourquoi cette partie ne se jouerait-elle pas aussi bien aux échecs qu'à l'épée ? Du reste, si vous vous sentez faible aux échecs, je suis prêt à vous jouer cela à l'é-carté ou à la triomphe. En cinq points, si vous le voulez, sans re-vanche ni repentir, cela sera aussitôt fait.

Je suis venu ici, dit M. de Pont-Cassé se contenant à peine, non pour jouer ma vie comme une bouteille de bière, mais pour la dé-fendre avec mon épée.

— Je conçois, dit mon oncle ; vous êtes d'une force supérieure à l'épée, et vous espérez avoir bon marché de moi, qui ne tiens jamais la mienne que pour la mettre à mon côté. Est-ce donc là la loyauté d'un gentilhomme? Si un faucheur vous proposait de se battre avec lui à la faux, ou un batteur en grange avec un fléau, accepteriez-vous, je vous prie ?

— Vous vous battrez à l'épée ! s'écria M. de Pont-Cassé hors de lui, sinon... ajouta-t-il en levant sa cravache.

— Sinon quoi? dit mon oncle.

— Sinon je vous coupe la figure avec ma cravache.

— Vous savez comme je réponds à vos menaces, répartit Benja-min. Eh bien ! non, monsieur, ce duel ne s'accomplira pas comme vous l'avez espéré. Si vous persistez dans votre déloyale obstination, je croirai et je dirai que vous avez spéculé sur votre adresse de spa-dassin, que c'est un guet-apens que vous m'avez tendu, que vous êtes venu ici non pour risquer votre vie contre la mienne, mais pour m'estropier, entendez-vous, M. de Pont-Cassé? et je vous tiendrai pour un lâche, oui pour un lâche, mon gentilhomme, pour un lâche, oui, pour un lâche !

Et les paroles de mon oncle vibraient entre ses lèvres comme une vitre qui tinte.

Le gentilhomme n'en put supporter davantage ; il tira son épée et se précipita sur Benjamin. C'en était fait de celui-ci si le caniche, se

Jetant sur M. de Pont-Cassé, n'eût dérangé la direction de son épée.
Le sergent ayant rappelé son chien :

—Messieurs, s'écria mon oncle, je vous prends à témoins que, si
j'accepte le combat, c'est pour épargner un assassinat à cet homme.

Et mettant à son tour sa rapière au vent, il soutint, sans rompre
d'une semelle, l'attaque impétueuse de son adversaire. Le sergent,
ne voyant pas son coup intervenir, piétinait sur la neige comme un
coursier lié à un arbre, et tournait le poignet à se le démancher,
afin d'indiquer à Benjamin le mouvement qu'il devait faire pour
désarmer son homme. M. de Pont-Cassé, exaspéré de la résistance
inattendue qu'il éprouvait, avait perdu son sang-froid et avec lui
sa meurtrière adresse; il ne s'inquiétait plus de parer les coups
que pouvait lui porter son adversaire et ne cherchait qu'à le percer de son épée.

—Monsieur de Pont-Cassé, lui dit mon oncle, vous auriez mieux
fait de jouer aux échecs; vous n'êtes jamais à la parade; il ne tiendrait qu'à moi de vous tuer.

— Tuez, monsieur, dit le mousquetaire, vous n'êtes ici que
pour cela.

— J'aime mieux vous désarmer, fit mon oncle ; et, passant rapidement son épée sous celle de son adversaire, d'un tour de son
vigoureux poignet il l'envoya au milieu de la haie.

— Très-bien ! bravo ! s'écria le sergent, moi je ne l'aurais pas
envoyée si loin. Si vous aviez seulement six mois de mes leçons,
vous seriez la meilleure lame de France.

M. de Pont-Cassé voulut recommencer le combat; comme les
témoins s'y opposaient :

— Non, messieurs, dit mon oncle, la première fois ne compte
pas, et il n'y a pas de partie sans revanche ; il faut que la réparation à laquelle a droit monsieur soit complète.

Les deux adversaires se remirent en garde ; mais à la première
botte l'épée de M. de Pont-Cassé s'envola sur la route. Comme il
courait la ramasser :

— Je vous demande bien pardon, M. le comte, lui dit Benjamin de sa voix sardonique, de la peine que je vous donne ; mais ce n'est pas ma faute : si vous aviez voulu jouer aux échecs, vous n'auriez pas eu la peine de vous déranger.

Une troisième fois le mousquetaire revint à la charge.

— Assez ! s'écrièrent les témoins, vous abusez de la générosité de M. Rathery.

— Point du tout, dit mon oncle, monsieur veut sans doute apprendre le coup; permettez que je lui donne encore une leçon.

En effet, la leçon ne se fit pas attendre, et l'épée de M. de Pont-Cassé s'échappa pour la troisième fois de sa main.

— Au moins, dit mon oncle, vous auriez bien dû amener un domestique pour aller ramasser votre épée.

—Vous êtes le démon en personne, dit celui-ci ; j'aimerais mieux que vous m'eussiez tué que de m'avoir traité d'une manière aussi ignominieuse.

— Et vous, mon gentilhomme, dit Benjamin, se tournant vers l'autre mousquetaire, vous voyez que mon barbier n'est pas ici. Tenez-vous à ce que je mette à exécution la promesse que je vous ai faite ?

— En aucune façon, dit le mousquetaire, à vous les honneurs de la journée. Il n'y a pas de lâcheté à se retirer devant vous, puisque vous ne portez point le fer sur le vaincu. Bien que vous ne soyez pas gentilhomme, je vous tiens pour le meilleur tireur et pour l'homme le plus honorable que je connaisse; car votre adversaire voulait vous tuer, vous avez eu sa vie entre vos mains et vous l'avez respectée. Si j'étais roi, vous seriez au moins duc et pair. Et, maintenant, si vous attachez quelque prix à mon amitié, je vous l'offre de tout mon cœur, et je vous demande la vôtre en échange.

Et il tendit la main à mon oncle, qui la serra cordialement dans la sienne. M. de Pont-Cassé se tenait devant le foyer, morne et farouche, l'œil plein de sombres éclairs et le front chargé d'une nuée d'orage. Il prit le bras de son ami, fit un salut de glace à mon oncle et s'éloigna.

Mon oncle avait hâte de retourner chez sa sœur, mais le bruit de sa victoire s'était rapidement répandu dans le faubourg ; à chaque instant il était intercepté par un soi-disant ami qui venait le féliciter de son beau fait d'armes et lui secouer le bras jusqu'à l'épaule, sous prétexte de lui donner une poignée de main. Les gamins, cette poussière de la population que soulève tout événement éclos dans la rue, venaient tourbillonner autour de lui et l'assourdir de leurs hourras. En quelques instants, il devint le point central d'une foule horriblement tumultueuse qui lui marchait sur les talons, éclaboussait ses bas de soie et faisait tomber son tricorne dans la boue. Il pouvait encore échanger quelques mots avec M. Minxit ; mais sous prétexte de compléter son triomphe, Cicéron, ce tambour que vous connaissez déjà, vint se placer à la tête de la foule avec sa caisse, et se mit à battre la charge de manière à faire écrouler le pont de Beuvron ; encore fallut-il que Benjamin lui donnât trente sous pour son vacarme. Tout ce qui manqua à son infortune, c'est qu'il ne fut point harangué. Voilà comment mon oncle fut récompensé d'avoir joué sa vie en duel.

— Si là-haut, à la Croix-des-Michelins, se disait-il à lui-même, j'avais donné quelques louis à un malheureux mourant de faim, tous ces badauds qui acclament maintenant autour de moi, me laisseraient passer fort tranquille. Qu'est-ce donc, mon Dieu, que la gloire, et à qui s'adresse-t-elle ! Ce bruit qu'on fait autour d'un nom, est-ce un bien si rare et si précieux qu'il faille sacrifier, pour l'avoir, le repos, le bonheur, les douces affections, les belles années et quelquefois la paix du monde ! Ce doigt levé qui vous montre au public, sur qui ne s'est-il donc pas arrêté ? Cet enfant que l'on mène à l'église au bruit des cloches sonnant à grande volée, ce bœuf qu'on promène par la ville, paré de fleurs et de rubans, ce veau à six pattes, ce boa empaillé, cette citrouille monstre, cet acrobate qui marche sur un fil d'archal, cet aéronaute qui fait son ascension, cet escamoteur qui avale des muscades, ce prince qui passe, cet évêque qui bénit, ce général qui revient d'une lointaine victoire, n'ont-ils pas eu tous leur moment de gloire ? Tu te crois célèbre, toi qui as semé tes idées dans les arides sillons d'un livre, qui as fait des hommes avec du marbre, et des passions avec du noir d'ivoire et du blanc de céruse ; mais tu serais bien plus célèbre encore si tu avais un nez long seulement de six pouces. Quant à cette gloire qui nous survit, elle n'appartient pas à tout le monde, j'en conviens ; mais la difficulté est d'en jouir. Qu'on me trouve un banquier qui escompte l'immortalité, et dès demain je travaille à me rendre immortel.

Mon oncle voulut dîner en famille chez sa sœur avec M. Minxit ; mais le brave homme, quoique son cher Benjamin fût là, devant lui, sain, sauf et victorieux, était triste et préoccupé. Ce que mon oncle avait dit le matin de M. de Pont-Cassé lui revenait sans cesse à l'esprit. Il disait qu'il avait dans les oreilles comme une voix qui l'appelait vers Corvol. Il était en proie à une agitation nerveuse, semblable à celle qu'éprouvent les personnes qui, n'étant pas habituées au café, en ont pris une forte dose. A chaque instant, il était obligé de quitter la table et de faire un tour dans la chambre. Cet état de surexcitation effraya Benjamin, et il l'engagea lui-même à partir.

XX

ENLÈVEMENT ET MORT DE MADEMOISELLE MINXIT.

Toutefois, mon oncle reconduisit M. Minxit jusqu'à la Croix-des-Michelins, et il revint se mettre au lit. Il était dans cet anéantissement profond que produit un premier sommeil, lorsqu'il fut réveillé par un heurt violent à sa porte. Ce coup frappa mon oncle d'une commotion douloureuse. Il ouvrit sa fenêtre ; la rue était noire comme un fossé profond ; cependant il reconnut M. Minxit, et il crut apercevoir dans son attitude quelque chose de désolé. Il courut ouvrir la porte ; à peine le verrou fut-il tiré, que le digne homme se jeta dans ses bras et éclata en larmes.

—Eh bien ! qu'est-ce, M. Minxit ? Voyons, parlez ! les pleurs n'aboutissent à rien ; du moins, ce n'est pas à vous qu'il est arrivé malheur ?

— Partie ! partie ! s'écria M. Minxit, suffoqué par les sanglots...

— Quoi ! Arabelle est partie avec M. de Pont-Cassé ? fit mon oncle, devinant de suite de quoi il s'agissait.

— Tu avais bien raison de m'avertir de me défier de lui ; pourquoi aussi ne l'as-tu pas tué ?

— Il est encore temps, dit Benjamin ; mais, avant tout, il faut se mettre à sa poursuite.

— Et tu m'accompagneras, Benjamin ; car en toi est toute ma force, tout mon courage.

— Comment, je vous accompagnerai ! mais je vous accompagne de suite. Et, à propos, avez-vous eu au moins l'idée de vous munir d'argent ?

— Je n'ai plus un écu comptant, mon ami : la malheureuse m'a emporté tout l'argent qu'il y avait dans mon secrétaire.

— Tant mieux ! dit mon oncle, au moins vous serez sûr que d'ici que nous l'ayons rattrapée elle ne manquera de rien.

— Aussitôt qu'il fera jour, j'irai chercher des fonds chez mon banquier.

— Oui, dit mon oncle, croyez-vous qu'ils s'amuseront à faire l'amour sur les pelouses du chemin ? Quand il fera jour, ils seront loin d'ici. Il faut de suite aller réveiller votre banquier et frapper à sa porte jusqu'à ce qu'il vous ait compté mille francs. Au lieu de quinze, il vous fera payer vingt pour cent, voilà tout.

— Mais quelle route ont-ils suivie ? il faut toujours que nous attendions le soleil pour prendre les renseignements.

— En aucune façon, dit mon oncle ; ils ont pris la route de Paris : M. de Pont-Cassé ne peut aller qu'à Paris ; je sais de bonne part que son congé expire dans trois jours. Je vais de suite arrêter une voiture et deux bons chevaux ; vous me rejoindrez au Lion-d'Or.

Comme mon oncle allait sortir :

— Mais tu es en chemise, lui dit M. Minxit.

— C'est parbleu vrai, dit Benjamin, je n'y songeais plus ; il fait si noir que je ne m'en suis pas aperçu ; mais dans cinq minutes je serai au Lion-d'Or; je dirai adieu à ma chère sœur quand je serai revenu de notre voyage.

Une heure après, mon oncle et M. Minxit suivaient, dans une mauvaise patache attelée de deux haridelles, l'exécrable chemin de traverse qui menait alors de Clamecy à Auxerre. Le jour, l'hiver passe encore ; mais, la nuit, il est horrible. Quelque diligence qu'ils eussent faite, il était dix heures du matin lorsqu'ils arrivèrent à Courson. Sous le porche de la Lévrette, la seule auberge de l'endroit, un cercueil était étalé, et tout un essaim de vieilles, hideuses et déguenillées, croassaient à l'entour.

— Je tiens du sacristain Gobi, disait l'une, que la jeune dame s'est engagée à donner mille écus à M. le curé, pour être distribués aux pauvres de la paroisse.

— Cela nous passera devant le nez, mère Simone.

— Si la jeune dame meurt, comme on le dit, le maître de la Levrette s'emparera de tout, dit une troisième ; nous ferions bien d'aller chercher le bailli pour qu'il veille sur notre succession.

Mon oncle appela une de ces vieilles, et la pria de lui expliquer ce que cela signifiait. Celle-ci, fière d'avoir été distinguée par un étranger qui avait une voiture à deux chevaux, jeta un regard de triomphe à ses compagnes, et dit :

— Vous avez bien fait de vous adresser à moi, mon bon monsieur, car je sais mieux qu'elles tous les détails de cette histoire. Celui qui est dans ce cercueil était ce matin dans cette voiture verte que vous voyez là-bas sous la remise. C'était un grand seigneur, riche à millions, qui allait avec une jeune dame à Paris, à la cour, que sais-je, moi? et il s'est arrêté ici, et il restera dans ce pauvre cimetière à pourrir avec ces paysans qu'il a tant méprisés. Il était jeune et beau, et moi, la vieille Manette, qui suis toute éreintée et qui ne tiens plus à rien, j'irai jeter de l'eau bénite sur sa tombe, et dans dix ans, si je vais jusque-là, il faudra que sa pourriture fasse place à mes vieux os ; car ils ont beau être riches, tous

ces grands messieurs, il faut toujours qu'ils aillent où nous allons ;
ils ont beau s'attifer de velours et de taffetas, leur dernier habit, ce
sont toujours les planches de la bière; ils ont beau soigner et par-
fumer leur peau, les vers de la terre sont faits pour eux comme
pour nous. Dire que moi, la vieille laveuse de lessive, je pourrai,
quand cela me fera plaisir, aller m'accroupir sur la tombe d'un
gentilhomme ! Allez, mon bon monsieur, cette pensée fait du bien;
elle nous console d'être pauvres et nous venge de n'être pas nobles.
Du reste, c'est bien la faute à celui-ci, s'il est mort : il a voulu
s'emparer de la chambre d'un voyageur, parce qu'elle était la plus
belle de l'auberge ; il s'en est suivi du grabuge entre eux; ils sont
allés se battre dans le jardin de la Levrette, et le voyageur lui a
mis une balle dans la tête. La jeune dame était enceinte, à ce qu'il
paraît, la pauvre femme! Quand elle a su que son mari était mort,
le mal d'enfant l'a prise, et elle ne vaut guère mieux à l'heure qu'il
est que son noble époux. Le docteur Débrit sort de sa chambre;
comme c'est moi qui lave son linge, je lui ai demandé des nouvelles
de la jeune femme, et il m'a répondu : Allez, mère Manette, j'aimerais encore mieux être dans votre vieille peau ridée que dans la
sienne.

— Et ce grand seigneur, dit mon oncle, n'avait-il pas un habit
rouge, une perruque blonde et trois plumes à son chapeau?

— Il avait bien tout cela, mon bon monsieur; est-ce que vous
l'auriez connu, par hasard?

— Non, dit mon oncle; mais je l'ai peut-être vu en quelque endroit.

— Et la jeune dame dit M. Minxit, n'est-elle pas de haute taille,
et n'a-t-elle pas des taches de rougeur par la figure?

— Elle a bien cinq pieds trois pouces, répondit la vieille, et
elle a une peau comme la coquille d'un œuf de dinde.

M. Minxit s'évanouit.

Benjamin emporta M. Minxit dans son lit et le saigna; puis il se
fit conduire auprès d'Arabelle; car la belle dame qui devait mourir
dans les douleurs de l'enfantement, c'était la fille de M. Minxit. Elle

occupait la chambre que son amant lui avait conquise au prix de sa vie, triste chambre en vérité, et dont la possession ne valait pas la peine qu'on se la disputât.

Arabelle était là, gisant dans un lit de serge verte. Mon oncle ouvrit les rideaux et la contempla quelque temps en silence. Une pâleur humide et mate, semblable à celle d'une statue de marbre blanc, était répandue sur son visage. Ses yeux à demi ouverts étaient fanés et sans regard, sa respiration s'échappait par sanglots de sa poitrine. Benjamin souleva son bras qui pendait immobile le long du lit; ayant interrogé les battements de son pouls, il secoua tristement la tête et ordonna à la garde d'aller quérir le docteur Débrit. Arabelle, à sa voix, tressaillit comme un cadavre qui éprouve les premières atteintes du galvanisme.

— Où suis-je? dit-elle en promenant autour d'elle un regard en démence; ai-je donc été le sujet d'un sinistre rêve? Est-ce vous, M. Rathery, que j'entends, et suis-je encore à Corvol, dans la maison de mon père?

— Vous n'êtes point dans la maison de votre père, dit mon oncle; mais votre père est ici. Il est prêt à vous pardonner; il ne vous demande qu'une chose, c'est que vous vous laissiez vivre afin qu'il vive aussi.

Les regards d'Arabelle s'arrêtèrent par hasard sur l'uniforme de M. de Pont-Cassé, qu'on avait suspendu, encore trempé de sang, à la muraille. Elle essaya de se mettre sur son séant; mais ses membres se tordirent dans une horrible convulsion, et elle retomba lourdement sur son lit, comme retombe un cadavre qu'on a soulevé dans son cercueil. Benjamin mit la main sur son cœur, il ne battait plus; il approcha un miroir de ses lèvres, la glace resta nette et brillante. Misère et bonheur, tout était fini pour la pauvre Arabelle. Benjamin restait debout à son chevet, tenant sa main dans la sienne, et plongé dans un abîme d'amères réflexions.

En ce moment, un pas lourd et mal assuré se fit entendre dans l'escalier. Benjamin se hâta de tourner la clef dans la serrure. C'était M. Minxit qui frappait à la porte et s'écriait :

— C'est moi, Benjamin, ouvre-moi ; je veux voir ma fille ; il faut que je la voie ' elle ne peut mourir sans que je l'aie vue.

C'est une cruelle chose que de supposer vivante une personne trépassée, et de lui attribuer des actes comme si elle existait encore. Cependant mon oncle ne recula point devant cette nécessité.

—Retirez-vous, M. Minxit, je vous en supplie; Arabelle va mieux; elle repose, votre présence subite pourrait provoquer une crise qui la tuerait.

— Je te dis, misérable, que je veux voir ma fille ! s'écria M. Minxit; et il fit un si violent effort contre la porte, que la gâche de la serrure tomba sur le carreau.

—Eh bien! dit Benjamin, espérant encore l'abuser, vous le voyez, votre fille dort d'un tranquille sommeil. Etes-vous satisfait à présent, et vous retirerez-vous ?

Le malheureux vieillard jeta un coup d'œil sur sa fille.

— Tu as menti! s'écria-t-il d'une voix qui fit tressaillir Benjamin, elle ne dort pas : elle est morte !

Il se jeta sur son corps et la pressa convulsivement contre sa poitrine.

— Arabelle! criait-il, Arabelle! Arabelle! Oh! était-ce donc ainsi que je devais la retrouver, elle, ma fille, mon unique enfant ! Dieu laisse le front du meurtrier se couvrir de cheveux blancs et il ôte à un père son seul enfant ! comment peut-on nous dire que Dieu est bon et juste !... — Puis sa douleur se changeant en colère contre mon oncle : C'est toi, misérable Rathery, qui es cause que je l'ai refusée à M. de Pont-Cassé! sans toi, elle serait mariée et pleine de vie.

— Plaisantez-vous ? dit mon oncle. Est-ce que c'est ma faute, à moi, si elle s'est amourachée d'un mousquetaire ?

Toutes les passions, ce n'est que du sang qui se précipite vers le cerveau. La raison de M. Minxit se fût brisée sans doute sous l'effort de cette puissante douleur; mais, dans le paroxisme de son délire, sa veine à peine fermée (on se rappelle que mon oncle venait de le saigner) se rouvrit. Benjamin laissa couler le sang, et bientôt une défaillance salutaire succéda à cette surabondance de vie et sauva le pauvre vieillard. Benjamin donna des ordres et de l'argent au maître de la Levrette pour qu'Arabelle et son amant reçussent une sépulture honorable ; puis il revint s'établir au chevet de M. Minxit, et veilla sur lui comme une mère sur son enfant malade. M. Minxit resta trois jours entre la vie et la tombe ; mais, grâce aux soins habiles et affectueux de mon oncle, cette fièvre qui le dévorait s'amortit peu à peu, et bientôt il fut en état d'être transporté à Corvol.

XXI

UN DERNIER FESTIN.

M. Minxit avait une de ces constitutions antédiluviennes qui semblent faites d'une matière plus solide que les nôtres. C'était une de ces plantes vivaces qui conservent encore une végétation vigoureuse, alors que les autres sont flétries par l'hiver. Les rides n'avaient pu entamer ce front de granit ; les années s'étaient accumulées sur sa tête sans y laisser aucune trace de décadence. Il était resté jeune jusqu'au delà de sa soixantième année, et son hiver, comme celui des tropiques, était encore plein de sève et de fleurs ; mais le temps et le malheur n'oublient personne. La mort de sa fille venant après sa fuite et après la révélation subite de sa grossesse, avait frappé d'un coup mortel cette organisation puissante ; une fièvre lente le minait sourdement. Il avait renoncé à ces goûts bruyants qui avaient fait de sa vie une longue partie de fête. Il avait mis de côté la médecine comme un embarras inutile. Les compagnons de sa longue jeunesse respectaient sa douleur, et, sans cesser de l'aimer, ils avaient cessé de le voir. Sa maison était

muette et fermée comme une tombe, et à peine, par quelques
persiennes entr'ouvertes, jetait-elle à la dérobée quelques regards
sur le village. Les cours ne retentissaient plus du bruit des allants
et des venants ; les premières herbes du printemps s'étaient em-
parées de l'avenue, de hautes plantes domestiques croissaient le
long des murs et formaient à l'entour comme un lambris de verdure. Cette pauvre âme en deuil n'avait plus besoin que d'obscu-
rité et de silence. Il avait fait comme la bête fauve qui se retire,
lorsqu'elle veut mourir, dans les profondeurs les plus sombres de
la forêt. La gaieté de mon oncle venait échouer contre cette incurable mélancolie. M. Minxit ne répondait à ses joyeusetés que par
un morne et triste sourire, comme pour lui dire qu'il l'avait com-
pris et qu'il le remerciait de sa bonne intention. Mon oncle avait
compté sur le printemps pour le ramener à la vie ; mais ce printemps qui revêt toute terre aride de fleurs et de verdure, n'a rien
à faire reverdir dans une âme désolée, et tandis que tout renais-
sait, le pauvre homme se mourait lentement.

C'était un soir du mois de Mai. Il se promenait dans sa prairie,
appuyé sur le bras de Benjamin. Le ciel était limpide, la terre
était verte et parfumée, les demoiselles voltigeaient avec un har-
monieux frôlement de leurs ailes entre les roseaux du ruisseau, et
l'eau, toute couverte de fleurs d'aubépines, murmurait sous les racines des saules.

— Voilà une belle soirée, dit Benjamin, cherchant à tirer M.
Minxit de cette sombre rêverie qui enveloppait son esprit comme
un linceul.

— Oui, répondit celui-ci, une belle soirée pour le pauvre
paysan qui va entre deux haies fleuries, sa pioche sur l'épaule,
vers sa chaumière qui fume et où l'attendent ses enfants ; mais
pour le père qui porte le deuil de sa fille, il n'y a plus de belles
soirées.

— Et à quel foyer, dit mon oncle, n'y a-t-il pas une place vide ?
qui n'a pas, au champ de repos, un tertre de gazon où, tous les
ans, à la Toussaint, il vient verser de pieuses larmes ? Et dans les

rues de la cité, quelle foule, si rose et si dorée qu'elle soit, n'est tachée de noir ? Quand les fils vieillissent, ils sont condamnés à mettre leurs vieux parents dans la tombe ; quand ils meurent au milieu de leur âge, ils laissent une mère désolée à genoux auprès de leur cercueil. Croyez-moi, les yeux de l'homme ont été faits bien moins pour voir que pour pleurer, et toute âme a sa plaie, comme toute fleur a son insecte qui la ronge. Mais aussi, dans le chemin de la vie, Dieu a mis l'oubli qui suit à pas lents la mort, qui efface les épitaphes qu'elle a tracées et répare les ruines qu'elle a faites. Voulez-vous, mon cher M. Minxit, suivre un bon conseil ? Croyez-moi, allez manger des carpes sur les bords du lac de Genève, du macaroni de Naples en Italie, boire du vin de Xérès à Cadix, et savourer des glaces à Constantinople ; dans un an vous reviendrez aussi rond et aussi joufflu que vous l'étiez avant.

M. Minxit laissa pérorer mon oncle tant qu'il voulut, et quand il eut fini :

— Combien ai-je encore de jours à vivre, Benjamin ? lui dit-il.

— Mais, fit mon oncle, abasourdi de la question et croyant avoir mal entendu, que dites-vous, M. Minxit ?

— Je te demande, répéta M. Minxit, combien de jours il me reste encore à vivre ?

— Diable ! dit mon oncle, voici une question qui m'embarrasse fort. D'un côté, je ne voudrais pas vous désobliger ; de l'autre, je ne sais si la prudence me permet de satisfaire votre désir. On n'annonce au condamné la nouvelle de son exécution que quelques heures avant d'aller au supplice, et vous....

— C'est, interrompit M. Minxit, un service que j'impose à ton amitié, parce que toi seul peut me le rendre. Il faut bien que le voyageur sache à quelle heure il doit partir, afin qu'il puisse faire son porte-manteau.

— Le voulez-vous donc franchement, sincèrement, M. Minxit ? ne vous effraierez-vous pas de l'arrêt que je vais prononcer ; m'en donnez-vous votre parole d'honneur ?

— Je t'en donne ma parole d'honneur, dit M. Minxit.

—Eh bien ! alors, dit mon oncle, je vais faire comme pour moi-même.

Il examina la face tarie du vieillard ; il interrogea sa prunelle terne et dépolie, où la vie reflétait à peine quelques lueurs ; il consulta son pouls comme s'il en eût écouté les battements avec ses doigts, et il garda quelque temps le silence ; puis :

— C'est aujourd'hui jeudi, dit-il ; eh bien ! lundi il y aura une maison de plus en deuil à Corvol.

— Très-bien diagnostiqué, dit M. Minxit ; ce que tu viens de dire, je le pensais ; si tu trouves jamais l'occasion de te produire, je te prédis que tu feras une de nos célébrités médicales ; mais, le dimanche m'appartient-il tout entier ?

— Il vous appartient tant qu'il s'étend et se comporte, pourvu que vous ne fassiez rien qui avance le terme de vos jours.

— Je n'en veux pas plus, dit M. Minxit. Rends-moi encore le service d'inviter nos amis pour dimanche à un dîner solennel : je ne veux pas m'en aller fâché avec la vie, et c'est le verre à la main que je prétends lui faire mes adieux. Tu insisteras auprès d'eux pour qu'ils acceptent mon invitation, et tu leur en feras, s'il le faut, un devoir.

— J'irai moi-même les inviter, dit mon oncle, et je me fais fort qu'aucun d'eux ne nous fera défaut.

— Maintenant, passons à un autre ordre d'idées. Je ne veux pas être enterré dans le cimetière de la paroisse ; il est dans un fond, il est froid et humide, et l'ombre de l'église s'étend sur toute sa surface comme un crêpe, je serais mal en cet endroit, et tu sais bien j'aime mes aises. Je désire que tu m'ensevelisses dans ma prairie, au bord de ce ruisseau dont j'aime l'harmonieuse chanson. — Il arracha une poignée d'herbe et dit : Tiens, voici le lieu où je veux qu'on me creuse mon dernier gîte Tu y planteras un berceau de vigne et de chèvrefeuille, afin que la verdure en soit entremêlée de fleurs, et tu iras quelquefois y rêver à ton vieil ami. Afin que tu y viennes plus souvent, et aussi pour qu'on ne dérange pas mon sommeil, je te laisse ce domaine et toutes mes autres propriétés; mais c'est à deux conditions : la première, c'est que tu habiteras la maison que je vais laisser vide, et la seconde, c'est que tu continueras à mes clients les soins que depuis trente ans je leur donnais.

— J'accepte avec reconnaissance ce double héritage, dit mon oncle ; mais je vous préviens que je ne veux pas aller aux foires.

— Accordé, répondit M. Minxit.

— Quant à vos clients, ajouta Benjamin, je les traiterai en conscience et d'après le système de Tissot, qui me paraît fondé sur l'expérience et la raison. Allez, le premier qui s'en ira là-bas vous donnera de mes nouvelles.

— Je sens le froid du soir qui me gagne ; il est temps de dire adieu à ce ciel, à ces vieux arbres qui ne me reverront pas, à ces petits oiseaux qui chantent, car nous ne reviendrons plus ici que lundi matin.

Le lendemain il s'enferma avec son ami le tabellion ; le jour suivant il s'affaissa de plus en plus et garda le lit ; mais, le dimanche venu, il se leva, se fit poudrer, et mit son plus bel habit. Benjamin, ainsi qu'il l'avait promis, était allé à Clamecy faire lui-même ses invitations ; pas un de ses amis n'avait manqué à ce funèbre appel, et à quatre heures ils se trouvaient tous réunis dans le salon. M. Minxit ne tarda pas à paraître, chancelant et appuyé sur le bras de mon oncle ; il leur serra à tous la main et les remercia affectueusement de s'être conformés à son dernier désir, qui était, disait-il, le caprice d'un moribond.

Cet homme qu'ils avaient vu, il y avait quelque temps, si gai, si heureux, si plein de vie, la douleur l'avait brisé, et la vieillesse était venue pour lui tout d'un coup. A sa vue tous versaient des larmes, et Arthus lui-même sentit subitement s'évanouir son appétit.

Un domestique annonça que le dîner était servi. M. Minxit se plaça, comme à l'ordinaire, au bout de la table.

— Messieurs, dit-il à ses convives, ce dîner est pour moi un dîner suprême, je veux que mes derniers regards ne s'arrêtent que sur des verres pleins et sur des visages riants ; si vous voulez me faire plaisir, c'est de donner un libre cours à votre gaieté accoutumée. Il se versa quelques gouttes de bourgogne et tendit son verre à ses convives.

— A la santé de M. Minxit ! dirent-ils tous ensemble.

— Non, dit M. Minxit, pas à ma santé ; à quoi sert un souhait qui ne peut s'exaucer ? mais à votre santé à vous tous, à votre prospérité, à votre bonheur, et que Dieu garde ceux qui ont des enfants de les perdre.

— M. Minxit, dit Guillerand, a aussi pris les choses trop à cœur; je ne l'aurais pas cru susceptible de mourir de chagrin. Moi aussi j'ai perdu une fille, une fille que j'allais mettre en pension chez les religieuses. Cela m'a fait de la peine pour le moment; mais je ne m'en suis pas plus mal porté pour cela, et quelquefois, je l'avoue, je songeais que je n'avais plus de mois d'école à payer pour elle.

— Une bouteille cassée dans ta cave, dit Arthus, ou un écolier retiré de ta pension t'auraient causé plus de chagrin.

— Il t'appartient bien, dit Millot, de parler ainsi, toi, Arthus, qui ne crains d'autres malheurs que de perdre l'appétit.

— J'ai plus d'entrailles que toi, faiseur de noëls, répondit Arthus.

— Oui, pour digérer, dit le poète.

— Cela sert à quelque chose de bien digérer, répliqua Arthus; au moins, quand vous allez en voiture, vos amis ne sont pas obligés de vous attacher aux ridelles de peur de vous perdre en route.

— Arthus, dit Millot, point de personnalités, je t'en prie.

— Je sais, répondit Arthus, que tu me gardes rancune parce que je suis tombé sur toi dans le chemin de Corvol ; mais chante-moi ton grand noël, et nous serons quittes.

— Et moi je soutiens que mon noël est un beau morceau de poésie; veux-tu que je te montre une lettre de monseigneur l'évêque qui m'en fait compliment ?

— Oui, mets ton noël sur le gril, et tu verras ce qu'il vaudra.

— Je te reconnais bien là, Arthus, tu n'estimes, toi, que ce qui est rôti ou bouilli.

— Que veux-tu? ma sensibilité, à moi, réside dans les houppes de mon palais, et j'aime autant qu'elle soit là qu'ailleurs. Un appareil digestif organisé solidement vaut-il moins, pour être heureux, qu'un cerveau largement développé? Voilà la question.

— Si nous nous en rapportions à un canard ou à un pourceau, je ne doute pas qu'ils ne la décidassent en ta faveur; mais je prends Benjamin pour arbitre.

— Ton noël me convient beaucoup, dit mon oncle.

     A genoux, chrétiens, à genoux !

C'est superbe. Quel chrétien pourrait refuser de s'agenouiller quand tu lui en fais deux fois l'invitation dans un vers de huit syllabes ; mais je suis de l'avis d'Arthus, j'aime encore mieux une côtelette en papillotte.

— Une plaisanterie n'est pas une réponse, dit Millot.

— Eh bien ! crois-tu qu'il y ait une douleur morale qui fasse autant souffrir qu'une rage de dents et qu'un mal d'oreilles? Si le corps souffre plus vivement que l'âme, il doit également jouir avec plus d'énergie ; cela est logique, la douleur et le plaisir résultent de la même faculté.

— Le fait est, dit M. Minxit, que si j'avais le choix entre l'estomac de M. Arthus et le cerveau maladif et suroxigéné de J.-J. Rousseau, j'opterais pour l'estomac de M. Arthus. La sensibilité est le don de souffrir; être sensible, c'est marcher pieds nus sur les cailloux tranchants de la vie, c'est passer à travers la foule qui vous heurte et vous coudoie, une plaie vive au côté. Ce qui fait le malheur des hommes, ce sont les désirs non satisfaits. Or, toute âme qui sent trop, c'est un ballon qui voudrait monter au ciel et qui ne peut dépasser les limites de l'atmosphère. Donnez à un homme une bonne santé, un bon appétit, et plongez son âme dans une somnolence perpétuelle, il sera le plus heureux de tous les êtres. Développer son intelligence, c'est semer des épines dans sa vie. Le paysan qui joue aux quilles est plus heureux que l'homme d'esprit qui lit un beau livre.

Tous les convives se turent à ce propos.

— Parlanta, dit M. Minxit, où en est mon affaire avec Malthus ?

— Nous avons obtenu une contrainte par corps, répondit l'huissier.

— Eh bien ! tu jetteras au feu toute cette procédure, et Benjamin te remboursera les frais. Et toi, Rapin, où en est mon procès avec le clergé relativement à ma musique ?

— L'affaire est remise à huitaine, dit Rapin.

— Alors ils me condamneront par défaut, répondit M. Minxit.

— Mais, dit Rapin, il y aura peut-être une forte amende : le sacristain a déposé que le sergent avait insulté le vicaire lorsqu'il l'avait sommé d'évacuer la place de l'Eglise avec sa musique.

— Cela n'est pas vrai, dit le sergent, j'ai seulement ordonné de jouer l'air : *Où allez-vous, monsieur l'abbé ?*

— En ce cas, dit M. Minxit, Benjamin bâtonnera le sacristain à la première occasion ; je veux que ce drôle ait de moi un souvenir.

On était arrivé au dessert. M. Minxit fit faire un punch et mit dans son verre quelques gouttes de la liqueur enflammée.

— Cela vous fera du mal, M. Minxit, lui dit Machecourt.

— Et quelle chose peut maintenant me faire du mal, mon bon Machecourt ? Il faut bien que je fasse mes adieux à tout ce qui m'a été cher dans la vie.

Cependant, ses forces diminuaient rapidement, et il ne pouvait plus s'exprimer qu'à voix basse.

— Vous savez, Messieurs, dit-il, que c'est à mon enterrement que je vous ai conviés ; je vous ai fait préparer à tous des lits, afin que vous vous trouviez tout prêts demain matin à me conduire à ma dernière demeure. Je ne veux point que ma mort soit pleurée. Au lieu de crêpes, vous porterez une rose à votre habit, et après l'avoir trempée dans un verre de champagne, vous l'effeuillerez sur ma tombe : c'est la guérison d'un malade, c'est la délivrance d'un captif que vous célébrez. Et, à propos, ajouta-t-il, qui de vous se charge de mon oraison funèbre ?

— Ce sera Page, dirent quelques-uns.

— Non, répondit M. Minxit, Page est avocat, et il faut dire la vérité sur les tombes. Je préférerais que ce fût Benjamin.

— Moi? dit Benjamin, vous savez bien que je ne suis pas orateur.

— Tu l'es assez pour moi, répondit M. Minxit. Voyons, parle-moi comme si j'étais couché dans mon cercueil, je serai bien aise d'entendre vivant ce que dira de moi la postérité.

— Ma foi! dit Benjamin, je ne sais trop ce que je vais dire.

— Ce que tu voudras, mais dépêche-toi, car je sens que je m'en vais.

— Eh bien! dit mon oncle : « Celui que nous déposons sous ce feuillage laisse après lui d'unanimes regrets. »

— Unanimes regrets ne vaut rien, dit M. Minxit, nul homme ne laisse après lui d'unanimes regrets. C'est un mensonge qu'on ne peut débiter que dans une chaire.

— Aimez-vous mieux « des amis qui le pleureront longtemps? »

— C'est moins ambitieux, mais ce n'est pas plus exact. Pour un ami qui nous aime loyalement et sans arrière-pensée, nous avons vingt ennemis cachés dans l'ombre, qui attendent en silence, comme un chasseur en embuscade, l'occasion de nous faire du mal ; je suis sûr qu'il y a dans ce village bien des gens qui se trouveront heureux de ma mort.

— Eh bien! « laisse après lui des amis inconsolables, » dit mon oncle.

— Inconsolables est encore un mensonge, répondit M. Minxit. Nous ne savons, nous autres médecins, quelle partie de notre organisation affecte la douleur, ni comment elle nous fait souffrir ; mais c'est une maladie qui se guérit sans traitement, et bien vite. La plupart des douleurs ne sont au cœur de l'homme que de légers esquares qui tombent presque aussitôt qu'ils sont formés. Il n'y a d'inconsolables que les pères et les mères qui ont des enfants dans le cercueil.

— « Qui garderont longtemps son souvenir; » cela vous conviendrait-il mieux ?

— A la bonne heure ! dit M. Minxit; et pour que ce souvenir reste plus longtemps dans votre mémoire, je fonde à perpétuité un dîner qui aura lieu le jour de l'anniversaire de ma mort, et où vous viendrez tous assister tant que vous serez dans le pays; Benjamin est chargé de l'exécution de ma volonté.

— Cela vaut mieux qu'un service, fit mon oncle ; et il continua en ces termes : « Je ne vous parlerai point de ses vertus... »

— Mets *qualités*, dit M. Minxit : cela sent moins l'amplification.

— « Ni de ses talents : vous avez tous été à même de les apprécier. »

— Surtout Arthus, à qui j'ai gagné, l'an passé, quarante-cinq bouteilles de bière au billard.

— « Je ne vous dirai pas qu'il fut bon père : vous savez tous qu'il est mort pour avoir trop aimé sa fille.

— Hélas ! plût au ciel que cela fût vrai ! répondit M. Minxit ; mais une vérité déplorable que je ne puis dissimuler, c'est que ma fille est morte parce que je ne l'ai pas assez aimée. J'ai agi envers elle comme un exécrable égoïste : elle aimait un noble, et je n'ai pas voulu qu'elle l'épousât parce que je détestais les nobles ; elle n'aimait pas Benjamin, et j'ai voulu qu'il devînt mon gendre parce que je l'aimais. Mais j'espère que Dieu me pardonnera. Ce n'est pas nous qui avons fait nos passions, et nos passions dominent toujours notre raison. Il faut que nous obéissions aux instincts qu'il nous a donnés, comme le canard obéit à l'instinct impérieux qui l'entraîne vers la rivière.

— « Il fut bon fils, poursuivit mon oncle. »

— Qu'en sais-tu? répondit M. Minxit. Voilà pourtant comment se font les épitaphes et les oraisons funèbres ! Ces allées de tombes et de cyprès qui s'étalent dans nos cimetières, ce ne sont que des pages pleines de mensonges et de faussetés comme celles d'une gazette. Le fait est que je n'ai jamais connu ni mon père ni ma mère, et il ne m'est pas bien démontré que je sois né de l'union d'un homme et d'une femme ; mais je ne me suis jamais plaint de l'abandon où l'on m'avait laissé ; cela ne m'a pas empêché de faire mon chemin; et si j'avais eu une famille, je ne serais peut-être pas allé si loin : une famille vous gêne, vous contrecarre de mille façons ; il faut que vous obéissiez à ses idées et non aux vôtres ; vous n'êtes pas libre de suivre votre vocation, et dans la voie où elle vous jette, souvent, dès le premier pas, vous vous trouvez embourbé.

— « Il fut bon époux, » dit mon oncle.

— Ma foi, je n'en sais trop rien, dit M. Minxit ; j'ai épousé ma femme sans l'aimer, et je ne l'ai jamais beaucoup aimée ; mais elle a fait avec moi toutes ses volontés : quand elle voulait une robe, elle s'en achetait une; quand un domestique lui déplaisait, elle le renvoyait. Si à ce compte on est bon époux, tant mieux; mais je saurai bientôt ce que Dieu en pense.

— « Il a été bon citoyen, fit mon oncle : vous avez été témoins du zèle avec lequel il a travaillé à répandre parmi le peuple des idées de réforme et de liberté. »

— Tu peux dire cela maintenant sans me compromettre.

— « Je ne vous dirai pas qu'il fut bon ami... »

— Mais alors, que diras-tu donc ? fit M. Minxit.

— Un peu de patience, dit Benjamain. « Il a su, par son intelligence, s'attacher les faveurs de la fortune. »

— Pas précisément par mon intelligence, dit M. Minxit, quoique la mienne valût bien celle d'un autre ; j'ai profité de la crédulité des hommes : il faut avoir de l'audace plutôt que de l'intelligence pour cela.

— « Et ses richesses ont toujours été au service des malheureux. »

M. Minxit fit un signe d'assentiment.

— « Il vécut en philosophe, jouissant de la vie et en faisant jouir

14

ceux qui l'entouraient, et il est mort de même, entouré de ses amis, à la suite d'un grand festin Passants, jetez une fleur sur sa tombe ! »

— C'est à peu près cela, dit M. Minxit. Maintenant, messieurs, buvons le coup de l'étrier, et souhaitez-moi un bon voyage.

Il ordonna au sergent de l'emporter dans son lit. Mon oncle voulut le suivre, mais il s'y opposa et exigea qu'on restât à table jusqu'au lendemain. Une heure après il fit appeler Benjamin. Celui-ci accourut à son chevet ; M. Minxit n'eut que le temps de lui prendre la main et il expira.

Le lendemain matin, le cercueil de M. Minxit, entouré de ses amis et suivi d'un long cortége de paysans, allait sortir de la maison. Le curé se présenta à la porte et ordonna aux porteurs de conduire le corps au cimetière.

— Mais, dit mon oncle, ce n'est pas au cimetière que M. Minxit a l'intention d'aller ; il va dans sa prairie, et personne n'a le droit de l'en empêcher.

Le prêtre objecta que la dépouille d'un chrétien ne pouvait reposer que dans une terre bénite.

— Est-ce que la terre où nous portons M. Minxit est moins bénite que la vôtre ? est-ce qu'il n'y vient point de l'herbe et des fleurs comme dans le cimetière de la paroisse ?

— Voulez-vous donc, dit le curé, que votre ami soit damné ?

— Permettez, dit mon oncle : M. Minxit est depuis hier devant Dieu, et, à moins que la cause n'ait été remise à huitaine, il est maintenant jugé. Au cas où il serait damné, ce ne serait pas votre cérémonie funèbre qui ferait révoquer son arrêt ; et au cas où il serait sauvé, à quoi servirait cette cérémonie ?

M. le curé s'écria que Benjamin était un impie et ordonna aux paysans de se retirer. Tous obéirent, et les porteurs eux-mêmes étaient disposés à en faire autant ; mais mon oncle tira son épée et dit :

— Les porteurs ont été payés pour porter le corps à son dernier gîte, et il faut qu'ils gagnent leur argent. S'ils s'acquittent bien de leur besogne, ils auront chacun un petit écu; si, au contraire, l'un d'eux refusait d'aller, je le battrai du plat de mon épée tant qu'il ne sera pas sur le carreau.

Les porteurs, plus effrayés encore des menaces de Benjamin que de celles du curé, se résignèrent à marcher, et M. Minxit fut déposé dans sa fosse avec toutes les formalités qu'il avait indiquées à Benjamin.

A son retour du convoi, mon oncle avait une dizaine de mille francs de revenu. Peut-être verrons-nous plus tard quel usage il fit de sa fortune.